阅读之前 没有真相

午夜文库

抑郁了，想去死一死

范青 著

新星出版社 NEW STAR PRESS

目录

“狼来了”吗

——原名《隐形谋杀》

1

尽管是在欢笑中齐心出的门，但随即还是发生了两次小小的分歧。第一次是因为爱梅说既然一辆车坐得下，为了低碳环保，就不要分两辆车的建议，使几乎要分开的人又聚到了一处。接着，大家刚走到车旁，郭小峰则又说其实四周都是饭店，随便选一个就行，何必要动车？现在又是开车超堵，停车超麻烦的饭点儿，不如低碳到家，索性步行算啦。又使这几个人第二次改变行程从地下折了回来。

接下来的争议则来自郭小峰和王老板，郭小峰提议随便找个环境好些的卖清粥小菜的店算啦，而王老板则脑袋摇得像拨浪鼓。

“说什么呢？想着家常菜就健康？胡扯！忘了爱梅刚才的段子啦？呵！地沟油、苏丹红、三聚氰胺、农药蔬菜、石蜡翻新陈米，还什么避孕药鱼……啧、啧、啧，听起来就恶心，还敢去小饭店？”

“大饭店能自己种菜养猪？”郭小峰笑着反驳。

“但总归好点儿，不能糟心玩意儿一样不缺！”王老板坚持说，“至少米也许好点儿？还有，该不再用地沟油了吧？而且正常该用香油用香油，用洋葱油就现炸洋葱，不会用什么什么该死的香油精、洋葱油精吧？那价格超便宜的小饭店，为了节约成本，你说能用好原料？我看连好点儿的瘦肉精猪肉都不舍得，还得从这瘦肉精肉里再选出最糟烂的部分糊弄你，还有嫩肉粉的是不是？”

咂了一下嘴，郭小峰不得不承认地点点头道：“倒也是，那就……”

他想说那就选个差不多的中档饭店吧，但没有“那就”下去，因为王老板已经站到了一家灯火辉煌的、号称卖“燕鲍翅”的大酒楼前，并且不由分说地拉着爱梅进去了。

接下来争议便消失了，因为面对服务生的目光，所有人都推掉了点菜的权利。

“好吧！”王老板翻着菜单说，“那我拿主意啦，先要四只生蚝、一个中式芥末三文鱼，再要个下饭的，嗯……一个腊味合蒸金瓜煲、蚝油生菜、串烧海鲜，再要——”

“够了够了，”郭小峰连忙打断，“够四个人吃行啦，别浪费。”

“是呀，王伯伯，够吃就行，因为浪费很不环保啊。”说着，爱梅又看着服务生问，“我们四个人要这些菜多吗？要是多了就再去掉一个吧。”

“哦——”服务生立刻支吾起来，“好像也差不多。”

“是差不多，”王老板连忙摆手替服务生解释，“这里菜量小着呢。好吧，听我们新生代的，菜先这样，不够再要，再要几个汤品就算啦。哦……都说燕窝对女人最好，那要一个燕窝椰子炖、一个洋参雪耳炖燕窝。”

一直乖乖坐着的爱梅，突然迟疑地张了张嘴，看了看正低头点菜的王老板，犹豫一下，又闭上了。

“不过我们男人不用吃这个，”王老板继续头也不抬地看着菜单说，“喝什么汤呢，鱼翅？这段儿老吃，哦……对了，小峰，你有什么喜欢的汤品，这里的石窝翅不错，我一直挺喜欢。不过我今天打算换换口味，要个虫草灵菇炖黄鱼。你想要哪个，鱼翅还是我这个？”

“哪个都不要，”郭小峰摇头否定，转而问服务生，“要是你们这儿有干贝，就用干贝跟萝卜煮个汤吧。不要用什么清汤、高汤的，就白水煮，汤里也不要放什么其他辅料，料酒都不要放，就葱、姜、胡椒就够啦。”说完，又对王老板断然说道，“真的不能再要了。”

“好吧。”王老板合上菜单，“就先这样啦。”

“好的，”服务生十分礼貌颔首，然后又问，“还需要什么饮料或者茶吗？”

“就要壶菊花茶足够了。”这一次郭小峰抢先开口，“我不信这饭店的茶有我们自己买的好，想喝好茶到我家就行。你去吧，就这些。”

服务生应声下去啦，王老板则微微责备地看看郭小峰：“你这人，你怎么知道孩子想喝什么？许是孩子想喝饮料呢？”

郭小峰笑着摇摇头道：“什么饮料，刚不还说健康吗，饮料能有水果健康？专家说了，就是鲜榨果汁都不赶水果健康，纤维素太少了。”

“就是就是，而且糖分大，榨成汁又容易不知不觉喝很多。哎呀。”爱梅边为爸爸帮腔，边看了看自己纤细修长的胳膊，然后却仿佛看到什么恐怖情景似的恐惧地说，“很容易发胖的。”

王老板哈哈大笑：“这丫头，瘦得跟麻秆儿似的还怕胖？不过女人都这么奇怪，怎么瘦都嫌不够瘦，不用问，估计梅老师也是怕的。”

云宝——郭小峰的女友，抿嘴一笑。

“不过说到健康，”王老板又自顾说道，摸着自己光光的和尚头，

“倒也有道理。爱梅刚才那段子听着搞笑，跟相声似的。其实实际比这还吓人，什么鸡呀、鸭呀、牛呀、羊呀，哪个不是饲料喂出来的？都不知含多少激素；瓜果梨桃呢，算是健康食品吧，可加上激素、农药、杀虫剂，呵，也不知能剩多少健康；蔬菜呢，那激素、农药、杀虫剂才超量呢！比如黄瓜，现在的黄瓜真叫神，菜农摘了，你买回了家。按说没根没土没营养的，只该越来越蔫，不该越来越大吧？不，等你买回家放着，哪怕放冰箱里，隔一天一看，呵，居然又长大了。尤其那黄瓜头儿，能接着长成一个仙人球，你们说看着吓人不吓人，得抹多少生长激素呀？但你要觉着这害怕吧，得，还有更吓你的！比如你买个西瓜回家，没准儿还能变成个炸弹，‘嘭’的一声，吓得你以为出啥事呢，寻思家里也没炸弹呀？结果一瞅，是西瓜炸了！哎呀，真是想着就邪门，摘了秧的西瓜居然还能长炸？”

众人一片大笑。

“唉，你奇怪人家专家不奇怪，说科学进步了，摘了秧一样长，只要你膨大剂抹够！唉——”

王老板又长叹一声说：“爱梅说这是隐形谋杀，那真是一点儿不夸大。净些这玩意儿，那早晚不真的吃死？所以现在我就几乎都不吃四条腿的动物，两条腿的也不吃，顶多吃点儿鱼。当然，鱼也靠不住，避孕药鱼，对吧？尽量选深海的鱼吧，唉，没法子，只能尽量选点健康的东西，以健康的方式吃吧，唉——”

听着这连连的叹息，郭小峰又呵呵笑了起来。

但这一次的笑声却引起了王老板的怀疑：“笑什么？这次听着好像味儿不纯呀！”

“不是不是，”郭小峰连忙摇头，“你说得有道理，大家都差不多，只不过听你这么一说，又说什么隐形谋杀，让我突然想起一个案子。”

“哦，案子？”王老板来了兴趣，“这么说食品安全还真扯到谋杀啦？”

可这一次，郭小峰只回敬了一个故意勾起听众兴趣的神秘笑容。

果然，爱梅的兴趣也激了起来，她觑着爸爸的神情，猜测道：“不会那么简单，是吗？”

这个追问换回的还是一个暧昧的笑容。

“肯定不会那么简单，”爱梅眨着大眼睛，开始催问，“是什么案子呀？是不是很稀罕，爸？”

“嗯，”郭小峰沉吟着终于开口了，“稀罕也算稀罕，但主要是很有意思。”

“那爸爸讲讲，爸爸讲讲，反正菜肯定还要一会儿呢。”

刚说完这话，端菊花茶进来的服务生就证实了这一点：“我们饭店都是现做现炖，所以炖品可能要慢一点。”

“是吧，爸，讲讲吧！”

“是呀！讲讲讲讲，”王老板也催促说，“这几次听你讲那些案子，怪有意思的，正好我们都不喝酒，你这就当我们的下菜酒吧！”

“哈哈哈——”郭小峰突然爆发出一阵寓意不明的大笑。半晌，才又忍住笑慨然允诺。“好，那我就先给你们端上这杯下菜酒，讲讲这个堪称为典型‘隐形谋杀’的隐形谋杀案！”

2

这个案子要从案发的前一年说起。

有一天，局长把我叫了过去，半苦笑着告诉我，有个案子，没报案的案子，必须我出面。因为当事人一定要我去。

我这么一说，估计你们也都猜出来点儿啦，没报案的案子还能点名要我去，而我们局长也不得不敷衍，那这个人就不会是普通的平头百姓。

事实也确实如此，点名的人，我姑且叫他 S 书记吧。这位 S 书记，官儿虽不能算多么大，但位在肥缺，交友广，也算一号人物。

我也微微听说过一些他的情况。

比如说他一直官运亨通。不过早些年还算谨小慎微，这几年大权独揽之后，二度青春大爆发，现在已有一批红颜知己伴随左右。有美女必少不了金钱，因此另一方面就有更多传言。总之，可谓“权、钱、色”一样不缺。

另外，据说S书记本人也是因权力而青春，因青春而慷慨，除了面对求他办事儿的人时之外，日常可谓整天笑容满面，慷慨激昂，一副不枉此生的模样。

那么，过得这么春风得意的人点名要我这个刑警去干什么？难道是感到身边有什么谋杀暗害的迹象吗？

说起来这不是不可能，虽然这位S书记平日笑容可掬，可他的生活方式确是羡煞一批后进之辈。就像那句网络语令人“羡慕嫉妒恨”了。有权有势财源滚滚又不需要什么独门本事，羡慕之辈中出个把由羡慕到恨，并且恨到起邪心的家伙也不奇怪。

不过对于我的疑问，局长却摇着头告诉我，具体什么事儿他也不知道，但应该不是什么大事，他是实在敷衍不过去，才不得不……总之，因为当事人一定要请我，口口声声说因为相信我这个人的人品，有问题一定不会隐瞒，比较正直，所以……

相信我比较正直？

那就果然是这位S书记有什么事啦？我当时想，毕竟贪官真遇事也不找同类。

但我这个初步推断在见到那位S书记之后，就立刻被推翻了。

因为S书记见到我后，不仅在长达一两个小时的时间里都是说些共同熟悉的谁谁谁等跟谋害危险毫无关系的客套话，而且这位S书记神情自若轻松，实在不像有事的模样。

恐怕感觉危险的不是这位S书记？

但能劳动到S书记出马的，大概是和S书记关系密切的人吧？

我的新猜测在近两个小时无意义的闲聊之后，总算有了印证。

我们的S书记终于把话扯到了与我此行目的有关的内容上。

“唉，是我家那口子……”S书记满面歉意地对我说，再接下来，就是礼貌而含糊的讲述。

至此，我终于明白，这个感到被暗害的人，原来不是S书记，而是S书记的夫人，我就简称S夫人吧。

据这位S书记介绍，S夫人近一年来一直嚷嚷身体不舒服，后来又说是感到有人害她，因为她常常在饭后感到不舒服。

不舒服之后就怀疑，怀疑就说，说完就吵，吵完就在家里大闹，而S书记是无论怎么解释都不管用，总之，弄得一家人整天鸡犬不宁。

说到这些，一直面容和蔼的S书记终于显示出活在苦难中的神情。那样子，我得说，显然真是深受其害啦！

“唉，我现在怀疑……”S书记最后指了指自己的脑袋对我说，“她这里有问题。”

听起来这位S书记完全不认为谋害真实存在。

但是，做了多年的刑警，听到“谋害”这类词，还是忍不住警觉。更何况如果事涉谋杀，丈夫，尤其是有很多情人的丈夫的话，是不可信中之尤其不可信！

所以我还是本能地立刻顺着这个话题追问：“啊，有可能，不过您夫人既然一直说饭后不舒服，那就是觉得有人投毒谋害她啦？”

“是，她是这么说的，觉得菜里有东西。”

“那她有没有具体说吃完什么不舒服？”

“没有。”

“从来没有？比如今天我吃了黄瓜不舒服，或者喝了这碗汤后不舒服之类的，总之那种比较具体的形容。”

“这，”S书记沉吟了一下，“我不记得啦。好像没有。她没有这么说，就说不舒服，怎么都不舒服。”

“哦，那她这样说过几次呢？”

“呵，没十次也有八次吧？最近尤其频繁，几乎一见我就嚷嚷，真是让人活不了啦！”

“想象得到，不过那每次饭菜都一样吗？”

S书记立刻展现出一副公而忘私、国而忘家的模范公仆神情：“哦，这我不知道，我工作很忙，一年也难得在家吃一两顿饭，唉，郭支队想来你也能理解，都是工作压头不由人哪。想在家吃顿饭都是奢侈呀！唉，没法子呀——”

接着，S书记又在工作繁忙的话题上持续了一阵子，然后就在我快不耐烦的时刻，终于扯回了正题：

“所以我也不知道饭菜是不是都是一样，都是过后回家听她说的，不过……”说到这儿，S书记又想了一下，突然给了个明确否定，“我想应该不一样吧？一年节气不一样，哪能都吃一样的饭菜呢？我那位可是很注意保养的人，什么姜要什么时候吃、黄瓜补什么，什么西红柿是男人的宝、西兰花对女人最好，什么营养均衡、粗细搭配，反正一说起来那是滔滔不绝、头头是道，所以饭菜应该是不一样的，至少不都一样。”

我点点头，暗暗记下这个需要弄清楚的疑点，不过显然这位S书记都只是推想，我也没有进一步追问，转而继续问道：“那家里一般几个人吃饭呢？”

“经常是两个。”

“她和孩子？”

“不，我儿子在国外，是她和保姆。”

少了一个比较可靠的人证，我有点儿遗憾。然后继续问：“哦，那保姆有没有说过类似的感觉？”

“没有。”S书记肯定地回答，“每次她嚷嚷完我背后问保姆，保姆都满脸奇怪，背地还给我说，她咋吃完啥事儿没有呢。我看这话不假，要不那丫头到我们家两年，胖了足有三十多斤，吃得黑黑壮壮的，哪有一点儿难受劲儿？”

听着这不屑的声音，尽管还没有核实，但感觉还是比较可信的。

那问题还会出现在哪儿呢？又想了一下我继续追问：“那保姆和您夫人是一起吃饭吗？”

“嗯，也算也不算吧？”

“这怎么讲？”

“一般都是做好饭我们先吃，吃完后保姆再收到厨房自己吃，有时候有些菜可能先吃完，不过……”

“怎么？”

“不过如果单剩我老婆一人的话，应该不会单吃完哪个菜。我刚没说吗，我那口子很讲保养、营养均衡的。一般她头天下的菜单，那第二天她应该每样都吃一些，不会只吃其中一个的。”

说到这儿，S书记突然一笑，又显出一副对我开诚布公、推心置腹的模样来。

“唉，郭支队，我跟你说实话吧，什么事儿都没有，我也是被吵闹得实在没法子才不得不折腾你来的。没办法，实在是你郭支队‘正直’的名声太响啊，哈哈哈。我实话说，我百分百相信就是她自己脑子有毛病。我告诉你郭支队，不会有那回事儿，因为有几次她嚷嚷的时候，是家里好几个人一起吃的饭。哦，过后人家都没事儿，就她觉得有事，难受、不舒服，那不奇怪吗？”

听起来S书记分析得蛮有道理，但一想到自己居然是因为所谓的‘正直’美名而被人找来，虚荣心骤然满足之下，越发觉得为维护自己的声誉也要多尽心啦。因此忍不住坚持追问：“哦，原来是这样。这么说你们家还常常有亲戚走动？”

“是呀，我弟弟、弟媳，我妹妹、妹夫、他们的小孩儿，还有就是我小舅子和他老婆、孩子，这都是至亲，算一家人。这几家人都常去的，有时还在我家住，也常一起吃饭。”

“哦，那这么说您爱人嚷不舒服的时候，有时是多人同吃。”

“是呀，还不止一次。”

“哦，那每次大家都没感觉？”

“都没有。”S书记再次肯定，不过刚说完，随即又否定了，“哦，不，还有一个。”

不过这后来的声音里透出一丝嘲讽。

“是吗？谁？”

“我小舅子！”S书记延续着刚才突然变化了的嘲讽声调回答，“唯有他，是附和着说也有点难受的。不过，每次都是他姐姐嚷嚷难受之后，他才难受的。”

说实话，问到这儿，尽管S夫人突然有了一个同盟军，但我倒越来越有些相信这位S书记啦，因为如果所言不虚，那似乎确实和什么谋害不相干。

另外，S夫人也实在不像有多少谋害价值的人，除了对S书记。

可尽管传言中这位S书记红颜知己众多，但还没听说有谁已经到了能立刻篡位正宫的程度。而且看这位S书记笑容可掬又精明过人的神情，实在不像正为某个女人昏了头的模样。如果这点儿不假，那似乎也确实没什么急切必须的动机啦。

“那……”我终于不得不换个角度问，“对了，既然您爱人感到那么多次不舒服，没有去看过医生吗？”

“看过啊，看过几次，不过好像医生都没看出什么，结果后来她自己就不去了，只在家嚷嚷，哼！”S书记又不屑地发了个鼻音，然后更加不屑地摇摇头说，“唉，说实话非把你叫来的其实是我小舅子，是他的主意。当然，也可能是我那位。话说起来又长了，不如这样，我现在把他叫来，反正一会儿也要由他领你去见我爱人，让他给你解释吧。”

小舅子？

我想起S书记刚才的介绍，这个人是S夫人的同盟军。而且，作为公而忘私一年在家吃不了两顿饭的S书记，大概也未必有S夫人的弟弟更了解情况。

但在等待的那一刻，我还是陷入了茫然。

显而易见，这位S书记绝不认为他夫人正受什么谋害，也不认为她有什么身体上的病，而是精神上出了什么毛病，比如“被迫害妄想狂”之类的。可如果是这样，为什么一定要我来呢？应该去找医生呀？

因为那一方坚持请我来，是相信我“正直”。如果是这样，无疑是另一方相信有些什么才会如此。

可事实是真有问题，还是确实是当事人精神异常了呢？

如果是前者，那S书记为什么同意找我呢？

并不是我觉得自己水平高，搞鬼的人必定怕我，而是一般人如果真搞鬼，多半是警察都怕，毕竟警察是执法人员，背后又有着强大的技术检测部门，被发现概率高不说，一旦被发现，还不能私了。

但这位S书记不仅找了我，不，不是私下找我，而是通过我们局长的口，等于相当明路，实在是怎么看都透出个不怕查，心底无鬼的样子。

那难道是后者吗？

可姐姐精神异常，弟弟也跟着异常也不太可能啊？姐弟俩同时犯了精神病？而且病还是一种——被害妄想症？

这概率也太低了吧？

所以最后我想，从概率的角度上，前一种的可能性还真就更大一些，只不过投毒这种事最难查，尤其是不当场抓住查验到，对于心理素质好的人，就能因为自信而声色不漏。

而那位小舅子如果一定坚持要请我，也许是他知道一些更可疑的内幕，想请我分析，给个观点之类的。

想到这儿，我又来了点儿精神，开始和 S 书记一起等待着这位小舅子的到来……

3

这位小舅子，姑且称为S小舅子吧，四十多岁，也是胖胖的，一副精于应酬的模样。尽管没有血缘关系，但感觉和这位S书记有点儿像。

一家人自是一类脾气，所以，一开始跟我见到S书记差不多，他说的全都是些热情无用的场面话。好在这次时间不长，一番场面话之后，S书记就打发他和我一起离开，前去探望当事人S夫人。

等我们上了车，车里只有我们俩之后，S小舅子看起来推心置腹了一些。他先是以夸张的口气说了一定请我的原因——简单说就是因为当年白主任的案子（详见《心灵的密码》），令不知怎么耳闻到的S夫人坚信我是个不畏权贵的警察。

接着又开始谈这位S夫人了。在S小舅子的口中，这位S夫人简直乃人间第一受苦人。

只是如果你仔细一听，就会发现这连天抱怨的一切，毫无特别不幸之处。虽然似乎出身较苦，但后来堪称一帆风顺，正常地恋爱、结婚、生子，然后正常地把孩子养大直到送到国外。另外，还“嫁得好”，嫁给了会做官的S书记。所以这位S夫人很早就调到一个毫无工作压力，可谓纯粹吃公家饭的福利优厚的单位。家里一直还有保姆。毋庸置疑，她过得比生活里大多数女人舒服得多，而且一定更有尊严、有面子得多。

所以无法同情起来的我，后面的话只是哼哼啊啊地应付着，脑子里转回了最初那几句交谈——觉得我会不畏权贵？为什么要求这一点？或者说S夫人认为谁能“权贵”到害了她，而一般没有勇气的人都不能为她申冤呢？

恐怕从任何角度看都只有S书记啦！

我脑海里又浮现出S书记那张胖胖的、笑容可掬的脸，看起来很亲切，但也绝对是可以冷酷无情的。

可问题是，像S书记这种恨不得活到皇帝后宫里的状态，似乎也没必要这样对待老婆吧？一般这种事，是“怕一不怕多的”。越多，正宫之位反而越安全。

当然，这是老婆死了心，只想保住位置的那一种类型。常人还是受不了的，火冒三丈变成王熙凤的也很多。我又想起了刚才S书记说到这些情况时痛苦厌倦的神情。一旦真醋意大发变成了王熙凤，倒也确实存在杀了解脱的可能。我又想到了S书记刚才给我介绍的情况，如果所言不虚，真是怀疑投毒，那投毒也是有条件的……

非常值得高兴，就在我刚想到这儿时，S小舅子也说到了近于结论的感叹。

“……所以我大姐身体一直不好，都是累的！”

趁着这个仿佛告一段落的话缝，我赶快插进去问此行的主题。

“是呀是呀，女人独自持家是不容易，身体很容易累垮的。不过，你大姐是一直不好，还是这一年突然不太好的？”

“一直都不好，”S小舅子随口回答。但随即，似乎意识到我这样问话的目的，连忙又补充说，“当然，这一年来格外不好。”

“哦，那主要是怎么不好呢？”

“嗯，就是头疼、恶心，不舒服。”

“那没有看医生吗？”

“看啦，不过你知道现在的医生，他们能看什么？就是糊弄钱！”也许是说到钱，S小舅子又激动了些，“我可知道，我以前干过——哦，我有朋友是做药的，就是医药代表，替厂里卖药。那种西药，几片一盒那种，知道给医生多少回扣吗？哼！医生能干什么？就是开药骗钱！”

“是呀是呀，”我附和着，也继续我的疑问，“现在的医生是太贪财，不过，再怎么骗钱，也是有本事——至少好医生还是得有点水平的。没找个好医生看看吗？”

“哦，也找了。不过我大姐这个人很能挨，难受的时候不想动，等缓过劲儿再去吧，医生也看不出来什么啦。唉。”

“那你大姐有没告诉你她是怎么难受的？”

“就是头疼、恶心，难受。”

“那一直这样吗？这一年来天天头疼、恶心，难受？”

“不，当然不是天天那么难受，应该是时好时坏吧。”

“那什么时候好，什么时候坏呢？变天的时候？”

“啊？不，不是，跟天气没关系。”

“那跟什么有关呢？”

“哦，好像，”S小舅子似乎对这个要他明确回答的问题略有迟疑，不过很快，他还是爽快地回答，“好像听我大姐说都是吃过饭后不舒服。”

“都是？那就是说不止一次啦？”

“是呀，不止一次。”

“每次都是吃过一样的饭后不舒服的吗？”

S小舅子再次琢磨了一会儿，然后不太确定地回答：“这个……我也说不准，因为都是过后听我大姐给我说的。”

但接下来，他也表达了S书记曾经表达过的观点：

“不过我觉得应该不一样，天天吃一样的饭，那要保姆干什么。再说，我大姐是个很注意营养均衡的人，什么粗细搭配、什么粥降血压、什么汤美容养颜，她很讲究饮食保养的。那么多次，应该不会饭菜都一样。”

“看来这些都是听你大姐说的。”

“是。”

“那这些次不舒服，都是她单独一人吃饭后的反应吗？”

“应该是吧，现在我大姐家就她和保姆。我大姐夫忙，很少回家，我外甥早就出国念书啦。”

“那平日里从没外人去吗？”

“那倒也不是，”S小舅子摇摇头，“我就时常去，我大姐夫的弟弟、弟媳、妹妹、妹夫也是常去的。不过一旦去的人多，就出去吃了。人一多，做也不方便，手艺也比不上饭店是吧。”

我点点头，又消化了一会儿这些信息。

“那这么说，应该每次你大姐难受都是单独吃饭后？”

S小舅子又嘟囔着想了一会儿，说：“这，我也不敢说，因为我没问过。”他尴尬地笑了笑，“哎，郭支队，你这么一问才让我知道我们平常人跟你们警察的区别啦，说实话我从来都没想到要这么问。”

“哦，也是。”我说，“一般人是不这么想的。不过这么说，你没亲自遇见过？”

“亲自遇见？”

“就是说你和你大姐一起在家吃顿便饭，然后她突然难受的情况？”

“没有。”S小舅子坦然地回答。

“一次也没有？”

“没有。”S小舅子再次确定地回答。

没有？可刚才据S书记讲，这位小舅子是有过的，几次不确定，但一次还是该有的吧？！

怎么这位小舅子却说没有呢？按理说如果“有”，那是不该说“没有”的。因为是他们找的我，怎么这些信息不一致呢？

当然，有不一致也不奇怪。因为他们各自的信息都来自那位S夫人，等变成他们各自的印象转述给我时，这些原始信息扭曲成相反内容也未尝不可能。所以，要想弄个明白，还是要见那位当事人——S夫人。

好在一会儿，就能见到这位期待着我去发现真相的S夫人啦！

4

尽管我没有以那位S小舅子的形容为标准，指望出现一张仿佛“盼亲人、盼救星”似的面孔。但迎头撞上这样冷苛，甚至带出斥责的戒备目光，还是令我多少有些意外。

S夫人五十多岁，形容苍老、瘦削，以女人爱苗条的观点看，大概属于身材保持得好。但以我的眼光看，这种满脸向下的线条，再加上撑不起衣服的干瘪，只让我第一时间想起了七十多岁的慈禧太后。只是和那位老太太比，这位S夫人还少一些从容霸气，多几分怨天尤人的愤懑。

单看这副脸相，你会相信那位S小舅子的诉苦并不夸张——真像天下第一苦人。

只是这个“苦人”，站在一个装修很考究的房子里，浑身上下披挂着一身被她穿得仿佛地摊货，但其实是真正国际大牌的衣服。

此外，S夫人的脸上也没悲伤，只有极端不友善，还有那种不知是进攻还是防备的凌厉眼神儿，并且她似乎很以此为傲。她用苛刻挑剔，甚至近于恫吓的眼神儿扫视了我半天后，才终于以那种降贵纡尊的冷漠口气吩咐我坐下。吩咐完后她自己则如一切“贵人”那样，先往沙发上一坐一靠，然后开始眼珠朝天！

我慢慢地坐了下来，望着眼前这张仿佛给你个笑脸都是恩赐的冷苛面孔，不由得想起了那个经典的笑话：一个厨师每次做饭都偷一块肉藏起来拿回家，后来过年在自己家做饭，他也先切一块藏到了怀里。他老婆看到问他藏肉干什么？厨师一愣，这才想起来，说，哦，偷惯了……

这时，S小舅子终于出声提醒了：“大姐，你不是一直想跟郭支队说说你的不舒服吗？”

“啊，哦——”S夫人有些意外地嘟囔着，就仿佛那个偷肉厨师，终于意识到我这个被引领到她这位书记夫人面前的人，并非她常见的有事相求的家伙们。

“对了，郭支队，你要喝什么？”S小舅子又及时转而问我，继续化解着冰冷的空气。

“不用客气，”我望了一眼空空的茶几，说，“不过如果方便的话，倒杯开水吧，说一下午有些渴了。”

“好好好……”S小舅子连声地应道，“大胖，倒茶。”

很快，一个如S书记形容的，三十来岁，黑壮的、衣着甚是土气的女人端了三杯茶走了出来。

“尝尝，上好的龙井。”S小舅子又热情地寒暄道。

没有客气，我拿起杯子就喝了一口，果然豆香浓郁，醇和润滑。

“不错不错，果然一等好茶！”我由衷地称赞道。

S小舅子也端起杯子喝了一口。

那位S夫人呢，虽然不再那么冷苛，但依然十分“高贵”，这“高贵”就是目中无人般端起杯子，然后漫不经心地抿了一口。

喝完又非常“高贵”地懒懒评价道：“还行吧，这是特级的，绿茶还是要多喝的，防癌抗辐射，茶里最好的了，可惜我胃不好，不能多喝。唉，最近身体真是越来越不好了。”

听她扯到身体，我赶快就势询问。

健康也许是人人爱的，“贵人”也不例外。反正那位本来一副高高在上，仿佛对人说句话都是恩赐的S夫人，一下子来了精神，身体前倾，两眼瞪圆，开始比画着双手，跟街头老太太没任何区别，啰里啰唆地形容起自己的不幸来。

不过把这一箩筐般的描述归结一下，也是S小舅子简单形容的：头疼、恶心，难受。

如果有什么新的收获，那就是这位S夫人明确说明：每次难受都在饭后，而且是以显然不正常的方式难受着，是突然特别恶心，但吐一吐就能缓解很多，然后休息一两天，又能缓解很多的情况。

这听起来确实非常像下毒导致的。

所以当瞅到一个话空儿时，我赶紧插进去问：“那既然当时那么难受，你没有去看医生吗？”

“看啦，”被打断的S夫人稍微有些不快，“可现在的医生能干什么？什么也不会，就会骗钱！你知道他们开一盒药多少钱吗？那回扣有多少？个个跟抢银行的差不多。哼！其实也不光是他们，整个行业大多都做骗钱的勾当，哼！西药是这样，中药也是这样，我弟弟，”她一指S小舅子，脸上又露出那种愤愤的刻薄相，“原来做过药材生意，我们可知道这里面的内幕，你知道那时候什么人参、鹿茸、冬虫夏草什么价？现在是什么价？翻几百倍，几千倍呀！就这帮赚钱赚得像抢劫犯似的家伙，你能指望他们给你看出什么毛病？他们就关心能从你身上掏出多少钱！”

听着这耳熟的愤愤抱怨，我耐着性子继续询问：“是呀，现在很多医生是看着什么都不知道，也不问，一去就是开化验单，那么化验结果有什么吗？”

不知是不是嫌我耳朵硬，听完了还这么没眼力价儿地追问，那位 S 夫人脸上的线条越发向下啦！

“我都是之后的两三天才去的医院，当时难受得哪有劲儿走？过后也总有事忙，都要工作，忙得很，时间都是抽好久才能抽出来呢。”

这么说，就是医生毫无发现。

耳朵很硬的我又看了看这位似乎不愿谈医生的 S 夫人，决定更加直接地询问下去：“那么，根据您自己的感觉，是什么原因导致您这样突然头疼、恶心的？”

S 夫人乜了我一眼，耷拉着嘴角说：“我也不清楚，就是吃完饭后，突然难受的。”

“经常吗？”

“也不经常，有那么十来次吧。”

“十来次？那也不少了，那这十来次是连续的，还是分开的？”

“分开的。”

“均匀分开，还是没有规律地分开？比如平均一月一次，或者这个月一直好好的，下一个月却发作几回？”

“哦，”S 夫人沉吟着，似乎被我这个对她而言应该最清楚不过，或者略一回忆就该清楚的问题难住了，思索了好一会儿才含糊地回答，“说有规律也有，但说没有，也没有。唉。”

说到这儿，她又欲言又止地停住了，仿佛有很多难言之隐似的。

我不知她此刻的心思，不过没有追问，继续着我的新问题："那每次难受之前的那一餐，是你自己吃，还是有其他人同席？"

这个问题似乎又把她难住了，又思量了很久才同样不甚清楚地回答："好像都是我自己。不过，虽然吃的时候是我自己，但有时他们来，看到过我难受，都知道的。真的难受死了，头疼、恶心，你不知道多恶心，他们都知道我有多难受！哎呀，真是难受死了。"

S夫人又表情夸张地嚷嚷了起来，描述着发作后的痛苦状况。啰啰唆唆扯了半天，不过内容毫无新鲜的，就是难受，难受，难受到别人看着她的痛苦都能跟着难受到受不了。大概就是这些吧，一直反复说着，直到她自己可能说渴了，才停住，拿起桌上的茶连喝了几口。

接下来，大概诉苦诉痛快了些，S夫人对我的态度比开始友善了不少。

"你也喝，郭支队，多喝绿茶还是好的，抗癌防辐射。"

"是，谢谢。"我继续问，"刚才您说的他们指的是？"

"哦，我小叔子和小姑子他们两家人，还有我弟弟，这三家人常常会来我家坐坐。"

"哦，是这样，常常？那从来没正好一起吃过那种让你感到不舒服的饭吗？"

"没有，"S夫人满脸遗憾地回答，"他们常来，但很少在我家吃饭，虽然有时也会帮我做点儿饭。"

"哦，就是说，每次都是您独自吃完饭后难受？"

"是呀，你说奇怪不奇怪？"

"是挺奇怪的。对，忘了问了，应该不止你自己，还有保姆吧？"

"哦，对，大胖也吃，我忘了。不过她都是等我吃完，把饭菜拿到厨房再吃的，所以我给忘了。”

“那她有没有类似不舒服的感受呢？”

“没有。”S 夫人回答，脸上突然露出了一丝奇怪神情，“是呀，没有，真奇怪。她从来没有过，按说她跟我吃的是一样的饭呀！”

我注视着这位 S 夫人仿佛刚刚意识到这一奇怪现象的诧异面孔，提醒道：“会不会是您吃某种食物过敏呢？这种情况也很可能，现在污染严重，过敏的人是很多的。”

S 夫人歪过头，似乎郑重思考起我提的这个可能性，不过，两三分钟后，她摇了摇头，很肯定地说：“不会，我好像没什么过敏的。再说，这些饭菜都不一样。”

“都不一样吗？”

“是呀，除去米饭和馒头，”S 夫人再次肯定地表示，“可这两样我绝对不过敏，而且就算有一两样菜重复，时间久了我记不清了，可那些菜都是日常吃的，平时绝对有吃完不难受的时候。”

听着这非常确凿地回答，我点点头道：“那好吧，现在我想去你的厨房看看，然后和你家的保姆单独谈谈。”

5

我被领到了厨房。大胖正在做晚饭。

我告诉S夫人，既然正在做，就先做完再说吧，我站在这里等着就行。也许意识到我出发点的特殊，她对这个建议没有任何异议。

这个大胖，身量如S书记形容的——“黑壮”，模样也甚是粗憨，可以说相当难看。当然，这是我个人的审美观点，对于另外某些人，也可能觉得这算天真可爱。她看起来忠厚到有些笨，对于陌生的我的到来既不关心，也不好奇，就是那么做着饭。

看不出端倪的我，目光又回到了已经盛出来的晚餐：一份凉拌苦瓜、一份香菇山药，正在锅里的是芹菜腰花儿，粥则是燕麦小米粥，还在火上熬着。都是家常菜，但闻起来味道相当好。而且不仅味儿好，菜相也不错，尤其是配着精致的盘子，更显得绿的绿，黄的黄，让人很有食欲的样子。

可见确实“人不可貌相”。这位难看的保姆，有着一双比很多美女都巧的手。

“很健康啊，”我打破沉默说，“都是健康食品。”

“唉，没办法呀。”S夫人像所有注重养生，但又苦于应酬过多的人那样皱着眉对我解释，“常在外面吃，回家就一定要多吃素，要注意少吃油。大胖，少放些油啊！要记着，不然怎么提高手艺。”

“哦。”那个大胖头也不回地应了一声，口气甚是恭顺。

“闻起来很香嘛。”被菜味儿吸引的我忍不住替那位保姆说，“手艺真不赖，我看赶得上厨师了。”

S夫人却非常不屑地摆摆手说：“什么呀，也就是会炒个家常菜，真做好东西还不行，糟蹋。有的东西我现在都舍不得给她做，还得让她学。”说到这儿，大概考虑到适当的鼓励也是必要的，S夫人突然又转换口气说：“不过还好，大胖还算爱学，慢慢可能就能上手了。唉，也是没办法，现在外面的东西哪有敢吃的。就是大饭店，我看也不保险，油啊什么的……以后还是争取在家吃好，再说我家都是用橄榄油炒菜的，饭店会用吗？”

“肯定不会。”我承认，“要不是必须应酬，真还是在家吃好。”

大概养生是S夫人最有兴趣的话题，所以接下来不等我问，她就兴致勃勃地向我披露各种饮食安全问题。

“我早就听说他们饭店炒菜为了卖相好，经常加这样那样的东西，据说都是些化学玩意儿，你说那东西吃了对身体好得了吗？说实话，我是越来越不爱在外面吃了，有什么呀？”

这倒是，以S夫人的身份，大概什么好吃的都吃够、吃腻味啦。

S夫人最后斩钉截铁地说：“所以，我打算以后尽可能在家吃。”

“这绝对对养生有利。”我诚心赞同。

这时，大胖最后的菜也盛盘了。

“我做完了。”她解着围裙显得很憨厚地说，“还是我先端过去？”

“端吧。”我立刻同意。

大胖端起菜就向外走去。

我转回脸，又问S夫人：“这个保姆是从哪里找的？”

“从老家。”

“您老家？”

“对。”

“看来是知根知底的。”

“算是吧，”S夫人回答，脸上又露出一副自感无比善良的神情，“非要求着来的，家里穷，嫁个老公没本事吧，还喝酒打老婆，人还不规矩。没法子离了婚。当时离了婚还拖个孩子，在外面东混西混的，没个正经日子。就她那副模样，我看也是难混的。最后辗转托人求，再三求，说孤儿寡母的不容易，又都是老家人，我这人心软，看她模样也还老实，想，那就用吧。”

“哦，您心肠真好，这样她算是有个安心窝了。对了，她还有孩子是吧？她孩子呢？”

“孩子？”S夫人反问一句，似乎不明白我为什么会问这件事，“哦，在老家，应该是在老家，给姥姥、姥爷带着。那个小孩儿都没来过。乡下孩子，脏、闹、没规矩。我身体不好，可受不了。怎么，这有什么问题吗？”

“没问题，没问题。”我赶快声明，“就是听您一说随口问一句。”

说话间，那个大胖已经放好饭菜又走了回来。我就势停止，表示自己想和这位保姆出去单独谈谈。

不等那位S夫人表态，这位看来憨厚无比的大胖就立刻同意了，满脸的天真、爽直与热情。在向外走的路上，她就主动絮絮叨叨地给我形容起S夫人的痛苦来。那口气声调，乍一听会以为这人是在说自己呢。

真是任谁听完这些话都会把这样的人视为知己或忠仆！

我自己也不知为什么，有一种说不出来的困惑。

在这位看来忠心耿耿的大胖的述说终于告一段落，开始同情地咂咂嘴的时候，我才随口问了一句："能告诉我你一个月多少工资吗？"

为什么问这个问题？坦白地说，就跟问S夫人"保姆的孩子在哪儿"一样，并非怀疑，只是一种习惯，没得问就先排除唯一可能的嫌疑人有什么可能起歹心的动机吧。比如如果不能照顾孩子，挣钱又少，主家再苛刻，那起什么怨恨、歹心就不是不可能的事。

这只是职业习惯，当然，这话听着肯定不甚友好，所以一般人都会不太开心，甚至有些戒备。

大胖也不例外，她眨眨眼，同情的表情消失啦，变成了狐疑。她狐疑地审视了我一会儿后，又一叠声地说S夫人对她怎么好，S小舅子对她怎么好，S书记对她怎么和善，S书记家的亲戚怎么和善，还有这个家看着怎么好，住着怎么舒服之类的话。

在这滔滔不绝的赞美之后，大胖又神情一转，目光凛凛、表情凶悍、口风十分凌厉地告诉我："傻子都看得出来S夫人的不舒服是为什么？就是因为S书记总不回家，外头狐狸精太多！"

随后这位黑壮的保姆又骂了一阵男人的没良心与无耻。这一次我怀疑是她想到了自己的不幸遭遇才会如此愤怒。

不过动气归动气，理智还残存。因为在痛骂完之后，这位大胖没忘再拐回主题。

大胖再次明确地告诉我：傻子都看得出来这里没什么投毒事件，

不过就是S夫人的计策，希望S书记能回心转意，多重视重视这个家而已。如果我不信，尽可以查，她绝不怕查，因为她什么都没干！

对我，她也表示理解，不得不应付领导的为难。只是，如果我打算找个人当替罪羊，作为巴结领导的手段，那就是自找麻烦。因为有机会碰触饭菜的都是亲戚，不是S书记的，就是S夫人的。哪怕是她，也算是S夫人的远亲，她们不会容忍我冤枉她的。

即使我硬冤枉她，也没人会信的，因为他们心里都清楚，根本没人投毒。另外，即使我不信这一点，那至少她没被怀疑过，否则为什么还要一直让她做饭呢？

这真是有理、有力、有节的反驳，驳得我无话可说！

大约看到我已然被她的驳斥震住了，这位保姆越说越激昂，挥着有力的双臂再一次明确告诉我："傻子也看得出来，S夫人自己也知道没什么投毒事件，如果我这个警察都看不出来，哼哼……"她以恰当的鼻音暂停一会儿，大约是给我这个愚笨警察几分钟意会的时间。然后在感觉我可能已经明白过来点儿了，才铿锵有力地总结：归根结底一切痛苦根源都在外面那些坏女人身上。而我如果真想圆满完成此事，那就告诉S书记，S夫人是更年期，状态不稳定，只有家庭温暖才能缓解这样的状态，请他多回家。除此之外，任何邪招儿都不可能有好果子吃！

总结完后，这位大胖保姆才走形式般地问了句："你还有什么问题吗？"

还有什么问题？那一刻我只觉得自己好比武侠小说里那种没本事，却偏还向什么武林世家挑战，结果还没见真神，就被烧火丫头一棍打出来的那种不知天高地厚的笨蛋一般。

还能有问题？只有灰溜溜啦！

于是灰溜溜败下阵来的我，臊眉耷眼地跟着那位黑壮保姆灰溜溜地走了回来。

再次回来，S 夫人已吃完营养均衡的晚餐，正歪在沙发上皱着眉头剔牙，表情甚是凶厉，看起来很有“山雨欲来风满楼”的架势。

灰溜溜的我一时很纳闷儿，就这一会儿工夫，旁边还是她亲弟弟，她这是又火什么呢？

正诧异间，S 夫人突然腾地站起来指着大胖恶狠狠地问我：“她是不是有什么问题？”

我一愣，不明白她为什么这么想。

“你们去了很长时间，”S 夫人又说，一脸电视上揭谜底的神探相，“我知道郭支队你是有名的神探，所以没有问题，你绝不会问她这么久的。你说吧，要是有问题，我决不护短！”

哦，原来如此？！

我顿时像所有没品的失败者那样，为并非自己的胜利而暗暗幸灾乐祸起来：哼哼，这可要怪大胖你自己！谁叫你“宰相家人七品官”似的，气势汹汹，又东拉西扯个没完呢？

生活总是有人哭有人笑呀！

突遭攻击的大胖的心情肯定跟我是“冰火两重天”，她登时捶胸顿足地喊了起来：“没有啊，没有啊！阿姨呀，我怎么能干那种事？你对我那么好，让我有得吃有得住的，我要干那种事天打五雷轰啊！阿姨呀，你可千万不能这么想啊，这么想我可是太冤枉了，死了都是冤死鬼呀！阿姨啊，你要不信把我用过的所有东西都拿到公安局去验好了，要是能验出一丁点儿，把我枪毙都行！”

声音那个委屈凄惨，连在一旁的 S 小舅子都站起来劝：“大姐，你说什么呢？大胖也算咱家的远亲，怎么会这么做？”

但S夫人却只呵斥了一句："你少管！"

"不是我多管，"S小舅子继续耐心地灭火，"你这么说让人笑话，大胖干吗这么对你？像她这样要啥没啥，除了有个儿子要养，老公都没有，也没什么文化，她能盼你倒霉吗？你有个好歹她连饭碗都没了，你说是不是？"

"是呀是呀！"一旁的大胖也又忙不迭抓住这最后一句有力的反问为自己辩解，"我只有盼阿姨你长命百岁地活着，我自己才有指靠，我怎么可能干那种事？你说我现在又学做饭，又学煲汤，专门跟广东人学，不就是为了能长久地伺候阿姨你吗？"

但这些哭喊、劝解、央求似乎都没对S夫人有任何触动，她依然凶巴巴地瞪着我说道："郭支队你别理他们，要是有什么问题，你只管把人带走。我说了我不护短的，我告诉你，到了你们那儿你就按你们的规矩来，随便来，我绝对不说什么的！"

"我们的规矩"？什么意思，是说刑讯逼供吗？还"随便来"？又是什么意思，是暗示我可以二话不说就只管上刑？

"大姐呀！"

"阿姨——"

注视着眼前这个一脸冷酷的官太太，本来有点幸灾乐祸的我再也乐不起来啦。而且，一直强压的厌烦感突然顶到了喉咙口。

"不，不需要，"我冷淡干脆地回答，"现在我只需要再问您一个问题就足够了。"

这句话似乎稍微有些出乎S夫人的意料。

"问我？好吧，什么问题？"

"您明天的晚餐打算吃什么？"

"哦？我打算让大胖做个龙井虾仁、香糯荷藕和清炒空心菜。怎么，这有什么问题吗？这都是很健康的菜，我都是一星期一星期的安排菜谱，这样营养搭配更均衡，更好地吸收，非常科学，这难道能有什么问题吗？”

“不，没有问题，”我依然冷淡地说道，“不过对我有意义。”

“意义？”S 夫人再次反问一句，然后像一头老鹅似的一边伸着脖子又凶又狐疑地盯着我，一边又以质问的语气追问，“什么意义？你发现了什么？到底有什么问题？”

6

我没有回答S夫人的追问，而是干脆地告诉她，关于这些我要先和S书记谈谈，然后立刻告辞了。

跟随我而出的S小舅子似乎洞悉我的情绪，或者，明了我最后询问的含义，在一旁忙不迭地解释起来：“郭支队，其实我大姐平时不是这么喜怒无常的，也就是这一年来才这样，我想是更年期。对！更年期更年期！”仿佛抓到一个最合适的理由，S小舅子越发顺溜地说了下去，“现在医生都说了，女人的更年期特别难过，都会情绪失衡，脾气暴躁的。”

“是，”我敷衍地回答，“我听说过。”

“是呀，我就知道郭支队你明白，像郭支队你这样整天跟罪犯打交道的人，你说心里难受引发的犯罪是不是多了？”

这倒是真的！

望着点头承认的我，S小舅子继续说：“心里难受引发的犯罪多了，可见难受有多大的副作用。人要是痛痛快快的，谁会去犯罪呀？”说到这儿，S小舅子目光露出了感伤，“而且还不止这个，估计郭支队你也听说了，我大姐夫，这一两年，唉……这对我大姐也是个打击，所以情绪越来越失衡。其实这也可以理解，哪个女人受得了？说实话对我大姐而言，什么补啊、营养啦，都没用，只要我大姐夫能多回回家，其实什么都好了。”

这最后的声音里，充满了无可奈何的痛苦。不过说这些找错了对象。我呢，除了哼嗯，或者撑死给个报以同情的苦笑，还能做什么？也许意识到了这一点，S小舅子也沉默了。在这压抑的沉默中，我们的车很快又驶回了S书记的办公室。

对我尽快汇报情况的要求，S书记十分配合，只是似乎对答案有数，坐在沙发上，一见我就优哉游哉地笑问：“是不是既没发现毒药，又没发现投毒犯呀，郭支队？”

我点点头。

“我就知道是这结果，”S书记又笑着说，然后又斜了一眼坐在我旁边满脸赔笑的S小舅子，“只不过有些人不信，现在证明给他们看看罢了。”

S小舅子的笑容顿时尴尬起来。

“不过呢，”S书记又话锋一转，叹息地点点头，显出宽大为怀的慈悲神态，“其实我也理解，人哪，脑筋不正常了，怎么疑神疑鬼都不奇怪。这是病啊，我们要理解，要有科学的头脑。面对一个现象、一个人，不管乍看多么危害社会，多么让人受不了，我们都不能仅从表面现象来判断，觉得这人就犯罪啦、就是坏人啦。不能，绝对不能！郭支队，你们公安战线更要格外要注意这个问题，一定要有惩前毖后、治病救人、宽大为怀的心胸。要有慈悲心，是不是啊？

总之呢，面对一个问题、一个人，是不能轻易就说这人不讲理、就扣什么道德帽子，因为很可能不是这人的错，是病，是疾病把她变成了这样的！是不是？因为你不能以一个正常人的标准去要求一个疯子，对不对？我们的法律是不是也是这样？疯子杀了人都不能判死刑。为什么国家法律这么明文规定？就是因为我国的法律充分体现了人文关怀精神！啊？对不对？而我们作为受党教育多年的干部，就一定要有这种科学的精神、人文的精神，对不对呀，郭支队？”

默默地望着这位满脸悲悯的书记大人，我苦笑着一时不知怎么恰如其分地回答了。

好在也不用我为难了，因为一旁的S小舅子脸色发白地开了口：“是，大姐夫，您说得对，就是病，我大姐最近脾气是很暴躁，那就是病，一定是更年期发作。现在大家都知道的，女人更年期发作不得了的，都是闹得家里鸡飞狗跳的。其实都不止这些，路上我还跟郭支队聊，他告诉我，有些更年期女人因为过不去，自杀的也有、杀人的也有。就像您说的，都是病，激素，对，雌性激素在作怪。大姐夫，您说得很对，就是病，就是更年期闹的！”

果然是棋逢对手呀！

我不由得暗自赞叹，不过没等我暗叹完，就又领略了什么是“强中自有强中手”！

S书记仿佛赞同般地点点头，又开口了：“是呀，更年期是难过呀！就跟你们说的，更年期过不去那是非常痛苦的。像郭支队说的，最终恨不得能抑郁得自杀，或者暴躁得要杀人都不奇怪。因为这就是病，激素失衡导致的疾病。我们常说的疯子，其实归总也都是激素失衡导致的，什么都正常，哪会疯？是不是？我信，要是郭支队这么说，我信！”

要是我这么说？我说什么啦？！我什么时候说话啦？我登时傻了眼，苦笑着不知怎么解释。

“所以呢，”S书记继续如大会发言般滔滔不绝地说，“大家一定要有科学的意识，意识到更年期还能造成更多的危害，不仅可能造成抑郁症，还可能造成躁狂症！对不对？啊，这都是医学领域早就认定了的。郭支队呀，以后你们办案，一定要注意这个方面，要多请医学部门介入，不要把该关起来的病人拉出去枪毙，那样就会造成真正的冤假错案。哪怕你们案子破得不错，凶手抓得也不错，那也是一种遗憾，不，是一种落后，一种落后的办案精神！因为我们生在现代社会，就要有现代的文明精神，病人就是病人，要有这种心胸，要有这种把精神病人送入精神病院，而不是劳改、死刑的心胸！”S小舅子的脸，彻底煞白啦。

“大姐夫，我大姐精神没毛病！”他突然不再拐弯抹角，直突突地说道，“我知道可能这段时间我大姐脾气有些暴躁，闹得您很不安。这都是更年期闹的，可闹归闹，她精神没毛病。真的没有，大姐夫，你们结婚那么多年，巍巍都这么大了，在国外跟个大人似的生活。虽然她有时也很想你们俩，这也难怪，再大的孩子也想爸妈呀。孩子知道妈妈的心，知道妈妈希望一家人永远在一起。她都知道，你这个爸爸跟我大姐过这么多年啦，还能不了解我大姐吗？”

不知是明显的服软，还是提到了孩子，总之这一番话下来，S书记看起来不那么“笑面虎”了，但还是沉吟着说：“唉，也是呀，可你大姐总是这么疑神疑鬼的，不由得人不那么想啊。唉，要不，我找个医生给你大姐看看？”

这一回，S小舅子的脸色又由煞白转绿啦！

“其实不用看，我大姐精神正常得很。”S小舅子再次口气坚定地说，然后，突然又转向我，目露哀求道："是不是，郭支队？"

但还未等我回答，S书记就笑着替我说道："你问郭支队干吗，他也不是医生那不是难为他吗？不过，既然你一定要问，那就让郭支队说说。"S书记又笑呵呵地冲我一点头，目光炯炯，很有官威。"郭支队，你觉得呢？"

我终于不得不开口啦，虽然照着S书记仁慈地为我定的调子，含糊推搪一句也可以。

但是，怎么说呢，尽管很讨厌那位S夫人，但嗅着这谈笑间却可能制造出冤案的危险气息，我身上那种——就是对方虚假恭维的"不畏权贵"的脾气发作了！

所以呢，我按照自己的感觉给了诚实的回答："作为外行我不认为自己有资格判断，请医生才是最合适的。不过如果要我谈谈自己的观点，那就我的观察，我认为您夫人倒没什么疑神疑鬼的特点。比如就她自己的描述，那么嫌疑人只有您家保姆一人。可今天我到您家时，保姆为我们倒了茶，我看到您夫人没有什么担忧，之后喝得也很自然。这种情况也表现在晚饭上，完全没有任何戒备。那我以普通人的常识感觉，一个陷入'被迫害狂'的人，应该不会这个样子。"

S书记的脸，越来越不满地沉了下去。当然，S小舅子则对我投来了感激的目光。

我装作没看到，因为接下来我就要得罪他啦。

"与此同时呢，我也不觉得这是更年期问题。当然啦，还是以外行人感觉。很惭愧，我们现在办案还停留在谁是凶手，怎么作案的层次上，最多也就是对于特别状态的嫌疑人做个精神鉴定。其他方面的疾病，哪怕是癌症，也是完全不考虑的。所以对因为什么病导致什么精神状态，因此可能是什么什么原因的问题从没总结过。这方面我们确实差距很大，我个人就更差了，所以还要先强调下，我只是从常识判断。比如说……”

我把我和S夫人在厨房的对白，和临出门前和S夫人最后对白描述了一下。

“谈这些的时候你夫人的状态非常稳定，除了可以感到她具有正常的理性外，还可以感觉到这么希望健康长寿的人，一定还是对现有生活比较满足的。因此我觉得也不像一个正深困于更年期的病人。另外，更年期状态严重的病人似乎应该有一定病征，比如脸颊潮红、出汗、燥热、精神不稳定等等吧。当然，这只是我作为外行的个人感觉，真正怎样，还是医生最有发言权。”

我老老实实说完后，收获了两双静静射来的含有深深不满情绪的目光。

我个人感觉，这是那一天这二人唯一心意一致的时刻。

总之那一天的结果是，当我老老实实地观察、询问，并真的对赞美我诚实美德的人们小小展示了一下这种美德之后，却以同时得罪所有人的倒霉结果而宣告结束。

得罪贵人肯定不是好事，我也不想得罪，自然也是忍不住暗暗叫苦。不过想来想去也无计可施，于是自我安慰地想我们的S书记并没权大势大到一手遮天的程度，所以就这样吧。

这么一想便安心了很多，立刻以假勇士的勇气，把这个倒霉结果撂一边了。

自己的倒霉撂了，可这件事倒没撂，因为这天下午发生的一切让我太迷惑啦。怎么会这样？为什么唱这么一出近于“狼来了”的戏？

要知道他们都不是无知无聊的孩子，恰恰相反，他们个顶个都是比常人都精明得多的精明人。那这样的荒唐，又是为哪般呢？

7

我并没有迅速得到答案，因为这件事仿佛了结一般，再没听到任何新信息。直到过了三个月左右，才听说这位S书记又找去了我的一个同行——只负责命案的孙队破案去了。

又有人被“谋害”了吗？

这又让我忆起曾经的困惑：那这次是真是假呢？

所以几天后遇到孙队，我就赶紧问起了这件事。

孙队是个耿直粗犷的人，听完我的询问，干干脆脆先回答了这么一个字：“呸！”

接着，才一脸厌恶地说：“别提这无事生非的一家人了。”

“无事生非？”

“什么也没有，你说我怎么形容？”

“什么都没有？”

“是呀！”孙队回答，然后简略地把他那一下午的经历讲了一遍。

和我的经历差不多，当然那位S夫人的表演比我那一次更真实了些，估计是后来从她弟弟那里了解到我的观察角度，所以这一次做了改正。但是，假的就是假的，总是有漏洞的，尤其是对于经验丰富的孙队。他很快就看出这不过是S夫人的表演罢了。

“说实话，其实也不用看，我听说郭支队你上次的经历后，心里就有谱了。”孙队最后说，“说起来就是烦，正事还忙不完呢，倒去扯他们？就算老公有权，也不是这么涮我们的。说实话，官比他们大的咱们也见过，都没这么无聊的，也没那么没素质。哼！真是小人得志，有点儿权就不认识自己是谁啦，我看这家人要完。”

“要完？为什么？”

“家和万事兴嘛，像他们一家人，现在个顶个彼此算计着，能好吗？哎，我告诉你郭支队，你知道他们为什么这么胡折腾吗？”

“为什么？”我连忙问，“这就是我想不通的。”

孙队不屑地一笑，举起食指比了比，道：“为什么，还不是那一位现在红颜知己太多啦，我听那小舅子说，有几个已经‘蹬鼻子上脸’，所以当老婆的有了危机感，想把老公拉回来。能怎么拉？就是女人的老招数，‘一哭二闹三上吊’呗。不过这位官太太越老越爱惜自己，怕哭坏了自己，更不肯试着上吊。那就只能装病、装着被谋害啦。总之就是危言耸听，最终希望借着这话把那位领导同志叫回家。”

“呵呵。”

“你别笑，这么穷诈唬也挺有作用的，我听说那位领导同志不得不收敛了好多，时不时回家一下。只是有用归有用，我看也只能是短用，要是长期用，只怕要有副作用啦。”

“副作用，你是指？”

孙队摇摇头：“郭支队你该知道啊，上次你是怎么得罪他们的？

你不是说那位官太太没精神病？”

“这么说这次又谈到‘受迫害狂’的话题？”

孙队一咧嘴说：“可不是！不过咱也不用担心，这事儿也没那么容易冤枉成。人家弟弟在这儿支持着呢，这次人家有准备，这小舅子请了个医生，先证明了姐姐绝对没有精神病；又请了个医生，证明她姐现在处于什么更年期。嘁，这更年期要更多少年呀？”

孙队又不屑地咧咧嘴：“但‘有钱能使鬼推磨’，医生照样能说得跟真的似的。然后又拉着我，苦苦请我证明他大姐没精神病，又请我举案说法地告诉那位领导大人，痛苦的妻子能做出多么可怕的事。这倒是事实，长期外遇，家里不闹出点儿问题倒是少数了。实话咱不怕说，那就说呗。总之我们这一边是硬的，大概这小舅子是想告诉这位姐夫大人，第一，别想着能那么容易就诬陷了我大姐；第二，我大姐这边人证很多啊。然后那一边呢，这小舅子自己就跟孙子似的说软话，苦苦哀求，总之是软硬兼施，弄得跟唱戏似的。看一套下来，我才发现这软饭也不好吃呀！”

孙队最后发出讥讽的长叹！

“软饭？”我有些好奇，“这里谁吃软饭？”

“也不算地道的软饭，”孙队笑着摇摇头，“我只是这么比方，早年官大人还比较收敛，所以小舅子还主要是自己混。你知道这位小舅子原来是干什么的吗，做买卖中药材之类的生意。要说这生意做好也是很赚钱的，西门庆不就是开生药铺的？但是，再赚钱的正经生意也要有点儿本事才成。我们这位小舅子虽然一进酒吧包间可以跟西门庆比，可其他方面显然比不上。据说一直都是瘪三，不挣什么钱，直到他大姐夫坐正后，算是平步青云。‘馒头掉到稀饭里——发了’，而且真是幸福地发，再没比这更容易赚钱的事啦！”

“是吗？那怎么赚？”

“一贯的手段啦。就是开个公司，代理所谓的申办业务。接下来没门路的老百姓要倒霉啦，你去那位领导大人那里办事，那是怎么都办不了。当然，领导大人也不会说不办，就是‘研究、研究’。正经做生意的谁经得住这么心怀叵测的‘研究’。你急了吧？没关系，这边有大门哪。如果你通过这位小舅子的公司，得，一切OK啦。你说，还有比这赚钱更容易的事吗？我看罩着他的那位姐夫大人，也没这位小舅子这么舒坦，天天洗着桑拿，泡在KTV里就把钱赚回家了。”

我苦笑笑。

孙队更加不屑地说：“所以我说是软饭。不过前两天看他那样，倒果然是软饭有软饭的辛苦，就是大树不能倒。要不他那么上蹿下跳地为他大姐奔命呢，这要是正宫失位可不得了，冲着自己未来的财路也得奔哪！所以我说这吃软饭也有辛苦的地方。”

听着孙队不屑的嘲讽，我忍不住也笑着调侃：“那当然，你别老以为咱风里来雨里去才算干活，人家那也有劳动，也有你想不到的心眼儿在动！”

“那是，就比如这装被人投毒陷害，我看就是这姐俩一起思谋的主意。而且这主意乍看好像跟不上时代似的，是不是？现在什么知心大姐、心理医生一教女人就教怎么忍辱负重，怎么要越背叛越贤惠。但你看这法子好像又老套又错误，可细想想其实非常对。”

“是吗？”

“对呀，因为这事儿根儿上就坏了。为什么不想回家？因为讨厌看你那张老脸。可这一位呢？她可不想没了这地位，还指着老公的身份耀武扬威、无事生非呢。怎么办？整容也整不回去呀，回炉重造还差不多，但又回不了炉，那就闹呗！反正当领导的肯定不敢跟一般老百姓似的，轻易玩儿绝的。一定是越闹就越怯，心里恨不恨的，嘴上暂时都要敷衍敷衍，对不对？这么一闹二闹闹两年，呵呵，要知道这里头不光官太太有岁数，官大人也有岁数啦，是不是？还能火热几年？等拖到身体歇了菜，精神估计也离歇菜不远啦，那事情不就自然而然从根上解决啦？”

“听起来倒是，”我想了一下说，“如果我们的官大人身体歇菜快的话，倒是不错的盘算。不过要是我们的官大人身体好得跟那些七八十岁还为嫖娼打破头的健康老农似的，那好像就有点儿悬啦。”

听着我的调侃，孙队一笑，也调侃着回答：“那当然就麻烦啦！不过整天斗争、应酬、后妃又多的人，估计身体不会那么好吧？再说没准儿也不用这么久，可能见效比这还快。因为这事儿还不光有身体的因素，身份因素也很重要啊，我听说已经闹得有人想拿这些做文章了。”

“哦？这么说很有效啦？”

“当然！你想明年就是一关，我看那位书记大人为大计想，应该也会暂时隐忍。他比谁都清楚，要是没权没势没钱，就这么一糟老头子，可不会招这么多母的打破头地送上门。呵呵，这么一想，看来我还漏想啦，估计这也在计算之内，你想受了这么多年熏陶，人家那脑子肯定比咱强啦，哈哈。”

“呵呵，是呀，看来所谓的失控，被谋害，都是有计划的。”

孙队又撇撇嘴：“那当然，你以为人家是谁？都是粘上毛比猴都精的主儿，比如上一次你实话实说，以为得罪俩人了吧？不错，肯定得罪了。但是，不耽误人家这位小舅子见任何人都说：郭支队都说我大姐身体绝对没问题，热爱生活，情绪稳定。郭支队大家都知道，是个‘神探’，而且人品正直，这是有口皆碑的。听着都是夸你吧？比你自己夸自己的还大。可起什么用？除了让那位书记大人更讨厌你外，有屁点儿好处吗？事实上他自己更防你啦，要不这次怎么不找你？只不过嫌你是嫌你，要是以后那位大姐夫恼羞成怒想把夫人送到某些地方，这边一想反击，你就被扯进去当证人啦！”

我听得一阵苦笑。

孙队也苦笑了一下，说：“我也一样啊！真到那时候，我肯定也跑不了。不过好在这次我感觉似乎夫人小舅子一方暂时要取胜，希望他们取胜吧，以后就消停啦，省得闹来闹去，最后居然把我们这些不相干的警察也扯进去。操，真他妈‘庙小妖风大’！”

我听得又忍不住笑了，但最后那句‘庙小妖风大’，却又让我陷入了曾经说不出来的困惑中，因为孙队的解释尽管已经很透彻了，但还是让我觉得仿佛还有什么没解释通的地方。

比如我刚说的“健康老农”的话，那当然不乏调侃，但也不全是。因为虽然S书记不年轻了，但如果他跟他夫人似的，没什么病，又饮食有度、起居有节，时时刻刻注意健康，那像那些健康老农似的，七八十岁都不怎么“歇菜”，也不是不可能的。或者至少，几年内不“歇菜”是没一点儿问题的。

如果是这样，那把希望寄托于S书记身体迅速“歇菜”，可太没准儿啦。尤其是以S书记眼下不断发出的信号，S夫人难道意识不到这么一意孤行，就算暂时压住了S书记，再向后也许就很难说了？

另外，就算是S夫人正醋意大发意识不到，身边的人也都考虑不到吗？

因此我觉得有些奇怪。

但反过来想，女人醋意大发后那做什么事都可能的？另外，贪娄之人即使很聪明，但也都有赌徒脾气，走一步是一步其实也正是他们的特点之一。

所以其实如此闹也说得过去。

可如果说说得过去吧，这个闹法儿好像也有点儿太稀罕了。

但人逼急了，什么招儿想不出来呢？再说，我也并不了解S书记的身体状态，也许就如孙队说的，应酬没头儿，后妃太多，以他的岁数，继续保持透支身体的生活方式，那他离“歇菜”确实近到眨眼间。如果是这样，这样的策略就未必不合理啦！

可如果说合理吧……

反正那一刻我觉得又清楚又糊涂，一时东想、西想、南想、北想地想了好久，可是惭愧呀，这么乱想一阵子的结果是越来越糊涂，越想不出个所以然。

于是最终的结果是：我如一切没进取心的笨蛋那样，倒想出了一个很冠冕堂皇的放弃的理由——郭小峰你有毛病吗，操这种闲心？人家这样的人用你操心吗？难道你忘了人家家里的保姆都比你智商高一截吗？真是吃饱了撑的！

放弃的理由一找到，自然是立刻心安理得地彻底把这件事丢到了脑后。

不过，就仿佛这件事不是我希望想明白便能明白的那样，也不是我想丢便能丢得掉的。

因为如果事情确实不那么简单，那么最终又回到我们手上就是必然。果然，在大半年后，我又突然被摆在了这个疑案面前……

8

那是一个毫无征兆的开始，一天我的手机显示了一个陌生的电话号码，而接通电话后，我听到了S书记的声音，迫切、简洁，毫无官腔：“郭支队，如果没有特殊的情况，你务必尽快到蓝色快捷酒店502房一趟，我有很重要的事要和你谈。另外，这件事暂时不要告诉他人，任何人都不要说。”

放下电话我一时诧异莫名，因为蓝色快捷酒店只是个普通的三星级宾馆，一般情况像S书记这样的人是不可能住的。另外又在本市，他干吗住哪里呢？而且来电显示的是快捷酒店的号码，为什么不用自己的手机呢？是又要上演一出他们自己编的戏吗？我如被“狼来了”骗怕的人那样，本能地产生了这样的怀疑。

当敲开502的大门，望着面前多日不见的S书记，我大吃一惊！

这位S书记，已不复我一年前看到的那副微胖的、比实际年龄年轻不少的“老风流”模样。

简单说，此时的S书记憔悴、苍老，并且一看就是一脸病容。

我左右看看，房间里就我们俩，而S书记虽然憔悴、虚弱，但目光里透出的却是真正的焦虑。

“出什么事啦？”我直言不讳地问，“您看起来身体不太好啊！”

S书记看着我，没有再打官腔，而是很直接地反问一句：“如果我告诉你，目前有人一直在投毒谋害我，你会觉得可笑吗？”

望着S书记那憔悴的病容，我摇了摇头。

S书记长叹一声坐了下来。

“我知道你不会奇怪的，”他的声音沉痛，“所以我找你，我告诉你郭支队，我现在感觉自己可能落到一个圈套里啦！”

圈套？

我又左右看看，开始明白S书记为什么要来快捷酒店，而且要用酒店的电话了。显然，这不仅真有被“迫害”的担忧，而且还感觉这个迫害既逼近又强大，大到连手机都怕被窃听。

我一时又生起了一丝疑虑，因为这是几年前的事，那时窃听软件还没这么泛滥，窃听个谁的电话还不是那么容易的事。又加上经了两回“狼来了”，下意识地忍不住觉得该不会这人老处在“狼来了”的环境、压力之下，精神出现异常了吧。毕竟，他家有这传统。而一个人要老听“投毒谋害”“谋害投毒”之类的话，有时情绪也会被牵进去，就像我们常常被电影情节牵进去那样。

于是我也坐了下来，尽量放缓声调问：“您别着急，慢慢说，从头说，到底怎么回事？”

S书记连声答应，然后立刻就捂着大约胃部的位置，急不可待、毫无官腔地讲了起来。只听了一会儿，我就渐渐明白个大概。

简单地说，这位S书记大概在几个月前开始觉得身体不适。开始以为是累的，毕竟，这个年纪了，争权夺利的斗争又复杂，耗神耗力的，哪儿有点儿不舒服也不奇怪。扛了一阵子，发现越来越不舒服，终于不得不去了医院。但因为面临连任，诸多担忧使 S 书记也不敢在医院多耽搁，匆忙之下医生也没看出什么，没有给出明确的病因。

而不管是医生还是我们，如果发现身体变坏不是哪儿出现可怕的器质性病变，一般都不主张多吃药，而是主张尽可能恢复健康的生活方式，自然调解。

S 书记也不例外，他甚至都没拿药，直接回家，决定之后好好调养一下。

可尽管放弃了曾经的诸多爱好，精心注意饮食，生活也比较规律，身体却不仅没有丝毫好转的迹象，反而持续恶化，症状越来越明显起来，比如头晕、恶心、记忆力衰退，总之渐渐是浑身哪儿都觉得不舒服。

实在难受得扛不住，S 书记又去了医院，医生就建议索性住院好好检查一下。但正在这个时候，一个重要到不能不参加的会来了。前程事大，只要还能走得动，那自然就得去。

于是 S 书记不得不中止检查，拖着病体去开会，而且一去就是半个多月。

但出乎意料的是，虽然开始是拖着痛苦的病体去的，可到了会议结束的时候，S 书记反倒觉得身体比之前好了一些。

这让 S 书记很高兴，不过还是没有多想，依然以为可能是以前操劳过度，而会议期间比较轻松所致。总之是带着期望回家，准备再好好修养一阵子，看能不能彻底养好。

但万没想到，回家之后，身体又很快恢复了老样子，而且不舒服的症状与之前很相似。

这下S书记警觉起来，自己本来身体底子很好，现在又过着几乎前所未有的规律健康的生活。如果没什么致命的暗疾，就算不好转，也没理由越来越不舒服呀。而且再一仔细回想，他的不舒服，就是在比较稳定地回家吃饭约一两个月之后开始出现的。

然后是日渐严重！

“郭支队你说，”S书记最后问我，“有没有这种一天投一点儿毒，让人慢慢中毒的案子。”

“当然有。”我说，同时也开始相信S书记的感受不是幻觉了，以他的病容，描述病情的客观口气和自我推理的逻辑性来看都不像是假的。

我又想了一下，索性直接说：“那既然这样我就直接问了。”

“问吧，”S书记立刻回答，一副病人等医生药方的急切模样，“我今天请你来，就是请你帮我分析的，我知道郭支队你是神探，而且不会徇私枉法。”

不徇私枉法，又是这句！看来这也是觉得背后有更大的势力啦？

真会如此吗？光天化日进入到他家？

我有些不太信……

“那我就直接问了，您和您夫人的感情到底到了什么程度？”

可S书记却摇摇头：“不，不，哦，当然，我知道你的意思，但不会是我那口子。”

“哦，这么有把握？”

“对，”S书记相当肯定，“因为她跟我一样，也是病得越来越重，都有股子发傻的劲儿啦。”

“是吗，您确定？”

“当然，真病和假病还是看得出来的，她现在绝对是真不舒服，我看比我还严重，相当严重。而且，叫我看，她可能比我病得还早。她很早就说了，只不过开始我以为她又搞老一套，没在意。”

“哦？”这确凿的回答令我大为意外，托着下巴沉思了一会儿，“那这么严重应该看医生了吧？”

“看了，现在病历本整天都搁在桌上。”

“那您看过吗？医生有什么诊断吗？”

“翻是翻了下，但医生的字都认不出来，我也懒得再看。我自己看病你知道，第一次匆忙，第二次等于没看，这回是一有感觉就赶紧跟你联系啦，什么事得找什么人我是清楚的。”

我点点头，看来S书记脑筋倒还算清楚。

“这么说你相当确定跟投毒有关？”

S书记再次异常肯定地点点头道：“对，虽然我不知道是什么，可绝对不对头，血脂高能让我恶心到要吐吗？而且以前也没什么事，从稳定回家吃饭后，这情况就出现了。而且回家吃饭越多，越严重，那不邪了门啦？”

我看了看S书记那急切的憔悴病容，点点头追问道：“那你一般在家吃哪一顿？早饭、晚饭还是午饭？”

“主要是早饭，晚饭也不少，中午几乎没在家吃过。”

“那一般你们家早饭晚饭都吃什么？”

“早上就是牛奶豆浆，有时也喝粥，主食不是馒头就是面包。晚饭一般都是粥、炒菜、馒头或饼。”

我想起曾经看到过的燕麦粥。

“那种杂粮粥是吗？”

“是呀，天天在外面吃，所以晚饭我们家基本都是杂粮粥。健康得很，所以肯定不是营养搭配不对的问题。”

那倒是，喝杂粮粥不该有问题的。当然，如果往里多加点儿什么，那可就不一样了。

我开始朝着S书记怀疑的方向追问：“是吗，那你们家平时有几个人吃饭？”

“一般是三个人，我、我老婆和保姆大胖。”

大胖？那个又丑又黑壮的保姆浮现到我的眼前。

“那这个大胖状态怎么样？我想你们吃的饭应该一样。”

S书记回忆了一下。“好像她也说自己头疼、恶心，不舒服之类的，不过——”说到这儿，S书记突然脸色一变，“要是没有应该也能装吧？”

“就是说你觉得她不像真的不舒服？”

S书记又咂摸了一下，缓缓地摇了摇头。“我说不准，说不像我觉得好像有时也是真难受，尤其是最近。可话说回来，天天看我们难受的样儿，她要想学我们，那也很容易。对，我觉得这个可能性还是很大的。你想，家里就这三个人，除了她还能是谁？我肯定没害自己。我老婆呢？我不说她这么害我没好处，就说她那爱活的劲头儿，就绝不会弄得自己比我还难受，所以肯定也不会是她。也就是那个大胖了，天天她买菜做饭。对，一定是她！”

说到这儿，也许是突然意识到了问题的症结所在，仿佛突然打了针强心剂一般，S书记精神猛然一震，眼里冒出了凶光。“这个该死的女人，我知道是谁买通了她，呸！没良心的东西！啥也不会的乡下婆娘，啥工作也找不到，最后搞传销被人骗得裤子都当了，我们好心收留了她，居然还敢反咬我们一口，来害我们？！”

听起来S书记知道谁在搞他的事，甚至知道了策划的手段？！

投毒可不是小罪名，领导同志乱猜后果就更可怕啦，所以我赶快灭火：“您先不要急，现在不是还没确定吗？投毒案是很复杂的，尤其是这种慢性中毒，凶手就更隐秘。也许不用是天天做饭的人，比如能来您家的，这人要偷偷在您家的盐罐子里撒点儿什么，不一样不做饭也能害到您？所以，现在要想圈定保姆，您还要先确定除了保姆外没有任何人能接触到你家的食物，您觉得可以确定吗？”

听了我的追问，S书记的情绪慢慢平复了些，歪着头又仔细想了想，最后果然摇摇头说：“还真不敢这么说，因为亲戚也常上家来，大家都不拘的。那要有人在盐、糖、胡椒、辣椒里搞点什么名堂，还真就不敢说是谁的事。”

“那您觉得谁有可能呢？”

S书记又沉思了一会儿，再次摇了摇头，非常肯定地回答：“不，别人都没有意义。我知道是谁，一直想搞名堂代替我，最近就一直在拿我的身体上蹿下跳地到处说事呢！”

看来，S书记心目中真凶的人选已经很明确啦。

既然这样，我就按我的职责办吧。

“那么您有什么想法吗？”

“我想听听郭支队你的意思。”

想了一下，我问S书记：“今天您见我没有人知道吧？”

S书记立刻肯定地答道：“没人知道，我特意选了个平时不来的快捷酒店，是临时来的，而且还是自己办的，我就怕泄露，所以很小心，肯定没有人知道。”

“家人也不知道？比如您夫人？”

“不知道，我谁都没说。”

“那好！现在有两种方案：一种，您把所有可能的嫌疑人名单给我，我回去安排人慢慢调查，有什么异常我告诉您，然后您看接下来怎么处理，或者报案或者怎样；另外一种，就是趁今天晚饭的时候我们突击你们家，把所有厨房的东西拿走化验，看有什么异常，但后一种您必须现在就报案。一是这样我们去你们家合法，另外，真查出什么作为证据的有效性……”

S书记手一挥，表示不用更多解释，非常干脆地定音：“后一种吧，我现在就报案！”

“您确定吗？”

“确定！”S书记更加干脆，“我现在敢说百分百那个死大胖被人买通了，否则她不会这么做！没有外鬼，这么做对个保姆有什么好处呢？不是砸她的饭碗吗？好好做好歹每个月不挣几百块钱？”

几百块钱？听着这个数，我暗自直撇嘴，看来这位S夫人真是不仅冷苛，还很小气。这年头高级的保姆一月能挣几千，一般的也得千把块。他们才给几百？一般人怨恨之下被买通也不奇怪，更何况那么个精明的主儿！另外搞过传销，大约也是对挣快钱比较向往的类型。

还有，我突然又想起S夫人说过这位保姆的孩子在老家，而且因为S夫人怕吵怕脏，从不让来。而如果一个月只挣几百快，那这样的牺牲，当母亲的一定觉得不值吧？

“所以有毒就得早铲！”S书记突然响起的声音打断了我的回忆，我连忙又看看这位书记大人，只见他满脸奇怪至极的表情，仇恨夹杂着兴奋。“用前头那法子不知多久才能有点儿眉目，而且惊动了他们还不知有什么花样儿呢。哼！敢这么干，估计别的也敢干，还是选快吧。确定了保姆，也好往后挖，看他们还能怎么跳？！我叫他们‘聪明反被聪明误’！”

——原来如此呀。

S书记的精神都被这“强心剂”鼓舞着，开始跟我指示什么时候去，怎么给我暗号等具体的细节，直到我们分开，都透着要“反戈一击”的兴奋。

但我却在回去的路上，又陷入了说不出来的疑惑中，总觉得这事还是透着说不出来的讲不通的地方。

因为假定S书记的话不假，判断也不错，真凶是他职业位置的竞争者，那为什么会选买通保姆投毒害他？

要知道这样中毒的前提是S书记必须比较稳定地回家吃饭，可他比较稳定回家吃饭的前提是建立在S夫人不择手段大闹成功之后。且不说这都相当麻烦，关键各种步骤都充满未知数。

可反过来说，S书记有不少“红颜知己”，还有身边的工作人员。这些人都不是解放前江姐型的共产党员，不说都能买通，至少买通其中一两个绝不会比现在这种情况麻烦。既然都是买通，选后一种方式不更简单吗？

为什么不选更简单的方法？

难道是发现S书记开始回家，然后灵机一动想的主意？

这当然也很有可能。因为那些人物的脑子都厉害得非同寻常。

说到非同寻常，我意识到，还有一种可能也不能排除，那就是这位S书记借病来搞鬼。目的当然猜不出，但多半是利用我们吧，这在他们家有传统啦。

总之，现有的疑问，加上曾经的心理阴影让我的脑子在琢磨了一会儿之后没有清楚，反而变得更加糊涂、混乱。

唯一明确的一点是：我又开始隐隐担心，担心问题不会那么简单，而我们的行动，也未必那么顺利……

9

非常不幸，我糟糕的预感灵验啦！

当我们突然降临S书记家，并把从摆到桌上的饭菜，到厨房的油盐酱醋及其一切盛放食物的锅碗瓢盆等和食物有关的玩意儿又拍照又取样——虽然当时震得那位保姆大胖一愣，但随后就轮到我们抓瞎了。

我们没有化验出想象中的毒物，比如砒霜之类的任何东西。

虽然没有验出什么，可我倒排除了S书记诈病搞鬼的可能。因为大约过了“强心剂”的时效，S书记又显出了憔悴的病容；而S夫人，那副又老了十岁的憔悴相，更绝对是有病在身的样子。甚至那位大胖，虽然猛一看要好得多，但细看气色也不正。

好端端的几个人，又没什么器质性病变，怎么可能突然同时就成这样呢？而且病症类似。所以，里面有鬼是毋庸置疑的！

只是，如果不知道毒药是什么，盲目查，却很难。因为首先毒物分析过程常常既漫长又累人；其次某种意义上，即使是水，如果喝得太多，也会致死。所以曾经有这么个说法：所有物质均为毒药，毒药和救命药的区别只是剂量的不同。因此如果不确定下某个范围内的特定物质来进行专门的筛查，那就明知有鬼也证明不了什么。

不过所谓“条条大路通罗马”，真相总能从千百种方式中透露出来——比如，病历本！

由于之前对这不幸结果的预感，所以那一天我还同时拿走了S书记和S夫人的病历本。

我先让法医拿去病历本，根据症状的描述去分析一个可能的毒物范围；而我，则拿着复印件以我的角度仔细琢磨。

S书记的病历本很简单，如他所言，第一次看得简单，第二次没来得及看，因此除了一些症状描述，没有任何其他的东西。

而S夫人的则不同，她自己有两本病历，都写了大半本，中间还夹了大量的化验单、B超、CT片子，显然已经不止一次求诊。

我先看了看最后的日期，然后选了离现在最近的那一本。不过仔细一看却让我大泄气。因为这是本中医的病历记录，除了病人的陈述略有不同，所有的诊断都是“阴虚、血热、血脉不调”。治疗的方法都是要“滋补肝肾”。

而夹着的数张药方上除了大枣三枚，葱白两根我知道做什么用的，其他密密麻麻各种草药名字所代表的意义全都在我的知识之外，合起来当然就更不知所以啦。

所以我只好失望地放下这一本，去拿另一本。

很幸运，这是本西医诊疗记录，我顿时来了精神。

可惜仔细一看，却发现这个主治大夫似乎正是S夫人当初斥责的那一类，没有水平，瞎开检查单赚钱。

因为看起来检查做了无数，从验血脂血糖到B超、彩超、CT、核磁共振，反正听过名的重要检查似乎都有了，而且有些还不止一次，光头部CT扫描都做了好几次。可做了这么多检查，最终却没看到一次明确的诊断。

我有些泄气地合上了病历本，

这大夫，太奇怪了！我自言自语地抱怨一句，但刚嘟囔完，心里却突然一动，赶紧定定神，连忙重新打开这本病历，再次细细审视一番。

然后，我意识到了一点儿异常，这本病历上只有记录，却没有显示治疗意见，也没有开任何药。

这可太奇怪了，时下哪有医生看完病不开药的？我们都知道在当下，检查、开药是医生赚钱的大头，爱赚钱的医生那更是专爱开贵药。

这位医生为什么这么独特呢？难道是个时下稀缺的、不乱开药的好医生吗？看起来不太像啊，否则为什么开这么多检查呢？

而且姑且就算是这位医生不爱乱开药，但S夫人也是真有病，真难受啊！

要知道尽管说起来好像人人都在抱怨医生乱开药，但这都是身心舒坦闲磕牙时的态度。真难受的时候，心思都变了。甭管是谁，要是医生看完后说没弄清楚病因你先回家扛着吧，别看那不花你药钱，你还得蹦起来抱怨，我们来医院干什么？我难受得要命，治不了病至少缓解缓解症状吧？！

所以按人之常情，即使医生不开，病人应该也会要求开一些缓解痛苦的药。而且，如果医生坚持不开，那病人只会抱怨着大夫没水平，然后很快换个医生看看。

可病历显示，S夫人在这个大夫这儿且看了一阵子——那S夫人为什么这么脱离人之常情呢？

脱离人之常情的自然还有这位医生，因为即使一个不乱开药的好医生，面对病人的痛苦，即便一时确定不了病因，也会开些针对具体症状的药。

双重的脱离人之常情，让我越发感到这件投毒案的诡异。当然，也让我兴奋起来，我开始觉得自己可能离揭开那诡异的谜底不远啦！

带着压抑的兴奋，我立刻拿着复印的病历本前去拜访这位S夫人最初的主治医生。

这家医院虽不是全省最好的医院，不过也是排得上的中西医结合的大医院。

在大厅的介绍栏里一看，这位S夫人的主治医生还是位主任医生，所谓的专家，属消化内科。

见到这位主任医生并不麻烦，因为当时已快下班了，没什么病人。只是听完我的自我介绍，这位四五十岁，绝对不像“群众心目中好医生”的大夫，态度十分冷淡，只随便翻了一下那些复印的病历，就推到一边，然后摘下眼镜一边疲惫地揉着眼，一边以不耐烦地口气对我说：“你看我天天要看多少病人？我记不清啦。”

我没有生气，很耐心地等这位眼酸的大夫揉好眼睛，然后才说：“大夫，你还是好好看看回忆回忆，因为我看这个病人来这里看了不止一次，老病号也许你会有些印象。而且，她的身份也比较特殊，也许这可以帮你回忆起来。不好意思，大夫，我是警察，来这儿是工作，要是您想不出来，我还得带病人来一起共同回忆，你看……”

有些提醒总是能起作用的，这位S夫人的主治医生在听完之后，立刻拖过病历仔细看了起来。片刻，发出了恍然大悟的声音：“哦，我知道我知道。”接着，他就以想起老熟人的口气表示知道S夫人，也记起来一些她当时看病的情况。

“那她属于什么病呢？”

“这个，”S夫人的主治医生打了一个磕巴，“其实我一直没有确诊。”

“哦，那最初来是什么情况？”

“觉得胃里不舒服，你看我这是消化内科。”

“那最初也觉得像胃病吧？”

“是啊。”

“是不是这样治疗之后发现效果不理想，因为我看后面头部做了好几次CT，从一般的到增强的，应该是怀疑脑部有什么问题吧？”

“对，病人后来老说头疼，还老忘事，我担心根源是头部什么病变，所以就建议去做一下。”

“结果发现什么没有？”

“没有，反正片子没有显示。”

“那做彩超之类的也是因为这个缘故吧，看看其他脏器有什么病变没？”

“是，就是想看看其他有什么器质性病变没。还好，还是没有。”

“还是没有，但病人就是难受，没有缓解是吗？因为我看她后来又开始看你们医院的另一个中医大夫。”

“应该是吧，”这位主治医生双手一摊，“我实在发现不了什么，也治不好，正好病人也对我不满，”说到这儿，又笑了一下，声音轻松而又若无其事。“老治不好也在所难免，所以就不再找我来看了。”

我也笑了笑，继续追问：“那么你都是用什么方法给她治疗呢？”

医生的笑容稍微僵了一下，然后摇摇头，说：“其实也没怎么治疗，因为一直都没有确定病因。”

“从来不用药，不做任何治疗吗？”

一个不动声色的笑纹又荡漾到了这位主治医生的脸上，尽管随即他又露出了无奈的模样来。

“那倒也不是。其实我是想给病人好好治疗的，但说实话，这个病人很戒备，好像老觉得我们医生都是骗钱的，而且总是一副早看透你，要揭穿你的样子。再说，人家身份也不一样，万一有个好歹，我也担不起是不是？所以没有铁定的结论，我肯定不敢给治。说实话，很多病都是病人自己耽误的，不仅不跟我们医生配合，反而处处跟我们医生捉迷藏、斗智慧。治疗就必须信任、配合嘛，你不信，而且还透着稍不如意就让你‘吃不了兜着走’的凶劲儿，那谁敢治？又有谁能治？就是有本事，碰上这样的病人，也治不了。”

我深表同情地点点头，说：“确实确实，我也是深有同感啊。虽然我们不是同行，但有的感受一样，总有些人对我们有成见，开始总拿我们当贼防，弄得你就是觉得有问题也没法子说。不过话又说回来，这种人都是自找倒霉的主儿，而且等真倒大霉了，自己也就老实了。不用你找他，他自己都来找你了，而且也不藏着掖着显精明啦，不用你问，就滔滔不绝地说开，还唯恐说不清楚，说漏了什么。”

“可不是，就是这样！”

“唉，不过在这人倒霉之前，想问个啥可真难。”

“太对啦！”

“不过就为这个，你从来都不用药吗？”

一直频频点头的主治医生，脸上的肌肉不易察觉地一紧，瞬间又恢复了自然，说：“当然不是，开始我是推荐了几种养胃的药的。”

“推荐？”

“就是我没有给她开，而是告诉她药名。”

“为什么？她有医保啊。”

这位主治医生又颇显无奈地耸耸肩膀，道：“那谁知道？她不愿意，说什么药她家都有，告诉她药名就行啦。病人这么说了，我能怎么办，硬开吗？那不更说我们医生赚钱赚黑了心嘛。再说，我也能理解，毕竟医院的药价要比市场上贵些嘛，而且有些药也不在医保范围。”

“这么说你开的全是最普通的非处方药，或者不管是什么，反正都是到处都可以买到的大众药？从来没有一种是必须在你们医院买的？”

“哦，也不能这么说，”这位主治医生又恢复了无奈的微笑，“不过既然病人说她都能有，我也就没追问。我想人家总有人家的渠道吧，毕竟身份不一样是不是？再说这事儿也轮不到我做医生的问。”

渠道？

咂摸着这个词，我继续追问：“这么说这药里其实是有一些需要在你们医院买的？”

这回主治医生又含糊了：“嗯，说实话真记不清啦，可能吧。”

“好吧，那我最后请问一下，直到病人换医生，你始终没有确定病人发病的原因吗？”

“没有。”S夫人的主治医生一口咬死，然后又深为遗憾地摇摇头，“真是惭愧，不过说句心里话，如果病人肯好好配合，不那么像出考题的老师，处处要我猜，我觉得也不至于这么久还看不出端倪。”

我笑着点点头：“我相信，你是主任医生嘛，一定很有水平的。不过私下里我想问问，你是不是已经对病因有了一定的怀疑，只不过因为的病人不配合或特殊性让你不敢乱说？”

这一次，我的询问令这位主治医生陷入了良久的沉默，不过最终他还是一脸诚恳地摇摇头说：“作为医生要严谨，不能轻易作判断，尤其是病人现在的情况我也不了解，那时毕竟还早是吧。对了，后来病人已经换了医生了，刘大夫也是我们医院的，是位很有经验的老中医，您要是确实想了解，我想刘大夫一定比我清楚。说实话，不好意思，病人太多，真的记不清了，恐怕实在帮不到你们什么。”

又一次下了逐客令。我没再追问，而是站起来笑呵呵地告辞：“不，您别客气，大夫，您已经帮到了，而且帮了很多。”

是的，帮了很多，这不是客气话，因为就在这充满隐藏和躲避的谈话中，我还是得到了线索，并且觉得好像这张隐形谋杀大网的轮廓有些明晰起来……

10

带着有了些头绪的兴奋，我离开医院回到了单位，但我们的法医却只给了我好坏参半的回音。

好的是：根据病历，他已经有了初步的范围判断，后来又和他一个搞职业病的同学联系，那位同学看完病历甚至给了一个相当肯定的答案。

坏的是：他根据这一点再化验 S 书记家的食物，却没有发现这个成分，或者说至少没有可致中毒的剂量。

这糟糕的一部分让我的兴头又消失了，因为没有证据是没有发言权的。

可为什么饭菜里会没有呢？

我感到不能理解，这种缓性中毒，就意味着毒物是长期微量摄入的。那理论上讲，只有投放在饭菜或者调料里才能做到这一点。

而根据 S 书记的说法，当天拿走的，就是他们晚餐最常吃常用的食材。碗筷也是那些。

既然如此，那天拿得很彻底啦，怎么会一无所获呢？

难道是泄露了风声，还是问题另有玄机？

带着这难以理解的疑问，我们只好再次来到S书记家。一进门，我们就闻到了浓浓的中药味儿。

而S夫人，正躺在这样一大碗药汤前喘气。

不过对我和我手下的到来，S夫人这一次倒显示出前所未有的热情。

有了共识，一切就简单，我们要求再去她厨房检查一下，S夫人以拖着虚弱病体亲自带我们去的行为，证明了她急切想抓出凶手的渴望。

“我们再也没有用过厨房里的东西。”S夫人又以一种前所未有的谦卑态度解释，“我想这样可以方便你们随时取证。”

我点点头，一边慢慢地看着厨房的陈设，一边问：“对了，你那碗药汤是用什么煎的？”

“哦，没用家里的东西，”S夫人立刻回答，透着自己很聪明的劲儿，“这一次是让药店代煎好的，就是在微波炉里热了热，不过，”S夫人似乎意识到什么，神情立刻又紧张起来，“以前都是我自己在家煎，用我家的药罐子，一直用。可你们上次没拿走，当时正好在阳台上晾着，你们要不要？”说完，不等我回答，即刻打开橱柜，给我取药罐子了。

看着那个还散发出浓浓药味儿的药罐子，我又想起了昨天的调查。问道：“对了，你看了那么久的医生，医生有什么诊断吗？”

S夫人转过身，苦起了脸：“医生说我血脉不调，肝经不足……”

我连忙举手打断：“我是说最初的西医。”

这次S夫人又变得愤愤了："别提那个大夫啦，到了没有一句实在话。我早就说了，现在的大夫除了赚钱什么都不会，就是检查！检查！检查！可检查了那么多，结果什么也没查出来，一直哼哼唧唧的！"

"那你当初怎么会找这个大夫呢？"

"听朋友说这个大夫水平不错，我就去了，谁知道根本不是那回事，就知道检查骗钱。等检查的钱骗够了，不好骗了，就推荐我去看中医。唉，我弟早就劝我别看这大夫了，检查都是骗钱，不行找个中医好好调养一下。我没听，总觉得检查也需要，权当体检吧，谁知道真是个笨蛋。早知道不找他看啦。"

"那你一直坚持看应该开始觉得还是有些用吧？"

"多少有点儿吧，"S夫人不情愿地回答，"就是开始的时候，要不我一直找他看。不过后来就没用了，一点儿用没有。"

"那他给你开的什么药？"

S夫人想了一下，说了两个治胃溃疡的药名，说完还非常主动地问我："你要不要看看？"

我点点头。

S夫人又立刻折身出去，很快拿了几个药瓶回来。接过来仔细看了看，这个药的包装和生产厂家，都给我一种不是大街上就能买到的感觉。

"对了，这些药不是你从医院开的是吗？"我又问。

"是呀！"S夫人回答，扬起眉毛，似乎对我作出这一推断深感诧异，"这能看出来吗？"

我没有解释，继续追问："那是从哪儿来的？最好告诉我实情，这很重要！"

"哦，是我弟弟拿给我的。怎么，这有什么问题吗？"

"他现在还卖药吗？我记得你说他以前做过，而且是中药材。"

S夫人又恢复了那副自鸣得意的官太太嘴脸，说："是，不过我弟虽然改行了，但人都是这样，'富在深山有远亲'，所以那些人还是围着不放。我弟弟这人也是心善，喜欢帮忙，跟他们也一直是朋友。那些人有的还做中药，但也有改做西药的，就是医药代表，各大医院都有。这医院也一样，平时都是我们帮他们，这会儿帮个这样的小忙算什么，不过是介绍个医生，拿瓶小药而已，这药没几个钱的。"

听着这不承情的口气，我的同事却产生了警察的想法，说道："郭支队，要不把这药拿回去验一下吧，我看这瓶是胶囊。"

S夫人"得了便宜还卖乖"的嘴脸顿时消失。她问道："啊，这会有问题？不会吧，拿来的时候都是密封的，还是一次性的盖子，里面也密封的，都是我自己亲手打开的，怎么可能？"

不过说到这儿，对自己生命的热爱又让她改变了态度。

"当然当然，"她又这么满腔愤愤地说，"现在人毒得很，什么假都能造，也难保没问题。你们拿去化验吧，有什么问题正好把他们全抓起来，这帮没有良心的东西！"

斜了一眼这位又给那些医药代表也定了罪的S夫人，我压着又升上来的反感说："这药确实有问题，包括你外面还晾着的那一碗药汤。总之，我要是你，就绝对不会再喝啦。"

S夫人又变得目瞪口呆，说："怎么可能？这药是我拿着药方去的药店，看着他们煎好给我，然后一次成型密封起来的。当然，当然……"不能置信的S夫人最后又改了口风，皱着眉，显然陷入了痛苦、迷惑中。

我还是没有解释，因为一切都要靠证据说话。

我又开始和我的同事一起细细地观察起 S 夫人的橱柜。

“看起来很难。”一个同事对我说，“郭支队，你看这些锅都是不粘锅，清洗得很干净，剩余的碗也都是干净的。”

我点点头，这些东西能够清洗得几乎无残留。不过，还是那句话，真相总能以千百种方式暴露出来。事实就在那一刻，我已经看到了刺激我的东西。

一对很精致的瓷炖盅！

这种瓷炖盅就是饭店里会用的那种盛例汤的小盅，带盖子，可以适度保温。

那对炖盅，放在很靠外的位置。那一刻，我脑子里电光火石般一闪，然后连忙转回头问靠着门打喘的 S 夫人：“这是平时盛什么的？”

“哦，盛汤，可以保温。”

“一般盛什么汤？”

“哦，”S 夫人稍微打了个磕，“就是排骨莲藕汤之类的。”

望着那一看就在撒谎的表情，略一思忖，我换了个角度追问：“那什么时候用呢？”

“早上或者晚上。”

“晚上？那天晚饭没用呢。”

“哦，不是晚饭，是有时临睡前加餐用的。”

“哦，你们常常半夜加餐吗？”

“差不多。”S 夫人回答，接着，仿佛突然意识到我追问的含义，S 夫人又大惊失色，“你，你是说可能投在这里面？”

我没有回答，拿过盖盅又仔细看了看，脑海里回想着法医对我分析的可能令人中毒的物质……

许久，我才再次干脆地问S夫人："想不想抓出来这个凶手？找到毒物的来源？"

S夫人黑着苦瓜脸拼命点头。

"那好，"我以命令的口气告诉S夫人，"请带我看看你家存放所谓高级干货的地方，而且必须带我们看，不能随便取来两包。"

又犹豫了许久，最终，大概保命的愿望终于占了上风，S夫人毅然带我们去了他们家的地下室。

打开一看——

嚯！

我这才明白S夫人迟疑犹豫的原因，原来就这间不见天日的二十来平的地下室里，堆放的东西，市值至少几百万。除了大家都坚信将保值增值的成箱成箱的茅台、五粮液之类的名酒外，还有几十条一盒就几百块的高档烟，其他诸如什么人参、鹿茸、燕窝、冬虫夏草等等所谓健康前沿的各种名贵补品药材也是琳琅满目，堆天叠地。

望着这满坑满谷的贵玩意儿，我的一个下属低声问我："郭支队，要不要每样都取一些？"

我点点头，刚要说好，却瞬间被一摞盒子吸引住了。望着那虽然不是名牌，但完全相同的外包装，我心里一跳，觉得自己仿佛终于看到那个毒物之源。

所以，我咽下了到嘴边的"好"字，而是一指那个盒子说："不，先化验它！"

事实证明，我判断对了，这个东西，就是令S书记、S夫人慢性中毒之源！

尾声

郭小峰突然戛然而止，望着几位目不转睛的听众，忍着笑问道：“你们猜，那个东西是什么？”

“什么？”急着听结果的爱梅想也不想地催问。

郭小峰一指王老板：“就是你王伯伯刚才点的虫草灵菇炖黄鱼中的虫草——冬虫夏草！”

王老板那本来如弥勒般咧着的嘴，一下子变成了河马的形状，问道：“你说什么？”

“我说呀，大神仙，不要把养生变自残。别这么瞪着我，我说的都是实实在在的事儿。”

“到底怎么回事？”王老板急了，“别卖关子，这到底是被做了手脚，还是都这样？”

“就这个案子而言，可以说是被做了手脚，但也可以说是都这样。”

“爸爸，到底是怎么回事？”

“就是！”王老板也不满地催促，“快说，到底怎么回事？”

郭小峰又哈哈一笑：“好吧，那就让我给你们揭开这个谜底。不过要想说清楚，有点儿小绕嘴。我就先说为什么我告诉S夫人，那碗中药是毒药。因为根据病历上的病症描述，我们法医搞职业病的同学相当肯定地认为虽然不排除其他重金属超标的可能，但S书记和S夫人有很明显的铅中毒症状。而铅中毒的危害之一就是肝肾损害，所以如果一个人是铅中毒，那甭管你喝的是多‘滋补肝肾’‘有益无害’的药材，我可以保证，都等于加重肝肾负担，效用近于服毒。”

王老板大张的河马嘴又不自觉地哆嗦了一下。

“这可不是吓你，那位热爱养生，整天营养搭配个不停的S夫人，现在就是一个依赖透析才能活着的肾病患者！”

“天哪！”爱梅一下捂住了嘴。

郭小峰又瞟了眼老友：“现在我给你们细细从头说来。因为我们已经有了强烈的疑似毒物，再加上中毒性质和之前了解，自然让我心里有了更明确的方向，就是一定更隐蔽、巧妙。于是我开始琢磨这铅可能混合到什么样的食物里呢？我想这必须至少符合两个条件：第一，两个人都会吃的东西；第二，一般看不出来。第一点就意味着可以排除——”

“烟酒！”王老板冲口而出，“因为那个那么爱养生的S夫人应该不碰这个的。”

“不错！”郭小峰肯定地点点头。

“但第二点，”王老板摸着下巴琢磨，“似乎稍微复杂点儿。”

“是呀！”郭小峰点点头，“但因为中国的造假者堪称是所有中国人中科学素质最高的群体。比如他们绝不会像某些正牌厂家似的，广告吹得山响，其实却偏偏会生产出些该有的没有，不该有的却偏偏有的所谓正经‘好产品’的。他们不会，他们一定自觉自愿地严格遵循造假行规，比如牛奶里掺的是三聚氰胺，辣椒里掺就掺苏丹红，鱿鱼肯定是甲醛，跟刀鱼搭伴的一定是水银。总之，该添才添，不该添的绝不会乱添。”

“呵呵呵。”

听着齐声响起的苦笑声，郭小峰也自嘲地苦笑一下，继续说：“一言以蔽之，只要按着最佳隐蔽性和欺骗性的思路去想，就又可以先排除隐蔽不了铅的浅色玩意儿。然后就这么东一排除、西一排除之后，名贵中药补品就成了最大疑似毒物源。不过说到这儿，我倒想考你们一下，名贵补品中可掺铅的东西不少，我为什么单单选了冬虫夏草呢？”

一阵思索的沉默后，爱梅眨着大眼睛率先开口了：“是不是颜色相近？铅和冬虫夏草混合看不太出来。”

郭小峰点点头，随即又摇摇头：“这是原因之一，但不是那一刻我确定的全部原因，因为鹿茸、人参之类的也都可能。”

又一阵子沉默后，云宝迟疑地问：“是不是包装？我记得你刚说完全相同的包装，还说一摞盒子。可冬虫夏草很贵很贵，二两都几万甚至十几万哪！我一直都想买回点儿回家煲汤，可在商场看了多少回，怎么看怎么舍不得买，几根都上千，实在舍不得。”

“你幸亏舍不得！”郭小峰失声打断，“以后要永远舍不得！”

“怎么回事？怎么回事？”爱梅推着云宝急问，“怎么回事？我还没明白。”

“哦，我得先问问我猜得对吗？我猜得对吗？”

郭小峰笑着点点头：“不错，是包装，就是一样的包装引起了我的怀疑。”

“到底怎么回事？”爱梅再次着急地催问。

得到肯定的云宝声音自信了些：“我是这么想，冬虫夏草那么贵，一盒至少几万，就是行贿送礼，我觉得也不会有人一次送那么多，那不是花钱多还不显吗？行贿的也不是傻子呀。所以我觉得只有出于投毒的目的，这人才会这么舍得。”

“哈哈哈。”

望着一边笑还一边摇头的郭小峰，云宝停住问：“怎么？我猜得不对了吗？”

“不对。”郭小峰干脆地回答，“你小看我们的凶手啦，他可比这有智商多啦。”

“啊？”

郭小峰又轻叹一声：“我们的凶手比你们猜得可聪明啊，你们想想，如果如云宝所猜，那最后一查不还是能查到某个嫌疑人吗？而且还证据确凿。另外，投资似乎也太大了，虽然几年前冬虫夏草还没现在这么贵得吓人，但也已经猛涨到听着都心惊的价码。我们的凶手可不是这种花钱给自己定罪的傻瓜。呵呵，当然，我也不是开始就知道的，其实跟云宝的疑惑差不多。所以我先查这玩意儿，事实证明查对了，因为这所有的冬虫夏草，都含有远远超标的铅。”

“哦——”

“但接下来，等我喜滋滋地跑去问S夫人，这些冬虫夏草是谁送的？S夫人回答却是，不同的朋友。”

“不同的？”

“对呀！是不是听着很奇怪？怎么可能，这又不是酒呀、烟呀的有品牌的玩意儿，顶级品牌就那几个，不同的人选择却殊途同归，最后堆在哪儿跟小卖部进的货似的不奇怪。可这种东西怎么可能？

于是我立刻又请S书记、S夫人提供两个所谓朋友的名字。然后再向下追查，才算终于解开了这礼物相同的秘密，呵呵。”郭小峰稍顿一下，然后一字一顿地说，“这秘密，就是我们那位能说会道、善于变脸的保姆大胖。”

“啊？”

望着呆若木鸡的几个人，郭小峰又大笑起来：“哈哈哈，不明白是吗？那就让我告诉你们吧。通过我的遭遇各位也见识了大胖的才干了吧？‘不是一家人，不进一家门’，大胖各方面都跟她的主家差不多。她利用一般人不敢得罪官员家保姆，甚至向保姆打听主人内幕的心态，做出一份好人相，对那些人说：我们主人注重养生，最喜欢名贵补品煲的汤，其中最爱冬虫夏草。然后举出谁亲自买的谁谁谁的冬虫夏草，在哪儿哪儿哪儿买，然后拿出盒子说，就是这一家之类的。”

“噢，”王老板一拍大腿，“我明白啦，求人的人送什么不是送呢，听完这介绍肯定是只管买了送送试试。那个贪得无厌的S夫人肯定是贵的都高兴，结果这个谎就拆不穿啦。”

“哈哈，不错！”

“原来如此！”王老板又吧嗒一下嘴，“不过那位大胖应该也不会白白推荐啦。”

郭小峰一哂：“肯定啦！她那么好？这家卖冬虫夏草的老板给大胖很高的回扣。告诉你们吧，等我们确定时，人家那个看着又丑又黑壮的憨憨的大胖，已经积累了百万身家啦！所以她抛家弃女，工资又低，还这么爱在S书记家当保姆，实在有理由。”

“那可真是，”爱梅吐了下舌头，“这么多钱哪！”

“所以也那么多铅哪！”王老板一咧嘴，“羊毛出在羊身上，谁也不会做赔本的生意，跟修桥造路一样，行贿的钱越多，工程就越会偷工减料，给你这么多回扣，当然要在东西上做手脚啦。”

“一点儿不错！”郭小峰点头，“鬼，是一定要搞的，但怎么搞最好呢？放土？这不能说不是个法子，但不好，因为颗粒大，明显，卖相也难看，不容易卖上价。再说买主也不是傻子呀，一看有土，百分百会磕一磕，结果就清理掉了大部分，那怎么办？”

“怎么办都不会按给你实在东西的法子办。”王老板撇着嘴说。

郭小峰又哈哈大笑起来：“太对啦，卖家是怎么办都不会按老实卖的法子办的！他们还是本着一贯的科学精神，经过试验、研究，最终选择了放铅。哈哈哈，你们不能不说这个法子从造假角度是完美的方法。沉，而且不容易看出来，可以说放一点，即可达到一大把土的作用。据我们抓到的那个与大胖勾结卖冬虫夏草的家伙说，他搞了多少年，从没被人发现过。”

“我操！”王老板愤然骂了句粗话。

“所以那一盒盒包装相同的真实原因是大胖受贿？”爱梅迟疑地问。

郭小峰点点头说：“对呀！说起来也真是天道。正是S书记贪污纳贿，才会导致人们送。因为是白得的，所以消费起来不心疼。而他们家的保姆，另一个索贿者，为了得到更多的回扣，自然也是拼命督促这夫妻俩进补消耗。由于冬虫夏草正被吹乎得无上全能，女的能美容，男的能壮阳，养生那更不在话下，热爱养生的S夫人自然知道这类资讯。结果，在深信与督促下，S书记夫妻俩是早上泡水喝，中午做菜吃，夜里吊高汤，像我们吃金针木耳那样不离餐桌地吃着。顺便说一句，包括那个大胖自己，因为收贿身家大涨之余也时不时偷吃几根儿以滋补养生，要不然怎么也有病征啦？呵呵呵。”

“哈哈。”其他三个人齐声发出恍然大悟的大笑。

但刚笑一会儿，爱梅又困惑地皱起了眉头：“那应该还不完吧？因为听着好像就是纯粹的报应似的，应该是大胖，或者那个卖冬虫夏草的被凶手收买了是吗？”

郭小峰又笑了，只是这一次，变得十分微妙。“错，没有人被收买。当然我们也这么怀疑过，还专就这个问题审问了大胖。但大胖始终说就是看着S书记那么有钱，心神向往。而那个卖虫草的又引诱她，说现在很多保姆都这么干，还举了张三、李四等等同行的例子做例证，最后承诺如果介绍人去他那儿买，就给她最高回扣。面对这样的诱惑，尽管她乃天生超级好人，但就仿佛很多领导干部一样，因为一时放松了思想学习，一个立场不坚定，于是禁不住诱惑就这么办了。呵呵。

“根据大胖交代时的态度、考虑到她的品行，我们相信她绝不会为人顶罪的。而那个卖虫草的老板，当我们审他时，这个家伙还大声喊冤呢。说他们市场所有的冬虫夏草都用铅增重，因为这高贵玩意儿那两年实在涨得太快了，农产品又会折秤，为了什么什么计吧。人生不易呀，艰苦做生意的人们无奈之下只好如此，这件事儿可谓这个行业人所共知的‘潜规则’。所以他根本没干坏事。如果说一定要说他点儿错，那可能他加得多了点儿。但这归根结底也是因为回扣太高，罪魁是腐败。他，只是被动受害的一个人。而经过我们调查，这卖冬虫夏草的家伙也没撒谎。”

“也没撒谎？”爱梅不能相信地反问一句，“如果这样，哪儿还有凶手呢？不纯粹是一个报应而已吗？”

郭小峰又笑了一下，越发意味深长，他说：“报应吗？爱梅，还是有非正常之处的，我已经告诉你们啦，好好想一想是什么？”

*

一阵短短的思索之后，王老板率先开口啦：“邪乎事儿是很多的，但最明显的我觉得应该是医院。虽然我不懂医，可现在环境污染，多少小孩子被大人领着检查有没有血铅超标，铅中毒也不该是什么稀罕病。可那个S夫人看了那么长时间医生，始终都一无所知，这也太蹊跷了吧？”

郭小峰一竖大指，说：“不错，跟我们的疑心一样。”

“嗨呀！”王老板兴奋地一拍大腿，“我就说嘛，我就觉得这里面有破绽。甭管我们没事儿怎么骂医生是吃白饭的，但其实这世上最比较不吃白饭的人就是医生啦，尤其是西医，都是喝了多少墨水出来的。那一个大医院的主任医生，是不可能真的只会检查的。另外，就算检查，做了那么多样儿，头都扫描了三五回了，都没想过化验化验重金属？好吧，就算这是特例，这家伙就是靠关系混上来的，没水平。面对S夫人这等身份的病患，他没本事也得找有本事的同行研究一下病案吧？哦，什么也没干，就这么哼哼唧唧糊弄一阵子就推荐给中医啦？对了，这也是疑点！”

王老板又兴奋地一拍桌子！“我告诉你们，我有个侄子是医学院的，他告诉我，他们学西医的，从心眼儿里看不起中医，总觉得中医是江湖骗子，一般都是对绝症或者准备让病人等死熬日子的时候，才会把病人推荐给中医。而且也不会特别推荐哪个中医。要是一点小病就推荐病人看中医，那一定有蹊跷。哦，我明白啦……”

“什么什么？”爱梅连忙接着问。

“傻丫头，你听有谁追究中医的医疗责任的？”

愣了一下，爱梅终于恍然大悟：“噢，那倒是，这事儿看好了最好，看糟了都是自认倒霉的，总统也得自认倒霉。”

“可不是嘛，”王老板点点头，“而且还不仅自认倒霉的问题，还有作用，引到这儿就等于彻底引到糨糊里啦，是不是？又吃那么多药，病情能不复杂吗，再确定重金属来源能不更麻烦吗？哎呀，真聪明，一箭双雕呀！”

“我觉得是一箭三雕。”一直沉默的云宝也加进来补充，“人已经铅中毒啦，再喝那么多不治病的药，等于又服毒。”

“而且这投毒的，让人浑然不觉，而且一定积极主动。”王老板也接过去补充。

所有的人又都不由自主地咧开了嘴，透出恐怖和感慨。

“太坏啦，”爱梅喃喃地说，“真是杀人不见血，这等于就没法儿查啦！”

“怎么没有？”王老板一摇头，带着得意，“那个主任医生啦！所有的人可能都是浑然不觉被利用，但这个医生不可能，他一定是知道的，否则就不可能有这么多解释不通的事。医生、医生，”王老板又嘟囔两声，然后突然一拍大腿，“S小舅子，对不对？只有他跟医院这个系统最熟！”

他笃定地问，但一直默然含笑的郭小峰却摇摇头：“我不能这么说，不过当我们问大胖，她是怎么认识了这个卖冬虫夏草的。大胖回答说是跟着S小舅子一起去买虫草时认识的。当时是S小舅子带着她去买冬虫夏草给S夫人保养。S小舅子告诉她，这个老板人大方，东西好价格又优惠，他自己常来这儿买。现在人熟了，可以做到不给现金先拿货。嘱咐大胖要是吃完了，就再来这里拿，回头他自己来结账。大胖就这样认识了这个卖冬虫夏草的。”

“啊哈！”王老板又兴奋得一捶腿，“全对上啦，果然狡猾呀！

借力打力，不，借刀杀人，真厉害！果然是一分不花就搞定了，哈哈，我敢说那个S小舅子肯定没给卖冬虫夏草的虫草钱。”

“恭喜你，答对啦。”郭小峰大笑，“这个我可以肯定地回答你，因为卖冬虫夏草的证实了这一点。”

“啊，为什么？”一时听得有些反应不过来的爱梅连忙问。

“傻丫头，”王老板笑呵呵地说，“这还不简单，能介绍这么多生意，卖主肯定不会跟这人要钱啦，只不过这没收回来的钱……”他又叹了口气，“会加倍变成铅，然后进到S夫人、S书记的肚子里。唉，果然狡猾呀！”

“是呀，”爱梅终于想明白，“真是会借刀杀人呀，借着这个行业的‘潜规则’，就把人害了。哎，对了，那个卖冬虫夏草的家伙儿说的是真的吗？往冬虫夏草里加铅真的是他们那行的‘潜规则’吗？”

郭小峰点点头，说：“这个不错，或者至少在他们那个药材批发市场是这样的。因为案子，我们专门做了调查，往各种名贵补品药材里加入消化不了的重金属不仅是公开的秘密，而且有好些年啦。说到这儿，我还可以负责任地告诉你们，这些造假者不仅黑心，而且与时俱进，不断提高造假水平。现在新添加的很多金属你都没听说过，想检测清楚更难了。只有一点是一直不变的，就是那些卖药材的人，他们自己没一个吃这些东西的。至于这个案子，当时我们也做了实际检验，证实真是人人都掺。只不过那个家伙就像他自己说的，因为回扣多，掺得格外多点儿！”

“得了，”王老板拍了拍桌子，“就算暂时没证据，一切也都清楚啦，就是这个S小舅子，要不哪有那么巧的事儿？一切转折都在他，不是他鼓动着他大姐闹，那个什么S书记后来也不会常回家；不是他领着保姆买冬虫夏草，而且偏偏选了一个专门挑唆保姆们的家伙，也不会有后来的事儿；不是他先给他那个又贪又蠢的大姐买冬虫夏草，鼓励她吃这些玩意儿，她也不会这么爱吃。最后也因为他，他大姐S夫人才找了那个主治医生，包括很快换了一个中医，导致了始终在看病，却始终查不出病因的状况。当然，我猜这一切都是为保证最终将他那位姐夫S书记撂倒吧？”

“这我不知道，”郭小峰又摇了摇头，“不过曾被S书记认定为真凶的那个人，后来倒果然将S书记取而代之了。”

“啊？天哪！”爱梅一下子捂住了嘴，“原来是这样，可为什么呢？S小舅子害他大姐、姐夫干什么？他不是靠姐夫才赚得大钱吗？”

郭小峰再次摇了摇头说：“这我还是没有答案，因为当我们就某些问题询问S小舅子时，那位S小舅子一听完立刻捶胸顿足，开始痛骂那个卖冬虫夏草的，痛恨自己的被骗，长叹不已好久。最后痛心疾首地责问我们：这世道怎么变成这样？这让我们还能吃什么？还能信什么？为什么现在每个人为了金钱都变得如此不择手段、良知丧失？”

“哈！哈！哈！”

听着女儿的怪笑，郭小峰又悠悠一笑，道：“当然啦，虽然没有确实的答案，流言还是有一些的。据说首先是S书记的红颜知己渐多，而这些‘知己’的家人也都跟S小舅子差不多，想借此分一杯羹，于是S小舅子出现了很多的竞争；其次，S夫人和S书记都极为贪婪苛刻，S小舅子赚得绝大部分钱是要分给靠山姐姐、姐夫的。虽然说起来这也很公平，但不幸的是，这位S小舅子也挥金如土。这些因素都导致S小舅子决心和其他人结盟。当然啦，我说的只是传言而已，不可当真哪。”

“这人真是太坏啦，”爱梅喃喃地说，不再震惊，开始啧啧感叹，“这人真是太坏啦！这人真是太坏啦！”

“哎，等等等等，”一直兴奋的王老板皱起了眉头，“小峰你等等，什么意思呀？你说这案子就这样啦？”

“‘就这样’是指怎样？”

“就是没有抓那个S小舅子？”

“抓人家？凭什么抓人家？”

“哦，哦，”王老板噎了一下，“那那个医生，你们没有问问吗？”

“问啦。”

“那结果？”

“结果我们始终遵循着无罪推定的法律原则，”郭小峰接过去说，一本正经，“遵循着重物证轻口供，并且决不搞刑讯逼供的办案原则……”

啊？

满脸希望的几张面孔，霎时变得面面相觑！

“嚯，说得好！”终于，一时无语的王老板愿赌服输地点了点头，“唉，果然这世上可以有人‘杀人不偿命’呀！只要脑子够用，是不是？唉——我想这小舅子当初挑唆他姐姐闹，甚至闹到你们出面，这么无事生非，估计也是一种算计，可以防着后来你们介入吧？毕竟老闹‘狼来了’，闹着闹着当事人自己也会觉得自己过分，或者担心你们不信。总之都可以导致多拖延，那就等于保证让他们毒中得更重一点。哦，也许还不止，还可以一石多鸟。比如最初就等于借助外界力量迫使S书记就范，私事闹成公事了对不对？等真中毒有病后，那个S夫人再向身边人说‘什么有人投毒害我’之类的话，就会被当成笑话。唯一肯做出相信样子的，也就那个怎么看都贴心的弟弟啦。

当然结果更是弟弟说什么信什么。还有，接连跟你们警察合作不利，而且听起来你们都不太买S夫人账，那个骄横惯的女人，肯定厌烦你们，有点问题也便不想报警是吧？而假定报了警，就跟你说自己的感觉，总忍不住轻视怀疑是不是？真是小人多智呀！你们就是查，也是只能查个心知肚明，却查不出任何结果。唉唉……”

听着这连连的感叹声，郭小峰却又一笑，说：“谁说查不出结果？这案子当然有结果。”

“啊？”王老板的眼睛顿时瞪成了铃铛，“有结果，什么结果？是不是你这家伙儿想出了什么好招儿？”

*

可惜这满怀惊喜的追问只换来对面的断然一摇头。

“什么想出好招儿？”郭小峰说，“我当然不会想什么招儿，我一贯都是严格遵循各种规章制度老实做事儿的人，能做到哪一步就做到哪一步，该是什么结果，就是什么结果。”

王老板希望的O型嘴又变成了泄气的一长条，说：“嚯，这么有原则，那还能有什么结果。”

“当然有结果，”郭小峰说，一本正经。“第一，因为证据确凿，那个受贿的大胖和那个掺假的卖冬虫夏草的老板被公诉啦；第二，因为这件案子，我们看到了S书记的地下室。然后，就这么巧呀，不知谁又在这节骨眼儿上突然举报了S书记，把地下室的宝藏给扯出来啦，弄得好像我们干得似的。虽然我敢保证我们去办案的人员都严格遵循了保密原则，并没人去干这事儿。谁干的我也不知道，但知道很快纪委、检察院都介入啦。结果当然就是：一心想反戈一击的S

书记不得不拖着病体绞尽脑汁地回答‘巨额财产’来源问题，据我所知是没回答好，因为可能实在‘太巨额’啦。再结果嘛，哈哈……”

王老板也讥讽地笑起来：“一个大贪官，也算报应，活该，不同情啦，呵呵。”

“别急着‘呵呵’，现在到你啦！”

“啊？我？”王老板丈二和尚摸不着头脑似的摸了摸头。

“当然啦。”斜睨了一眼这位尚懵懂的仁兄，郭小峰忍着笑说，“第三，因为这个案子，我们联合整顿了那个市场。据我们调查，那些名贵的中药材，呃，我不想再具体形容啦，反正是吓得我从那之后再也不敢吃任何什么纯野生、超稀罕的饭菜了，哈哈。”

“噢，爸爸，”爱梅恍然大悟，“怪不得你刚才不要什么鱼翅、虫草，只要一个干贝炖萝卜！”

“是呀，”郭小峰说，继续看着那位大神仙仁兄，“虽然以前我也不怎么吃这类玩意儿，但碰上了也会跟着吃，并不操心。可自从这案子后，那真是绝对不吃，尤其是看到号称含什么千年的人参、万年的灵芝、最野生的冬虫夏草等所谓的高级滋补靓汤、火锅，更是吓得避之唯恐不及，哈哈。”

王老板一拍脑门，终于想起了自己的“虫草灵菇炖黄鱼”。

“啊？你、你、你……”他怒气冲冲地瞪向郭小峰，“你这家伙怎么不早说？”

“王伯伯，”爱梅连忙收住笑急声安慰，“你别担心，我爸刚讲的只是一个市场的事儿，也不是全国的，再说也是几年前的事，现在未必呀，也许这饭店的虫草就没问题。”

郭小峰也摊着双手笑嘻嘻地为自己分辩：“是呀，你说我怎么跟你说？又不是一个地方，我总不能不分青红皂白打击所有的商家吧，那不是败坏人家生意吗？”

“可……”王老板依然愤愤的，一副上了当的样子。

“是呀是呀，王伯伯，你别担心。”爱梅继续安慰。

但说到这儿，望着王老板稍微缓解些的愤愤，爱梅稚气的脸上突然显出少见的严肃。

“可就是没问题，王伯伯，我们最好也不要再吃什么冬虫夏草了。我们老师说了，之所以过去人们觉得冬虫夏草功效非凡，是因为觉得这种植物转换形式很神奇，怎么冬天是虫，夏天是草呢？是不是代表着可以有两世生命呢？因此人们就相信这东西一定有着特殊的营养，甚至会想象吃了它也可能转世多活一辈子。但现在科学早就揭开了，冬虫夏草是虫草属菌寄生在蝙蝠蛾幼虫体内形成的假菌核，算是菌丝和虫体的混合体而已，根本不是什么虫变草，草变虫。而且也并没有什么特殊的养生功效，要不然冬虫夏草的产地——不仅是青藏高原，所有的产地都包进去——怎么没有一个著名的长寿之乡？其实真正有名的长寿之乡，根本没有靠这些仙乎玩意儿养生的。比如广西巴马，那些长寿老人又有谁是靠吃冬虫夏草养生呢？”

“哈哈哈！”郭小峰大笑，“好，有力的反问。”

王老板也搔着脑袋笑了。“也是。不过并不是想靠着冬虫夏草长寿养生，主要是说能抗癌、抗辐射、提高免疫力等等吧，这是《本草纲目》上就写着的了。”

“可这些作用不是说蘑菇呀、绿茶呀、西红柿呀也可以起到吗？”爱梅立刻反问，“何必一定要吃冬虫夏草呢？”

“哦——”

望着被噎住的王老板，爱梅又认真地继续说道：“你知道吗王伯伯，就因为人们非要吃什么人参、灵芝、冬虫夏草之类的来养生、抗癌、抗辐射，结果导致这些东西供不应求。因为野生的东西都是有限的是不是？可那些不良商家不这么想，他们只看到这个能赚钱，就只管疯狂采挖，把当地的生态破坏了。照这样下去，环境一定会更恶化，一直恶化到最终地球都会被毁灭。哦，不，地球不会被毁灭，是我们人类自己被毁灭！就像这个‘隐形谋杀’的案子一样，仿佛报应般，邪恶毁灭邪恶。当我们人类无节制地放纵口舌，以至于灭绝了很多生命，那被灭绝的生命也许没办法直接反抗我们人类。但它们同样会报复，用它们的方法。好吧，既然你们贪婪，那就让你们贪婪的同类为了贪婪去谋杀掉贪得无厌的你们自己吧！”

听着这稚气而认真的长篇大论，一怔之下，王老板又大笑起来，说：“好！说得好，王伯伯接受意见，以后不吃啦。”

“真的？”爱梅惊喜地叫了起来，“王伯伯，你真好，这么通情达理、与时俱进。不过要是这样，是不是其他的濒危的东西也不吃了，其实刚才你点燕窝的时候，”爱梅露出了一点儿不好意思，“我就想制止，我总觉得太有害生态的东西最好不吃。再说，那些东西也不见得就好得不得了。就比如说鱼翅吧，我也不知道人们为什么这么爱吃。就算很美味吧，可是现在海洋污染严重，重金属都超标，鱼翅就是汞超标。汞，就是水银，也是能吃死人的。就算不死，重金属积存在体内也只会伤害我们的身体，得个肾衰也不得了，是不是？所以王伯伯，为了你的健康，以后也少吃吧。”

愣了一下，王老板再次纵声大笑道：“哈哈，好，好，听爱梅的，从现在起，王伯伯就像你爸爸似的，所有涉及什么千年人参、万年灵芝之类的都不碰，光吃人能养的一般的东西，尽量少糟蹋大自然好不好？”

爱梅抿着嘴开心地笑了。

“不过话说回来了，”王老板又眨眨眼，“爱梅，我这不吃可跟你爸不一样，我是境界高，是为了环保。不像他，就是害怕、保命，层次比我低。”

郭小峰登时也大笑起来，说：“哈哈，好，爱梅，以后见了你王伯伯这种境界高的，就给他们讲环保。碰上那境界低跟爸爸差不多的，就把这个案子讲给他们。还有啊，因为这个案子，我们详细查了下冬虫夏草的功用和毒副作用。功用呢，是各有各的说法，据说好处无穷，成仙都有可能。但都是云山雾罩，真正靠谱的‘超级好处’可谓一样没有。而已明确证实的毒副作用却很清楚，能引起变态反应，皮疹、皮肤瘙痒、房室传导阻滞，女孩子可引起月经紊乱或闭经，有肾毒性，长期服用可能对肾脏有害。”

“真的？”王老板大喊，真正现出了震惊。

“这我能撒谎吗？对了，这么担心，是不是你这大富翁家也藏了不少这能成仙的高级玩意儿？”

“对！”王老板愤愤地说。

“哈，”郭小峰越发调侃，“那真是怪不得现在都说只有有钱人才死得起！”

“闭嘴！有点儿同情心好不好？”

“好、好，”郭小峰依旧满嘴调侃，“好，我有点儿同情心，要不要拿来我帮你化验化验？真的，这不是开玩笑。知道吗，当时大检查的时候，发现加东西的可不止是冬虫夏草一样，所有昂贵的补品里都有超标的重金属，只不过有的是铅、有的是汞、有的甚至是砷。当然，这是局部的一件事，也不是现在。但是，过这几年，这些玩意儿可更贵了。”说着，郭小峰拿过盐罐子，取出一点点盐，“就这么点重量，现在就是几百上千块，比毒品还暴利。你们说连豆芽、辣椒这种便宜货都有人造假牟利，那这贵重东西搞鬼谁能控制得住？所以尽管别的地方我没查过，但我敢说有问题的市场一定不止这一处，也不止那一时。因此，如果不能确定购买渠道足够正规，我建议你查一查。”

王老板一摇脑袋！

“不用查，不要了！就算没问题，那毒副作用不也明摆着吗，贵又怎么样，能贵过我家人的健康吗。瞎信什么奇药补品真坑人。哼，这回不仅我不吃了，回头我碰见我那帮老板朋友，也给他们讲讲，大家都少吃一些。”

“哎呀，”爱梅登时兴奋地大喊起来，“王伯伯你真好！思想境界就是高，这么爱惜大自然，那些可怜的动物一定能记住你，回报你的。”

“哦，回报？”王老板又呵呵大笑起来，打趣地看着爱梅，故意追问，“动物怎么回报我啊？”

话音未落，服务员带着两个服务生端着几个汤品走了进来，他们把爱梅、云宝、郭小峰的汤摆好后，低着头一脸谦恭与歉意地对王老板说：“不好意思，老板，我们店的虫草没了，刚才去其他分店调，也没调来，老板能不能换个汤？”

一怔之下，郭小峰几乎笑得喘不过气来：“哈哈哈，看看，看看我家爱梅说得不错吧？回报来了。”

王老板也笑得眼泪都出来了，说：“好，好，果然老天记着账啊！这也太快了，看来是在提醒我啦，好，那就从现在开始节制，不乱吃珍稀动植物，不去谋杀大自然，做个高尚的人。当然，”说着，他突然又像老顽童那样冲郭小峰得意地挤挤眼，“这样我也就少了一种被隐形谋杀的机会啦，哈哈。”

大笑中，他冲一脸莫名其妙的服务生挥挥手，说："好了，没有的好，就冲你们今天没有，以后还来你们店。今天先这样，先不用啦。"

被笑得莫名其妙的服务生们又赔着礼貌的笑脸离开啦。

王老板却玩心不散，一伸手把郭小峰面前的汤拉到自己面前，说："考虑到你的错误，今天没你的汤。"

郭小峰摇摇头，也开着玩笑夸张地摊着手说："呵，我还错了？我这提醒不说帮你多活了十年，至少帮你活得更健康，你还……"

"哦，我指的不是这个，是因为你没说到做到。"

没说到做到？

这句话不仅让郭小峰，其他两位也都诧异起来。

瞄着几张莫名其妙的面孔，王老板得意起来，说："当然没说到做到。你开始说讲一个'隐形谋杀'的案子，可这个案子没有死人，最终也未必死人，就不能算严格意义上的'谋杀'对不对？所以我说你没说到做到。你应该讲一个死了人的案子才能算数，必须再讲一个，否则你就是说话不算话。你们说对不对？"他冲云宝、爱梅挤挤眼。

"对，对，"会意过来的爱梅、云宝一起喊道，"应该讲个那样的，那样才算说到做到，要再讲一个！"

听着这一致的声援之声，郭小峰无奈地摊摊手，说："这么巴巴儿地讲了半天，居然落了个'说话不算'？'奸商'，真是'奸商'，合同陷阱啊，斗不过，唉。看来为了捍卫我的名声，非得再讲一个案子才成。"

"对对对，再讲一个，爸爸。"

"还得这么鬼的，"王老板连忙从另一个角度补充上去，"这样才符合要求。”

郭小峰一咧嘴，说：“当然，也许还更鬼，因为到目前为止，我都不能说死者到底是死于意外、自杀，还是谋杀？”

王老板眼睛亮了。

“哦？这么鬼？听起来有点儿意思，好，汤分你一半，算是预支，接下来兑付。”

“对对对，”爱梅也兴奋地附和，并且乖巧地为爸爸递过去一个生蚝，“爸，你先吃，吃好了快给我们讲讲这个新的。叫什么？王伯伯，对，定不下性质的死亡！”

“哎，”王老板笑着阻拦，“爱梅，时间不早了，今天让你爸爸歇歇吃点儿东西。我们也攒着点儿，找个时间长的时候，我们一边喝茶一边听你爸爸慢慢讲，那是多好的一顿茶点！呵呵。”

“哦，也是，”爱梅有些懊丧地捶了捶自己的头，“应该让我爸爸歇歇，我太不会体谅人了，不过我是太喜欢听爸爸讲案子了，所以等不及，”说着她冲郭小峰撒娇地吐了吐舌头，“爸，你理解吧？”

郭小峰慈爱地拍拍女儿的头道：“傻丫头。”

爱梅又笑了起来，乖巧地将另外一个生蚝放到王老板面前。

“王伯伯给你。下次让我们大家吃着好吃的点心，听一个更可怕的S小舅子，那一定超享受，嘻嘻嘻。”

“哈，说得好！”王老板大笑着举起菊花茶，“那我们就以茶代酒，为刚刚我们了解的隐形谋杀，和接下来的没准儿更可怕的S小舅子干杯！”

“对，为下一个新案子，”爱梅也立刻举起茶杯欢快地喊道，“干杯！”

郭小峰也举起了杯子，但眼神中闪过一丝哀伤……

抑郁了，想去死一死

序

“爱梅！爱梅！”

迷迷糊糊中，爱梅恍惚听到爸爸呼唤自己名字的声音，带着难以克制的瞌睡，她奋力睁开眼，向门口望去，发现身边的云宝已经起床开门去了。

真的是爸爸在叫？不是做梦吗？爱梅迷迷糊糊想着，又向门口看了一眼，门外果然站着爸爸。

“嘘，”云宝一边向外推着郭小峰一边回头偷眼瞄着她，用很低的声音问，“怎么了？”

这下爱梅觉得自己彻底醒过来了，也连忙大声问了一句：“怎么了，爸？”一边说一边踉踉跄跄地起身跟着走了出去，追到客厅，一屁股歪在已经坐到沙发上的郭小峰的旁边。

舒服的沙发靠背让本就未真正醒来的爱梅又涌上一股倦意。

望着女儿惺忪的睡眼，郭小峰有些歉意地说：“爸爸睡到半夜突然醒了，后来怎么也睡不着，想起嘱咐你的事不知你准备得怎样，又想着你后天要走了，万一明天爸爸突然有忙到脱不开身的事，怕问不成，就忍不住跑下来问问。”

“什么事儿呀？”爱梅还是半瞌睡地问，但这一次，不等听到回答，她自己醒过了神，“哦，我知道了，你让我出国念书的事是吧？哎呀，真可怕！我努力着呢，一直按你的要求好好学习，没有荒废时间。英文成绩过了、学校也联系啦，爸你真可怕，一点儿不给人时间！”

郭小峰没有被女儿的抱怨影响，依然毫不放松地追问：“那有什么结果吗？别总自我标榜没荒废时间，啥也没干成说没荒废也是荒废。”

这一回爱梅真正醒了，顿时气愤难当，所以没好气地剜了爸爸一眼道：“当然有结果，只是可能还不够好吧，没有学校给奖学金。”

郭小峰这才稍显满意地点点头。

“嗯，这还差不多。”他说，但随即又板着脸嘱咐，“不过，你还需要继续努力。现在中国人比以前富了，想出国念书的人也多，我猜可能申请拿奖学金也没以前容易。所以再拘泥于此，只是耽误时间耽误自己。念书嘛，学到知识才是最重要的。听着，今天爸爸正式告诉你，要继续努力，要尽可能不间断读书，不要再想什么奖学金助学金的事，那不是现在的重点，关键是学校要尽可能好，尽可能快，快！听见没有？”

“听见啦——”爱梅拖着长腔回答，悻悻地皱了皱鼻子，“一天一变，不变的是天天催，一点儿不给人喘气休息的时间，哪儿那么容易？我又不是读拿钱砸就成的学校。再说干吗这么急？很多人都是工作几年再念的。”

一直沉默的云宝抢在郭小峰虎着脸开口之前抚慰道：“你爸怕错过时机呗，你可不知道，你爸问我好多次你英文的事，我也被他催得烦，觉得没必要。可他说，你懂什么，人最怕背时而行。看多少人当初本来有买房的钱却嫌贵不买，非相信房价要大跌。结果怎样，越等越贵，现在贵了几倍，那钱不等于缩水几倍？工作也一样，‘海龟（归）’变‘海带（待）’不就是例子？曾经的‘仙桃’很可能两年后就是‘烂杏’，所以切身重要的事儿能赶早就不要拖。什么都是一时一势，像我那时候，大学毕业能进大专当老师，留到大学的也不少啊。现在，研究生毕业你看能不能进？”

“知道了——”爱梅脸越发苦啦，“唉，压力倍增啊！”说着，她突然又转向郭小峰问，“对了，爸，要是以后我找工作的事确实需要你帮忙，你也能帮，会不会坚决不帮啊？”

“坚决不帮！”郭小峰再次以毫无商量余地的口气回答，“我告诉你郭爱梅，别净想没出息的念头，好好努力，有了真本事，还用人帮？”

爱梅做了个鬼脸，一回身又倒在郭小峰的身上说：“爸，你真让人绝望，你就哄我一句怕什么？唉，好了，知道了，我会努力的，反正我爸也靠不住！”

听着这半真半假的抱怨，郭小峰脸上终于渐渐洋溢开慈爱的笑容，口气恢复了素日的温和：“别遗憾了，不是爸不答应，是你爸我没本事帮不上，吹大话那不是骗自己孩子吗？好了，去睡吧，爸没别的事，就是问问这些。”

但听着这催促，爱梅却没有动，懒懒地伸直手臂，一边欣赏着自己纤细的手指一边撒娇地抱怨：“爸你说得真容易，人家本来睡得好好的，结果你睡不着了就把人家提溜起来审问教训一顿。教训得人家痛苦不堪，压力倍增，满心失望，一点儿不困了吧，你又让人家去睡了？哼，我睡不着啦！”

郭小峰歉意地摸了摸女儿的头，声音里透出讨好的味道：“好了，爸爸知道这时候叫你起来问这个不适合，别生气了，乖。这样吧，想个礼物，回头爸爸送给你算做道歉好不好？”

“不好！”爱梅断然拒绝，又变得悻悻了，“以后你又不管人家啦，那我还是习惯苦难的生活吧。人家都说女儿要富着养，可我呢？白当了个女孩儿。我也不要什么礼物，免得习惯了！不过……”说到这儿，爱梅的声音又调皮起来，“要是能提个要求而不使用，那也有点傻，所以我还是要点儿什么比较划算。”

郭小峰笑了，继续轻摸着女儿的头发，声音越发慈爱：“好，说吧，想要什么？”

爱梅一骨碌坐了起来，忽闪着大眼睛说：“我想要你干脆趁这会儿把晚上说的那个案子讲讲，我想好了，反正这会儿也睡不着了，后天我又要回学校了，哪还有消消停停的时间。怎么样，爸，你困吗？要不困给我讲讲好不好？”

望着女儿俏皮的笑容，郭小峰没有立刻回答，只是慈爱的笑容缓缓消失了，片刻，才点点头道：“好吧，既然我已经许诺了，如果你不困，那我就给你讲讲。”

“不困不困，”爱梅灵巧地一跃而起，“反正我明天还能睡，我去给你倒杯水，爸。”说完，一溜烟儿地跑进了厨房。

“你不困吗？”对面的云宝立刻偷空儿低声问，“明天上班……”

郭小峰揉了揉眼睛。

“没事儿，我熬夜是常事，再说，本来就走了困头才下来问爱梅的，现在又扯了这么多，回去也肯定是睡不着了。”

"真的爸？"端着水回来的爱梅大声说，"那我就没内疚感了。"

郭小峰慈爱地笑着，指指身边说："坐吧，现在赶紧讲完，这样你也心静，我也心静。"

"嘻嘻嘻，我坐好了，爸你讲吧。"爱梅再次调皮地一吐舌头。

"这个案子要讲起来还得从另一个案子说起，不过那个案子并不是发生在我们这儿，其实……"说着，郭小峰说了一个邻近城市的名字，然后又停了下来，仿佛感到一种表达的混乱，又皱眉沉思了片刻，才清清嗓子，再次讲述起来……

1

去那里还是因为我这儿的一个案子，在一切结束之后，那里主管刑侦的严副局长一定要请我吃个便饭叙旧聊天。所以临走之前我们去了饭店，但刚刚开始上菜，严局的电话就响了，严局一边给我做了个一会儿就回来的手势，一边嗯嗯啊啊地边听边走了出去。

接着，在我百无聊赖等严局回来的时候，一个二十岁上下，高高瘦瘦的女孩儿突然闯了进来，她目光嚣张，旁若无人，随便一扫之后，便皱着眉头大大咧咧地问我："这屋不是就你一人吧？是你请客吗？"

听着这询问，我没有回答，而是一时陷入了踌躇。

因为这个女孩儿打扮装束实在是太"潮"了！

一头染成有金有红有蓝的卷曲短发之下，是一张透着腻子般感觉的很不自然的白脸，而在这只有戏剧里才可能涂成的白脸上，还有两只画得跟熊猫一般的眼睛，和一张不知什么玩意儿才可能长成的黑色的嘴。另外，在这我看来鬼一般的面孔的两边，一边什么都没有，另一边则戴了长短不一的一溜儿耳环，看着丁零当啷的。不过倒是很配她那稀里哗啦，全是破洞、金属、铆钉、骷髅头之类玩意儿的衣服。

当然，这类打扮我并非没见过，但实在不像我一般同事家孩子的装束。我掂量还是先问问是不是找错人比较好，但正在我掂量的时候，那个女孩儿已经很不礼貌地冲我一指，不耐地催问起来："喂，问你呢？这屋不是你请客吧？我找严叔叔，就是公安局的副局长，他们说在这儿，是在这个屋吗？"

看着那个快戳到我脸上的，画着星星月亮，同时又被啃得乱七八糟的黑色手指甲，我意识到她没找错。

"哦，你找他？"我回答说，"是，他在这儿，不过刚有事出去了，你有急事可以给他打电话。"

那个女孩儿很洋派地一偏头，说："他一会儿是不是还回来？因为你还在这儿。"

很合理的推测，我点点头道："是，如果没什么特别的急事，他一会儿应该会回来。"

"哦！那好吧，我在这儿等他。"

那个女孩儿旁若无人地拉把椅子一坐，然后就开始咬着手指甲东张西望起来，仿佛我不存在似的。

我倒忍不住又仔细看了看她。

尽管乍一看觉得这个女孩儿打扮得太怪异，但还不得不承认有种新潮劲儿。而近看后我就只能说实在感觉受罪。除了舞台面具般的化妆近看总是浓得古怪外，她的皮肤也额外加重了那种让人不忍卒看的劲儿，因为这张"酷毙了"的脸上，有很多白腻子也压不住的青春痘，再加上还有些油光光的……这么看了两眼，就让我产生了想拉她去使劲儿洗把脸的强烈愿望。

自然，实际上我只是转开目光而已。

但那个女孩儿却在旁若无人四下打量一番之后，仿佛突然又想起了我的存在，没有任何预兆地对我自我介绍起来："哦，忘了告诉你了，我叫 Gaga！"

嘎嘎？怎么跟鸭子叫似的？

那一刻我很不以为然地想。当然，不久那位"雷人教母"Lady Gaga 大名鼎鼎得连我这个时尚盲也听说后，我才算猜测出这名字的由来和真实写法。而在那之前，我始终都暗暗当成鸭子叫。

不过我没说什么，只是点点头，表示知道了。

但那位嘎嘎却似乎是个"闲不住"，虽然我没说话，她却在扫了一眼桌上饭菜之后，又问："咦，怎么没有酒？是不是嫌酒店的酒不好或者不保真，让严叔叔给你去找酒了？"

想着这个女孩儿可能和严局的关系，出于礼貌我解释了一句："当然不是，我不喝酒的，严局是有事出去一下。"

"不喝酒？哇！这么晚你还工作着？真可怜，不过少喝一点儿不会有人说你吧，我猜你也是个官吧？"

听着这似乎颇了解我们工作要求的追问，我越发以为她就是某个同行家的女儿，因此尽管懒得说但还是又简单解释一句："不是，我就不喝酒。"

没想到话音未落，那位叫嘎嘎的女孩儿就立刻发出了难以置信的惊呼："你不喝酒？！"

听起来这一点似乎严重脱离了她的常识，因为在惊呼之后，接下来她又开始转回身像看怪物一样上上下下狠狠打量起我来，最后用难以置信的口气进一步追问："不是说你压根儿就不喝酒吧？"

当然没那么绝对，不要说迫不得已的情况会喝，夏天朋友聚餐，偶然我还会主动喝点儿啤酒。但考虑到实在犯不着跟她详细解释，因此便干脆地点点头："是，我压根儿不喝酒。"

又看了看我之后，这位叫嘎嘎的女孩儿一边再次啃着她的手指甲，一边对我露出了不知算不屑，还是算怜悯的神情。

"你一个大男人不喝酒？喊。"她摇摇头说。

听着这最后颇为明确的，为此把我开除出男人群体的不屑语气，我心里很不以为然地想：这是谁家千金呀，可够娇惯的。

这个疑问在几分钟后得到了解答。

回来的严局虽一看见那个女孩儿颇感意外，但还是熟悉地点点头，说："哦，佳佳啊。"

"嘘——"严局话音未落，那个女孩儿就将一根食指放在唇前，仿佛听到什么脏话似的打断说，"No，我现在叫 Gaga。"

严局不以为然地挥挥手，显示出跟我一样的反应。

"什么嘎嘎，跟鸭子叫似的。"

但这个否定却让这位嘎嘎高兴起来，说道："你不喜欢吗？太好了，说明够拉风！"

看着这个女孩儿兴奋得都有些手舞足蹈的样子，我克制住自己想摇头的冲动，又看向严局。

严局则没有掩饰地摇摇头，然后坐下来问："好吧，随你，佳……啊，嘎……嘎嘎，你来有什么事吗？"

那个嘎嘎不笑了，恢复了她那副全世界都不在眼里的大大咧咧神情，说："当然，问我爸的事。"

"他的事已经结案啦，情况都跟你家人，包括你奶奶都说了，你应该已经知道了吧？”

“知道，”那个自称嘎嘎的回答，表情依旧淡漠，“你们搞错了，我爸不是意外死的，他是被人害死的。”

我不由得一震！

但严局声色不动。

“哦？你为什么这么说？有什么证据吗？”

“当然，我家的钱全没了。”那个嘎嘎回答。接着，仿佛某种真实的愤怒突然被激起，这个自称嘎嘎的女孩儿不再大大咧咧，而是“砰”地站了起来，近于咆哮地喊：“全没了你知道吗？连房子都抵押出去啦！”

“就这些吗？”

“这些还不够？”

“不够，而且不是不够，是不相关。”

“怎么不相关？谁最后拿走了我爸的钱、我家的房子？”

“这要问你爸爸自己。”

“可他现在死了！”

“是的，他死了，死于意外。”

严局不动声色又步步严谨的回答终于使那位突然激动起来的嘎嘎暂时止住了叫嚷，呆站在那里，似乎开始想接下来该怎么表达才好。

而严局，则在片刻的安静之后，放缓口气主动开口了：“佳……嘎嘎，我知道接受这件事很难。但事实就是事实，你爸爸的死，确实是意外。不仅法医解剖做了证实，而且我们也做了全面调查。相关情况已经告诉你们了，大家都很难受，这可以理解。不过还是那句话，事实就是事实，我们不能改变。所以你家人也都接受了，我希望你也能慢慢接受这个事实。”

“接什么受？！”那个嘎嘎突然咆哮着打断严局，透着狂怒，“我不能接受！他们接受？他们当然能接受，他们至少已经从我爸那儿拿钱各自混了个窝儿了。可我呢？别说现在没有一分钱，就连个住的地方都没有了！我什么都没有了！你说我凭什么接受，凭什么？！为了我的钱我的房子我也不能接受！不接受！！不接受！！！而且我也不相信，怎么可能一个人好好的就死了？喝点儿酒就死了？我爸身体本来多棒啊！所以他不可能是意外死的！”

严局无奈地摇摇头。

略静片刻，那位嘎嘎似乎也意识到光狂咆哮没有用。

“不是，严叔叔，”她又说，添了几丝恳切，“那都是假的，这就是为了钱，那个最后拿了我爸钱的人杀了他。真的，因为那是很多钱，光我爸的房子抵给担保公司就押了一百五十万，还有存款。我们查了，我爸最后全部存款都提了出来，一分都没剩。这些钱加起来有三百多万，这还不够让人起杀念吗？所以一定是那个人，那个最后拿到我爸钱的人。他为了独吞我爸的投资所以杀了我爸，肯定是这样。他偷了我爸的钱，我们全家的钱，我们都靠着它活呢，我和我奶奶。严叔叔，你帮我啊，你能查出来的，一查就能查出来的，你为什么不说话？你说话啊！”

严局终于说话了，带着深深的怜悯。

“那笔钱并不是没有结局，你爸也没有给哪个人，也没有投资，而是捐给了一家儿童福利院。这笔钱人家有账，你爸也有收据、证书、锦旗，反正什么都有。”

这一次，那个嘎嘎终于仿佛被雷劈了似的，怔在了那里。半晌，才又拼命地摇头否定道：“不，不可能，我爸不可能捐的。”

严局苦笑着摇摇头，说："真的。"

那个嘎嘎又急切起来："严叔叔，我爸不可能捐的，他根本就不喜欢慈善，除非这事儿能赚钱，他才会装样儿做一把，他不是那种好人，所以他不可能捐的。"

严局转回了脸，震惊中透出了难言的失望，半晌，才克制着脾气冷冷地说："佳佳，我劝你先回去冷静一下。至于这些事是真是假，程序手续都非常清楚明确，连录像都有，那里面还有你爸爸捐钱时的发言、捐的理由，都是他自己说的。你不信回头可以自己好好看看。至于你爸爸，他好还是不好，人已经去了，你就尊重他一些吧。"

空气终于真正凝滞了，虽然那位自称嘎嘎的女孩儿还是拼命地摇头，但片刻之后，她终于一跺脚转身跑了出去。

而严局，则随着那个嘎嘎的消失，也靠在椅子上连声慨叹起来："真是富贵若浮云啊，富贵若浮云！"

2

因为刚才发生的一切，严局与我的话题自然就落到了这件事情上。

一番讲述之后，我才知道，刚才那位自称“嘎嘎”的女孩儿，并非我同行家的孩子，而是这里一个所谓交游广泛的有钱人的小女儿。

说起来似乎全世界的人都比较喜欢关注有钱人，尤其爱关注生活奢侈的那一类。而如果再加上其发家史比较传奇、比较风流或者私生活比较糜烂等特点，那基本就达到了明星般引人注目的标准啦。

而嘎嘎爸爸就属于这小城中明星般显眼的有钱人，因为他有钱、潇洒、爱交际，并且发家史绝对羡煞人也。据说此人敢想敢干，为了摆脱贫困，在国家允许个人挣钱先富起来之后，就立刻出门闯荡。在那个闯荡的好时节，很快就颇有斩获。当然，最初的钱，还是极其有限的，所以边干边继续苦苦寻找发大财的机会。

大财嘛，肯定不那么容易。

而据这位有钱人在成功后时常讲述的经历里，说是当时不仅折腾到又重回精穷，甚至还欠了银行的贷款，由“小康”跌入“负人”。几乎绝望之时，老天爷突然开眼，他和几个朋友一起包的矿，不仅开始顺利出产，而且当时还成了紧俏物资。

用严局转述当事人自己得意的自我评价是：赌对了他人生中最大的一局，一下子躺到了“金山”上。

而用严局接下来的评价是：这个矿，成就了嘎嘎爸爸后来二十多年超级潇洒的人生。“超级潇洒”换句直白的形容就是：市面上所有渐渐出现的娱乐形式都尽情享受遍了。

不仅如此，这位还颇有梁山好汉的气质，豪爽大方、喜好交友、视金钱如粪土，经常带一大群朋友、下属出去吃喝玩乐。因此在这个小城里，上至领导，下至员工，甚至不相识的人，说起任老板，那评价都是挑大指，称“大哥”。

当然，事不能万全，这样的生活当事人无疑乐意，受惠的人肯定高兴，不相干的人也多半羡慕不已。但难免有个别不满的，比如他的老婆。

一个整天不着家，在外面忙活的又主要只是吃喝嫖赌的男人，似乎比较难令当老婆的满意，哪怕很有钱。所以据严局说，可能就是这个原因，导致了这位有钱人结婚、离婚；又结婚、又离婚；再结婚、再离婚，总共折腾了三回。而且据说都是女方提出来的。

最后大概也看开了，还是单身省心，索性不结，潇洒至死。

讲到这里，严局又长叹一声说，这些折腾，对于大人影响其实有限，可怜的是孩子。证据是这位老板的三个孩子，没有一个像样的。两个大的是男孩儿，第一个老婆生的，都三十多岁了，虽然说起来没有什么大不是，但那副猥琐小气没出息的样儿，实在不像有这样豪爽潇洒的爹。而第二个老婆生的，就是刚才的这个嘎嘎，就更糟糕。这一个可能是唯一的女孩儿，又是最小，当爹的难免更心疼些。结果本来蛮聪明可爱的孩子，被惯成了一个除了会花钱、发小姐脾气、人不人鬼不鬼地胡混外，其他一无所能的人。

当然，一无所能的人也并非仅孩子们。这一家人，从孩子到孩子娘，再到儿子们找的老婆，一堆人没一个干正经儿工作的，都是整天抄着手享受人生，似乎以为背靠金山可以白吃一辈子。

结果怎么样呢？

严局又长叹着说，别说人猝死了，就是人不死、不捐，手里也不过只剩一百多万现金，加上房子，折算下来撑死也就是四五百万资产。这个数字，以今日的标准，实在谈不上“有钱”。

当然，这个数如果生活在三四线的小城，又肯过普通人日子，还是属于小有钱人的；而如果善于理财经营的话，慢慢再发家也算是有相当基础的。可人跟人不同，以死者多年来一贯的大手大脚，全部家产算上，够不够用两年都是问题。自己都顾不住，还能顾住别人？

现在死者倒是一了百了，可怜那些还在做着迷梦的、被养得又笨又懒的大人孩子们！

“所以呀，”最后严局再次发出最初的感叹，“富贵若浮云啊，富贵若浮云！”

听着这慨叹，我也一时直摇头，不过职业的本能还是让我忍不住好奇地追问了下最感兴趣的问题：“那这人是怎么死的呢？”

“酒呗！”严局回答，“早就有人说他早晚得死在酒上，果然不假。”

接着，严局又告诉我，死者生前最大的爱好就是喝酒，喝了很多年，而且越喝越多，越喝越离不开。到后来因为喝醉了跟人动刀子都闹了几回，全靠当时有朋友帮忙劝开才没酿成大祸；还有酒后驾车，也是全靠车好，系了安全带，加上运气，才算没出大事。不过连续出事之后，当时就有人预言：这人要再不戒酒，早晚得死到酒上。

因此，开始有心好的朋友劝这位任老板戒酒。

要说死者自己醒过来后也能意识到问题的严重，毕竟自己的身体自己最清楚。酗酒这么多年，身体一定有反应的，因此决定听劝，开始戒酒。不过对于有深度酒精依赖的人，戒酒的痛苦跟瘾君子戒毒差不多，生理瘾难断，心瘾更难断，所以几次戒酒都失败了。

包括这最后一次，本来也是在戒酒中，据说这一次决心特别大，坚持的时间最长，不过最后还是功亏一篑。原因就是恰巧碰见了几个老友，老友见面难免兴奋，一兴奋就想找地方边吃边聊，一吃就想喝。一喝二喝三喝，控制不住，不知不觉喝了一斤多白酒。然后快快活活、晕晕乎乎回到家，大概许久不喝酒，这人的酒后反应又不同，他这一喝兴奋得睡不着了，于是吃了点儿安眠药。

这一下，可谓"自作孽不可活"，彻底要了他的命。

"不过，"讲到这儿，严局又重复了他的老调，"说起来虽然人死了，但说难听点儿，其实也是福气，毕竟也造了这么多年，什么好吃的也吃了，什么好玩儿的也玩儿了，再说还是钱造光了才死，多对得起自己。只是可怜那帮一直靠他养的老婆孩子，现在金山倒了，唉。

"所以开始这一家子人都不能接受这个现实，总不相信怎么会一点儿钱没剩下。可事实就是这样。我也是才知道，原来任老板这么多年所谓的'投资'，其实都是赔钱的游戏。也就是那个矿，真算是提款机。只是再大的金山也不够人'造'，挖到这两年，需要白吃的人还在，可那个矿已经算挖废了。而再想撞原来的大运，可没那么容易了，谁不想赚这种轻松钱呢。找不到新的财源，光坐吃，还那么大手大脚，是山也空了。可惜这家人什么都不想，只蒙着眼瞎吃瞎混瞎过，结果呢？唉，现在总算该明白什么叫富贵若浮云了！”严局最后又回到了最初的慨叹。

而我，那一刻也唯有心有同感地频频点头。

当然了，说来严局和我想法儿撞到一块儿容易，可对于一直遮阴在这块儿“幸福浮云”下的人们，并不会像我们那样容易接受这个事实。证据是等我和严局吃饱，叹息之余准备离开时，那个嘎嘎突然又风风火火地闯了进来，而且这一次身后还跟了三个人。

这几个人一个是四十多岁的中年妇女，打扮时髦，不过衣着廉价，也没什么气质，我感觉她应该是嘎嘎的妈妈。

另外两个是男的。一个三十五六岁，神情平庸，虽然细看浓眉大眼的仿佛还不错的样子，只是到了这个岁数人一没气质，就没什么好看，乍看之后你会下意识地忽略此人。另一个不到三十岁的男人，是显得最精明的一个，并且一进屋就四下看，一副先观察掂量的样子，和我四目相对后，并没有礼貌地点头或回避开，反而更仔细地打量了我一番，而且那眼神儿，似乎还露出相识的样子。

这让我一时有些诧异，不过我的诧异没有持续，因为那个嘎嘎不客气的声音已经响起了。

“严叔叔，他们都可以证明！”

“证明什么？”

“我爸不可能捐那么多钱，这一定是骗局！”那个嘎嘎大声说，然后一回头对那个中年妇女说，“妈，你也说说，还有你，”嘎嘎一指那个三十五六岁的男人，“你这老大，也说说，还有，”说着她又一指那个最精明的，“这是我爸手下的经理，这两年一直跟着我爸，都可以证明。”

几个人七嘴八舌地开口了，措辞不同，但内容大同小异，就是死者不可能捐那么多钱，所以这一定是谋杀！

而严局，在皱着眉头听完一轮后，耐着性子给他们解释案子是怎么破的，相关人员怎么说，总而言之死者死于意外的结论，是经过法医解剖和多方调查取证共同做出的等等。

这些解释在我听来证据确凿，清晰无比。可对于那几个人，却仿佛是听外星人的话，还是七嘴八舌地重复着他们的观点：死者不可能捐那么多钱，所以这一定是骗局，死者是被谋杀的。

接下来便成了鸡同鸭讲的过程。

几番下来，我注意到严局脸上已经露出明显的克制。

但是，这里最恼的居然不是严局，而是那个嘎嘎。

“喂！”她终于一脸恼火地冲严局很不客气地说，“我说严叔叔你没问题吧？你们警察长不长脑子？怎么说不明白？”

严局脸上的肉，登时抖了一下，但随即还是克制住了，没理嘎嘎，而是转过脸冲那几个人说：“我希望你们好好静一静，接受现实。如果嫌我解释得不清楚，那明天你们可以到局里，慢慢看所有的材料，有什么确实的证据再说好不好？现在时间已经不早，大家就别再扯这些没用的了。”

“什么没用的？”那个嘎嘎登时大怒，跟刚才指我一样，拿手一指严局，越发倨傲地斥责，“我们解释了半天你不听不说，还说我们说没用的？！当年你吃我爸饭的时候，怎么不这么没耐心？”

这下严局的脸彻底变了！

“你说什么？！”严局“啪”地一拍桌子，声音高了八倍，“吃你爸的饭，你以为你爸是谁呀？共产党吗？要我吃他的饭？呸！他是什么东西？一个酒鬼、暴发户、小矿的老板，我还吃他的饭？他配吗？！也不出去打听打听，外面排队请我吃饭的，哪个不比你爸有钱有本事？我吃他的饭？看你爸想请我能不能请得到？！哼，你以为他在你们这帮没用的饭桶面前充老大，在我这儿也能充老大啊？妈的！真是见过不知天高地厚的，没见过你们这样不知天高地厚的饭桶！”

说到这儿，盛怒的严局也一指大概从没受过这样对待、一时吓呆的嘎嘎，声色俱厉地说：“还有啊，嫌我没听明白？错！我早听明白啦，不就是合计最后那笔钱吗，扯什么扯？我告诉你们，我就是不信你们的穷扯！因为我要是你爹，我也把钱全捐了，留着钱干什么？捐出去那帮孩子还能做朵白花纪念纪念他。你们呢？养活了这么多年，人死了一滴眼泪没有，就是钱钱钱地扯，留给你们这帮狼心狗肺的王八羔子有什么用？心寒哪！真是他妈的欠抽！滚蛋！滚！”

说完，又冲同样被吓呆的那几个人朝门口一指：“还有你们，滚！立刻滚！滚蛋！！”

3

那些人全“滚”了，乖乖的，没有一个再啰唆！

但严局却还气得像头正在火头儿上的斗牛。

我赶紧劝解，劝明白这些人绝不会那么容易，毕竟牵扯那么多钱，放谁也不可能轻易接受。况且这还不是一万里面少了一百、一千，而是实打实全没了。这对自食其力的人也是巨大的、一时难接受的打击，更何况对这些一贯依赖，身无长技的家伙们呢？人就是这样，越没本事耳朵越硬、嘴巴越逞强，因此怎么听不进去都不稀罕，不用跟他们计较。

严局终于气平了些。

看情况好转，于是我赶紧又提醒严局，考虑到这背后巨大的经济因素，别看现在人走了，接下来他一定要有继续接受质疑，甚至被胡搅蛮缠的精神准备。

严局表示我考虑得很对。

当然对了，这是太自然的人之常情啦，事实上，金钱的作用比我说得还大，因为接下来一转眼，我居然也被找上了，找上我的，是那个看来最精明的人，也就是死者的下属。他守在我住的宾馆门口，真不知是怎么打听来的。

“郭支队，郭支队。”远远地一看见我，他就凑上来招呼。

我看了看他，边走边问：“我们见过吗？”

“没有、没有，”他连忙摇头，满脸笑容，“不过我在电视上见过你。你不知道，郭支队，我小时候的理想就是当警察，当个刑警。虽然没当上，但还是爱看这个，所以没事儿老看这类节目。法制频道播的你破的案子我都看过，哎呀，真是神呀！我当时都看呆了，你不知道印象多深刻，所以我一看见你，就认出来了。哎呀，你可比电视上要精神，说实话，我当时一看……”

我举起手制止他再满嘴跑舌头。“好了，我明白你的意思了，你是不是想跟我说说你们老板的案子？”

“对、对、对！”那个经理小鸡啄米似的直点头。

我点点头，指了指大堂的沙发：“那好，我们过去坐着说吧。”

我同意了。

坦白地说，之所以同意，是因为之前的谈话中有令我感到可疑之处。

但这个下属的介绍并没有提供更扎实的证据，所谓证据还是“感觉”，稍微再丰富一些的“感觉”佐证。比如他介绍说在他老板猝死前，曾经明确给他们说过，要做一笔大生意，而生意一旦做成，那将来的日子要比现在还要好多少多少倍等远景畅想。并且还说当时为了筹措钱，他们这些人的工资几个月都没发，老板承诺过后生意成了，每个人补发双薪，并送“新马泰”游一次。他们都相信了这次是投资，是因为为了这笔生意，老板把自己的房子都抵押了，抵给了担保公司。所以，现在说不是投资，而是把钱捐了，那一定有鬼。

说起来这当然颇为可疑。这个人最后又非常恳切地央求我说："郭支队，你是神探，我不敢骗你的，我说的都是事实。不信你可以再调查。我可以对天发誓，我们老板绝不可能把钱捐掉的，请您一定相信我。"

"如果你是想来请我相信这个，"我摇着头回答，"那我可以告诉你，在那个大小姐第一次质疑之前，我就感到古怪了。"

"真的？"小伙子颇为诧异，"为什么？"

"很简单，刚才她说到房子在担保公司抵押了一百五十万，这就很不合常理。很少有活人捐钱捐得连自己的窝都不留一个的。即使这人特别善良、与众不同，愿意舍家捐助，那一般也不会把房子以抵押的方式折现。因为担保公司折扣极大利息又高，捐钱又不会有收益，这么做岂不是白便宜担保公司了吗？如果非要裸捐，为什么不直接把房卖了？"

"对、对、对，"那个小伙子没等我说完就连声地喊了起来，还露出了可算遇到明白人的兴奋，"就是这样，不合理吧。那家担保公司的老板是什么人？说是生意人也算生意人，说翻脸那就是黑社会。他们的钱可不像银行的钱似的，一时还不上还能拖拖欠欠的。了解内情的人都知道，那家担保公司的老板可是绝对拖不起钱的家伙。所以不是急于周转，又自认为稳赢快赚的生意，没人会去这么做。哎呀，郭支队，跟您说话真好，一点儿……"

"好了，"我再次打断他，"现在我们言归正传，我现在要说的是，虽然这个行为违背常理，但与死者如何死的，是意外还是谋杀，却没有直接联系，或者必然的因果关系。"

"啊？"那个小伙子大吃一惊，但随即又露出了坚定的神情，"但是，我确实觉得我们老板死得冤枉。"

"是吗？"

"是呀！"小伙子又激动起来，"我们老板人特别豪爽、特别好，如果人冤死了，那别说他的家人，就我这个做下属的都接受不了。所以我什么都不为，就为还我们老板一个公道，希望郭支队您能查一查。"

看着他那格外诚恳的表情，我点点头说："我能理解你的心情，但关于这个案子，我希望你能明白我的立场。首先，我绝对相信严局的公正与水平；其次，不管是我，还是严局，都尊重你们的质疑。因为作为下属、朋友、亲属，对死者总有我们不具备的熟悉，这种熟悉也常常帮助我们更了解案情。所以严局刚才也说了，所有的东西都可供你们了解查询，如果发现有什么确实可疑的，可以再向严局反映。至于我，是不会参与这个案子调查的。一是我还有很多我的事；二还是那句话，我完全相信严局的水平与公正。当然，如果，我只是说如果，如果你们担心因为刚才的冲突，以至于有所发现也很难和严局做良好的沟通，假定真出现了这种情况，我倒愿意从中协调一下，这是我的手机号。"

我在一张纸上写下了自己的手机号，推了过去。

"这就是我唯一愿意做的，记住，唯一的，其他的情况都不要再联系我。另外，严局是个很爽直的人，不记仇也不难打交道，只要你们不再执拗于钱钱钱，就案子说案子，良好沟通是绝对没问题的。所以如果又有什么发现，希望你们还是和严局先沟通。"

说完，我站了起来准备告辞。

"哦……"

“对啦，还有件事我不知你是否知道。就目前的情况，被非法侵害的钱有两种情况一旦出去就很难回来：一是赌掉或灯红酒绿消费掉的；二是捐给慈善机构的。”我第三次打断这位看起来变得颇为失望的死者下属，轻声补充说道。

说完，我点点头，没再啰唆，自顾离开了。因为我猜这位号称“什么都不为”的仗义手下，在发现真的什么都没有之后，也许会暂时放下他的忠心与正义感。

事实上我也果真没再接到那位死者下属的电话，不过在三个多月之后，我却接到了那个自称嘎嘎的打来的电话。

只是这一次电话里的嘎嘎，口气不复大咧、骄横，以至于我一开始没听出来，直到听了半天自我介绍，我才想起这个案子。

过了这么久又打电话，难道有了什么新发现？

“你打电话是想说你爸的案子吗？”我直接问。

“是。”

“是发现了什么新的疑点？”

“嗯。”

“那这些疑点有没有和严局他们先反映？”

电话那边沉默了，片刻，对方转问我可不可以见她一面，有些话她希望能当面说。还说她就在这里，所以什么时间都可以。如果我忙，等几天、几个月也无所谓，只要能给她时间说一下就行。

这执著的态度又勾起了曾压在我心底的小小疑团，难道真又有什么惊人的新发现？

正好当时手边也没什么紧急事，我当时就约了她在单位附近的一家咖啡厅见。

我按时赶到时，那个嘎嘎已经坐在了咖啡厅。

说实话，当我找过去，望着座位上那个人，就如刚才电话里的声音似的，那张脸仿佛也变成另外一张陌生的脸。我心头真是登时就泛上了那天严局曾反复大发的五字感慨：富贵若浮云！

真是富贵若浮云哪！

因为这一次嘎嘎的打扮简直让我更加无法多瞧。除了脸上还是擦得很白很厚外，其他部分已全然改观。没了曾经那种新潮到“雷人”的风格，而是变成了比较常见，但偏风尘气的时髦类型。这使她看上去凭空大出七八岁不说，而且气质也变得恶俗至极，还不如曾经那种有点儿吓住我的“雷人”的感觉。

我猜我没有掩饰住自己那强烈的不以为然。因为在电话里一直请求见我的嘎嘎，在和我对视之后，没有一扫独自发呆时流露出的带点儿沧桑的冷漠劲儿，反而添加了审视、戒备和抗拒的神情。

而我也没有破自己案子那般的耐心，点了下头后，直接就问：“你好，嘎嘎是吧。好了，既然你能先到，想来很急，那就开始说吧，现在你又发现了什么新的疑点？”

不知道是不是我不客气的表情太明显，嘎嘎没有回答，而是继续用充满敌意的目光审视了我半天，才答非所问地说：“我听兵哥说你是个神探，还说是从电视上看的，我希望是真的吧？”

听着这不客气的质询，我也很不客气地回答：“我希望你这么说不是因为你其实还是没有什么真正的证据，而是跟以往一样，只是自我怀疑而已。”

嘎嘎又孤傲地一扬脸，说：“是不是证据，那要看是什么样的警察，比如我爸的结案材料，你们都觉得很充分、很完美，可我却觉得有问题。”

最后那句让我来了兴趣，连忙追问：“哦，是不是发现了什么细节，乍看合理，但其实不合你爸的日常习惯？”

“那倒没有，”嘎嘎回答，神情越发冷漠，“其实我也不太了解我爸的生活习惯。我妈和我爸早就离婚了，那时我才五六岁。我爸我妈分开后，我一直是跟我妈住住，跟我奶奶住住的。后来我妈又结婚后，我多半跟我奶奶住，因为我爸后来也又结婚了。再后来虽然我爸又离婚了，但我还是跟着我奶奶。我爸是独住的。平日里只有一个钟点工阿姨给他打扫，如果说了解，也许这个钟点工阿姨比我更了解我爸的日常习惯。”

“哦，那就是钟点工有什么异议啦？”

“也没有，”嘎嘎回答，还是那副看天不看人的样儿，“那天就是她报的警。过后我问她，她说第二天她进门后，没发现任何异常。只是打扫时觉得我爸的呼吸声不对，所以她就叫了一下，看没有反应。结果没有。就赶紧打电话叫了120。120来了后，就又让她打了110。警察也罢，我也罢，一问她，她都说没什么异常感觉，不过这能说明什么？她不过是挣钱吧，对我爸才不关心。更何况她是上午来，中午回家。我爸晚上回来她早就走了，就是发生什么她也不会知道对不对？”

沉思了一下，我问：“但是，我想我们应该也采集了现场的痕迹吧。既然钟点工每天打扫，那现场留下的一般应该是较近，或者最新的痕迹对不对？”

听了这个问题，那个嘎嘎的脸上又浮现出讥讽的神情，一边瞟着变成金属色的手指甲，一边漫不经心地回答：“是，他们查了，他们说现场没发现有其他人的痕迹。还说也查了小区的监控，而且因为正好一个探头就在我爸房子的外面，可以照到路和大门，所以效果是最好的。他们告诉我说监控显示我爸半夜回来后，就再也没人出现，直到第二天钟点工来，房子的门窗都关得很好。这也正常，因为钟点工离开前是一定会把所有门窗关好的。而我爸半夜回来，醉醺醺的，可能很乏，懒得再去开窗什么的。反正最后你们这么说，如果监控显示没有人进入的记录、门窗没有撬动的痕迹、屋内也没有采集到什么可疑的不明第三者的印记，那就不可能有什么人进入我家实施犯罪。”

我点点头转而追问：“你认为警察的解释不可信吗，或者这些证据里有假？”

“没有，”嘎嘎懒洋洋地回答，继续叉着手欣赏着自己的手指甲，“那些证据无可挑剔，我也相信你们没搞鬼。”

“既然这样你有什么可紧追不放的呢？”

那双手终于放了下来，而手的主人则突然瞪着我，然后以强烈的轻蔑与挑衅的口气回答：“因为钱行吗？听起来很糟糕是吧？可这就是事实！那些钱也许你们不在乎，可对我很重要，虽然我曾经也不觉得那些钱多得不得了。可现在不同了，我一无所有，真的是一无所有！所以就为了那些最后消失的钱，我也不能放弃，这个理由足够吗？！”

“足够了，那确实是一笔不小的钱，为它杀人都足够啦。”

“本来就足够！再说，我也有理由只关心钱，那个男人既打我妈，又打我，发起狠来能往死里打。家庭暴力对不对？那我为什么不能记恨他？为什么不能只在乎钱，不在乎他？谁要他生了我，他生了我就该养活我！”嘎嘎又哼了一声，神情更加倨傲、轻蔑与不屑。

听着这最后又变得激烈的口吻，我毫无同情心地干脆回答：“作为一个警察，我今天来，只是想听听关于案子的情况。不过既然你说到这个，有一点我倒想提醒你。你的那个什么哥，除了告诉你我的电话，不知道是否也告诉了你我说过的一个事实——你爸的这个钱，从法律渠道是很难要回来了。”

但我这番话，这一次仿佛打到了石头上，对面依旧是那副极端轻蔑、敌视的表情。

顿了一下，我又补充：“如果你还不知道，那现在我再告诉你一次，捐款是很难要回的，除非被捐助组织愿意退回。而如果不愿意，那至少在时下，这类钱几乎没要回的可能。再直白点儿说，别说钱是你爸主动捐的，就是有人偷了你爸的钱，然后又捐了，如果人家不想退，你爸想要回这钱都很难。难到即使打官司打赢了，也几乎不可能。因为法院也不太敢去有能力哭穷的地方强制执行。当然，如果能证明这钱是举家欠债治癌症借来的之类的情况，也许还有半线希望。总之，这事儿很难的，这是一。而第二，就是你爸捐给的不是个人，而是机构。那即使这个地方的某个人真杀了你爸，也和这个机构无关。所以钱这件事呢……”

提醒到这儿，考虑到这家人钱也实在去得太干净，所以最后我决定还是好心提示了下：“当然，也不是完全没有救济渠道。毕竟你家的情况特殊，我建议你先找律师咨询，或者找个媒体记者，他们这方面比我们有经验，也许能想到些解决的途径。事实上，这事儿他们都比我们在行，也方便操作。至于我们警察，反而爱莫能助。好吧？那就这样，我还有事，再见。”说完，如曾经对死者的下属那样，没再等回答我就起身大步离开了咖啡馆。

但这一次的转身却很快就有了下文，大概两个小时后我收到了嘎嘎长长的短信，短信上说：

我起疑是因为我爸死前最后一个电话。因为那个电话是我爸最后捐钱的那个福利院的副院长打来的，我就是循着这个线索来到这里的。那如果现在我发现一些可能违法的问题，除了找警察，找谁问比较合适？

这个短信令我一时难以置信，因为我不相信我的同行会不查那个时间点的电话。所以我立刻联系了严局。事实证明,我不信是对的，严局他们确实做了严谨的查证。

可与此同时我不得不说，听着那可说完美无缺的答案，我内心却又升起两处模糊的疑云……

4

一天后，嘎嘎又如约来到我的办公室，依然提前了，依然带着她的冷漠与强势。

而我的态度，也好不到哪里去。尽管手头工作已经处理完了，但我还是让嘎嘎在门口干等到约定的时间才让她进来，而等叼着烟的嘎嘎一进屋，我立刻又一指门，说："我不抽烟，更不抽二手烟。"

稍微愣了一下，那个嘎嘎折身出去把烟扔了，等走回来时脸色变得更加难看。

"哼！"她以难以克制的受伤害口吻嘲讽地问，"你可真有男人风度，请问，你们局长来你也这么说吗？"

"肯定不敢！"我干巴巴地回敬，"不过不敢对我们局长不等于不敢对所有的人。"

嘎嘎的脸，顿时红了一下，又白了一下。

"还有，"我继续干巴巴地说，"只要我能健康一点儿的时候就绝不会让自己活在别人制造的污染里。考虑到你不知道，时间又紧，所以这次我就不让你出去散烟气了。但希望你记住，我很不高兴今天多抽这两口二手烟。”

“哈，对不起。”嘎嘎开口了，但透着咬牙切齿，“不过以后我一定会注意，而且祝你长寿。”

“多谢。我现在是很怕死，比较冠冕堂皇的理由是我也有个女儿，她还上着学，没有完全成人。我可不希望自己现在突然死了，弄得她没人管教，最后长成我不能容忍的样子。”

“看来你和严叔叔一样，非常看不上我是吗？”

“严局怎么看你我不知道，但确实一看到你，我就想我该更严格地管教我女儿。”

“意思不还是看不上我吗？”她说。扬着下巴，“那又怎么样？哼，我不在乎！而且别提什么你女儿，我告诉你，我爸可不是你这种庸俗怕死的男人。以前谁都说我打扮得怪，可我爸不这么说，他说有个性，他喜欢我这样。说我最像他，哪儿都像。后来我自己改名字，人家又说我这名字像鸭子叫，那帮人自己蠢，不知道这名字的来历，还笑我？呸！可我爸呢，他也不知道，可还是说好，说那些人没见识，其实好听。他喜欢，我愿意的他就喜欢。我成什么样儿我爸都喜欢，只要我爸喜欢我那就够了。所以我才不在乎你们说三道四，因为我根本不在乎你们这些人！”

我点点头，说：“原来如此。所以尽管你爸可能打过你，但你还是记得他的好，怕他死得冤枉是吗？所以你才会对那个电话那么起疑，尽管一切听起来都解释得通……”

说到这，我不得不停住了，因为那个刚刚下巴翘到天上的嘎嘎突然低下了头，接着，一滴豆大的泪珠突然落了下来。

嘎嘎立刻捂了一下眼睛，似乎想控制住自己的情绪。但也许太多的委屈已经积蓄得仿佛洪水，在这突然失防的一霎那破堤而出，嘎嘎的努力失败了。

接下来呈在我面前的，是深垂着头的嘎嘎越来越耸紧的肩头，是开始下雨般地噼里啪啦，是渐渐地失声痛哭，是终于不再掩饰的深切悲伤……

“我想，”我放缓语气，“严局那一天只是气话。”

“不，不是，”捂着脸的嘎嘎哽咽着否定了，“我没有记恨严叔叔，其实他骂得对，我们是都只关心那些钱，不关心我爸。不，甚至我们都恨我爸！我哥哥们恨他，因为我爸和大妈离婚了，他们觉得我爸不负责任。还有我爸喝醉了脾气就很暴，会打会骂，特别凶，谁都打。我们全家除了我奶奶，都挨过他的打。不过，这不怪他，那是喝醉了，他不醉的时候不这样，不醉的时候他很好的。”

说着，嘎嘎突然哆哆嗦嗦地从身边的包里摸出一个皮夹子，然后打开推了过来。

“这就是我爸，他是不是很好？”

我默默地低头看去，照片上是幸福的一家三口：四十来岁的男人、三十来岁的女人和一个简直像洋娃娃一样可爱的小姑娘。而那个男人，还真是浓眉大眼、相貌堂堂，比他那一脸平庸的儿子可气派体面得不是一点儿半点儿。

“是不是，我爸是不是很好？只要不喝醉，都特别好，整天笑呵呵的，人家求什么，他都答应，他最大方了。不过他对我最好，总说我虽然是个女孩儿，但最像他，哪儿都像。”

我不由得又看了看照片上的小姑娘和那个男人。确实，小姑娘的五官明显遗传了照片上的男人，只是巧妙地变得秀气了。乍看不同，但仔细看，真是越看越像。

“我做什么我爸都说好，要什么我爸都给。可我，我从来没记住过。我只记住他打我，打我妈，早早不要我了。所以我一直都恨他，除了要钱要东西，从不去看他，也不说让他高兴的话。我还记得我最后见我爸，就是他死前十几天。我去他办公室要钱，我一去我爸就特别高兴，然后拉着我絮絮叨叨地说个不停。还是说老一套，问我愿不愿意搬过去陪他一起住。我爸早就这么求过我，可我不愿意，一直都不答应。但那天为了多要些钱，我就骗我爸说‘我愿意，只要你以后不再喝醉了就打人的话，我就搬过去。不仅会搬过去，还会很孝顺你，一辈子都陪着你、照顾你，让你舒舒服服到老’。”

哽咽着说到这儿，刚刚忍住些悲泣的嘎嘎再次大哭起来。

“呜呜呜……如果我早搬过去，有我陪着，我爸一定不会死，一定不会！可我却只骗他！骗他！呜呜呜，不，不是，其实我没骗我爸，我说的是真的！我真的做梦都想像小时候那样，一家人一起，可以天天看见爸爸、妈妈。我想陪着他，我想照顾他到老，我愿意孝顺他，我真的愿意孝顺他，孝顺他一辈子，特别想。你不知道有多想，呜呜呜……我悔死了。”

“你放心吧，你爸爸知道的，所以他最后才会又戒酒是不是？还戒了最长的时间。”

“可他，他，他……”嘎嘎再次恸哭到不能自已。

那份难以形容的悔恨与悲伤，让我这个旁观者，都突然涌上一股深深的恻然。

许久——

悲声终于渐渐止住了，嘎嘎抬起了头。但紧接着，嘎嘎突然又低下头，然后猛然站起来捂着脸拔脚就向外跑去。

那速度快得令我不能相信，更是大吃一惊。

不知发生了什么事的我自然紧跟出去，在电梯前拦住了嘎嘎，赶紧问发生了什么事？

但嘎嘎却始终低着头，支支吾吾地没给我个明确的回答，还是一味要走。

为确保不出意外，我当然不能同意。最后终于把嘎嘎劝回了办公室，然后继续追问到底发生了什么事？

这一次总算得到了嘟嘟囔囔的答案。原来准备说话的嘎嘎，突然发现手心里五颜六色黑糊糊的不说，而且还多了个假睫毛。这一下把她从着急中拉了出来，才想到自己一定哭得不成样子，模样不知变成多可怕了，所以……

终于明白答案的那一霎我真是啼笑皆非，但刚要笑，又恍然意识到，勿论我的审美，但嘎嘎每次都化浓妆，穿着属于她品位的讲究衣服，就说明她是个很爱美、超级在意自己形象的女孩儿。

“这么担心你还往外跑，”我连忙笑着安慰，“好了，脸是多少有些花，你要愿意先洗洗脸也行。”

洗完脸回来的嘎嘎耷拉着脑袋，看起来更沮丧了。

我打量了一下，又安慰说：“不错不错，我看比刚才那样儿还好，知道吗？刚才你那打扮，真是凭空大出十岁。现在别的不说，至少像你的实际年龄了。”

但也许嘎嘎终究还年轻，这个指出年轻的安慰并没起什么作用，嘎嘎的头反而埋得更低了。

眼珠一转，我又想了个安慰词：“不相信我吗，那看照片啊，你不是说你很像你爸爸吗，你爸爸肯定不化妆吧，那样子不帅吗？”

榜样的作用果然不同！

这一回的嘎嘎在狐疑地飞瞄了我一眼之后，立刻伸手拿出了她的皮夹子，低着头开始仔细研究起照片来。

我连忙又趁势鼓劲儿道："不错吧，有这么好的底子，用化得跟戴个面具似的吗？真不知道你们年轻女孩子是怎么想的。唉，真是一代人是一代人，审美都不一样。说实话，对于你们觉得美的，我大多不仅不觉得美，甚至觉得别扭。比如看见你们流行的什么黑嘴唇，真是光觉得害怕，不觉得性感；还有那什么穿舌环、鼻环，哎呀，更是一见就光觉得疼，觉不出酷。"

"我可没穿鼻环！"嘎嘎抗议道。说完，又突然意识到这不过是我的玩笑，又不好意思地笑了，再次半低下头嘟囔："我可不在脸上扎什么洞，多时尚流行都不扎。我脸上已经够糟了，长那么多痘，难看死了，老天爷真不公平。"

听了这话，我又看了看嘎嘎，细看之下，心里也不由得暗叹：果然哪！

就像嘎嘎说的，她像她爸爸，承继了她爸爸浓眉大眼的五官，因此轮廓非常清晰。同时嘎嘎的脸型也是那种颇有棱角但不突兀的类型，加在一起，虽然稍有男相，却别有一种不俗的英气。可不知是不是这满脸此起彼伏的痘痘的缘故，可能还加上刚痛哭过，让嘎嘎本来就稍偏男相的面孔更加粗糙、黯淡，抵消了俊俏五官呈现的美。

也许这就是嘎嘎平时喜欢擦厚粉的原因，因为之前遮盖时，虽然我觉得怪、闷，但远看还是抢眼，或者说肯定会有人觉得"靓"的。不像现在，估计十个人看十个人都不会再想看第二眼。尽管我敢说，如果真再仔细看第二眼的话，一定又会觉得这女孩儿其实长得很漂亮。

"电视上不也整天广告除痘的东西吗，没管用的吗？"我忍不住问道。

“都是管一会儿，”嘎嘎嘟着嘴回答，“或者一阵儿，我都试过，都是开始好点儿，然后再用就不行了。”

“那有没有去医院看看，也许医生有法子？”

“看过，”嘎嘎显得更沮丧了，“也是那样，开始吹得天大，真治了，也是说有用也有用，说没用也没用。而且就算管用，也是一小阵，很快就又长了。你一问，美容医生还能教训你一顿。中药也是，开始都打包票，那么苦，喝得难受死了，又腹泻又什么的，可也是顶多一时管用，很快又长了。而且同样是你都不能问，一问，又被教训一顿，烦死了！”

“那西医呢？”

“西医更没招。我还专门问过个西医，一头猪，说没什么合适的好法子，虽然有药，但不能用，副作用太大啦！猪，就是一头猪！除了会骗人，装好人骗钱，其实什么都不会，不知以前怎么给小孩儿看病的。就这小毛病也只会说平时注意清洁之类的废话，真是废话！哼！不过可能本来也没什么真本事，他本来就是骗子，小孩儿也就是他借着骗钱的工具，可能就是水平太差，当医生骗不下去了……”

听着这越扯越远的抱怨，我忍不住打断说：“哎，嘎嘎你可别这么想、这么说，别以为不能说出法子的人就是废物、没水平。尤其不能说人家是骗子。没法子就老老实实说没法子，至少是老实人吧？怎么能叫骗子呢？治不了病你也不能分不清好歹，那些曾经给你打包票治好的，后来根治了吗？那才是骗子呢！”

嘎嘎没有显示出被打动的样子。

我想这是因为我这话正确但无用吧。

“还有啊，有些建议听着不是招儿就未必真不是招。比如就算我不懂，也觉得你整天这么往脸上一层一层又遮又盖的，肯定对皮肤不好，那能不堵毛孔吗？我看没准儿不长痘的脸这么着折腾一阵子也得长了。”

“可……”

“可你们女孩子爱美，总想漂漂亮亮的见人是吧？”我笑着接上去，“这也是人之常情，确实矛盾。这样吧，我给你个建议，以后呢，你见那些当紧的人，该怎么打扮就怎么打扮。见不当紧的人，比如去买个菜了，或者来见我这一类的人啦，就别擦了，给你的皮肤留点儿空，没准儿以后慢慢就好了。”

嘎嘎撇撇嘴，没否定，但显然也不接受我的意见。

我猜是我这建议不符合特别爱美之人的心理，所以我又补充：“或者，你还可以选些不伤皮肤，还能遮点儿盖点儿的东西，比如墨镜之类的，不是说大明星都是用墨镜遮倦容吗？”

这一回我的建议对路了。

“对！对！对！”嘎嘎突然兴奋地大叫起来，“哎呀，我怎么没想到？太傻了，真是的，怎么一直没想起来？对，戴墨镜呀，多潮呀！天冷后我还可以戴浅色的，那样在屋里也可以戴。对！我应该买几副，那种超大框的。”接下来便是买什么墨镜的自言自语。

望着陷入了兴奋的嘎嘎，我笑着暗想，怪不得有那么多女孩儿为了美不仅化妆，还要去整容动刀受罪呢。

这大概就是美的力量吧！

而这美的力量，体现在那一天，就是居然没谈成案子。因为就在嘎嘎还没从找到新的打扮方式的兴奋中脱出神儿，突然就有个急事找我了。无奈之下我只好又跟嘎嘎约到了第二天。

嘎嘎对此并未失望，还沉浸在找到新打扮方式的愉快中。而我，却有些暗暗叹气，觉得白浪费几个小时。

不过事后证明，这几个小时并没浪费，它不仅令我和嘎嘎以后的沟通变得简单轻松，而且还有着出乎我意料的极重要的意义……

5

第二天再出现的嘎嘎，周身那无形却极端敌意的铠甲，就像她脸上厚厚脂粉那样，被彻底扔掉了。

现在嘎嘎的脸上虽然不平，但是也不堵心。而嘎嘎眼睛里的光，尽管隔着浅色的大太阳镜，我还是清晰地看出再无戒备，唯有由衷的信任。

所以那一天的案子谈得异常轻松顺利。

“我想先谈一下我的一些了解，”我开门见山，直奔主题，“接到你的短信后，当时我很奇怪，因为我不相信这种特殊时间点的电话我的同行会不调查。”

嘎嘎点点头承认：“他们调查啦。”

“是的，我同事告诉我，对方并没有隐瞒打电话的事实，也把电话内容告诉了警方。那天的电话是为了和你爸敲定一周后去他们福利院一起联欢的事。并且也解释了之所以搞完捐赠仪式又再搞联欢，一是因为你爸捐的钱多，应该得到更多的荣誉；二也是希望通过这次表彰，带动更多的有钱有能力的人关注这些孤儿。之所以打电话敲定，是因为这件事意义重大，这边都准备好啦，怕你爸到时有事去不了，影响气氛。这些你知道吗？”

嘎嘎又点点头道：“是，也是这么对我们说的。”

我也点点头，继续说：“而我们也没有轻信，严局他们又去福利院做了调查。事实上人家也确实一直在筹备这个联欢，而且过后就是在那个时间点开了，整个过程还有录像。严局还把之后联欢视频传给我了，里面还有一些算是有点儿头脸的人物，这个视频你看过了吗？”

“是，我看了，”嘎嘎承认，神情突然变得黯然又愤怒起来，“过程真是又煽情又欢乐，哼！又有这么多人可骗，自然要高兴啦！”

我理解地点点头，说：“我明白，他们对你爸的死似乎毫不关心，这真的很无情。但我们还是就案子谈案子，由此似乎也可以说明搞联欢的事并不是胡编的，是吗？”

带着勉强和不痛快，嘎嘎承认了这一点。

“严局说，你们家人在看到警方这些资料后，都渐渐接受了你爸是意外猝死的结论，是吗？”

“是，”嘎嘎的神情更黯然了，“到这时大家都接受了。其实，哼！其他人早都接受了，从他们听兵哥说钱要不回后就接受了。不过到了这个时候，连我奶奶也接受了。”嘎嘎不屑的声音里突然又添了一丝感伤，“奶奶也对我说，我爸那么爱喝酒，已经几次遇险了。虽然那几次走运没出大事，可如果不戒，死在酒上是早晚的事。所以，这结果她其实也不奇怪。”

“那看来最后只有你还在怀疑？”

“是！”

“理由呢？”

短暂的沉默后，我听到了含糊的三个字：“直觉吧。”

“直觉吧？”我重复一句，又追问，“到现在也只能有这三个字的解释吗？”

偷看了我一眼，嘎嘎有些不自信地小声嘟囔一句：“是不是觉得很不可信？”

“不是。但我很想对你不信的理由更多一点儿了解。现在再想想，什么让你觉得不信或者可疑？”

微微地思索之后，嘎嘎还是不太确定地回答：“总觉得好像太巧了，巧得……反正觉得巧得过分，就觉得不对。”

“明白了，那现在我还有一个问题，你要如实回答，可以吗？”

“可以。”

“那好，你听着，根据你的了解，你爸死之前有什么消沉和担忧的情绪吗？”

“没有，我问过，他们都说我爸精神好极了，而且还一直说要再发大财之类的话。这也是我怀疑的原因，我爸明明说筹钱搞投资，兴致勃勃的，怎么会一转眼把钱全捐了呢？都捐了哪还有钱投资呢？其实别说投资，就说以后生活怎么办呢？而且我爸本来就不是个慈善家。对了，我听兵哥说那一次你也立刻就……”

我伸手制止嘎嘎再说下去：“好，这点儿我知道。现在，谈谈你这几个月的追踪发现吧，是福利院，还是某个人有问题？”

一个带着强烈憎恶的回答立刻蹦了出来。

“我觉得都有问题，至少那个人有问题！”说着，嘎嘎拿出手机翻了翻，然后递给了我，“就是这头猪。”她不屑地说。

手机上呈现着一张五十多岁男人的照片，主要是头部，稍胖的圆脸、戴着副眼镜，并不像猪，更像一个老太太。那模样在我看来也不像嘎嘎形容的那么不堪，其实倒有种有一定知识地位人的气质。

嘎嘎又打开了几张这个男人或站或坐的照片，然后又重复了句她的蔑称："就是这头猪！"

再看那些照片，我才多少有些明白嘎嘎蔑称的缘故。这个男人和生活里无数幸福而不忌口的男人一样，有一个比较明显的啤酒肚。不过也并非大得出奇，称为"猪"应该还是情感取向。

"就是他打的电话？"

"对。就是这头猪打的电话。对了，你是不是觉得这人看着没那么坏？我告诉你，那你可上当了。这人就是会装，平时笑眯眯的，一副好人样儿，一见陌生人就笑笑，一见有钱人就讲那些小孩儿的可怜，要帮助他们，说什么他放弃优厚的职业来福利院就是为了帮助这些孩子。哎呀，好像他的心多好，多慈善似的，可实际呢？呸！你知道他私底下生活多奢侈吗？一顿晚饭就吃几千块，两个人啊！又买名表又买古董，对自己真是不知多大方，送女人东西也是。呸！老下流痞！反正他不知道多对得起自己，就是不见他肯在那些帮他骗到钱的孩子身上花什么钱。所以你千万不要被他的外表骗了，纯粹就是个'笑面虎'，不'笑面猪'！"

我放下嘎嘎的手机，问："你说的这些确定吗？道听途说还是请私家侦探查的？"

嘎嘎登时自嘲地苦笑一下，说："我爸爸一死我才发现自己连顿饭钱都没有了。那家担保公司，哼，就是黑社会，凶得……唉，这也怪我爸，急用钱跟这种人打交道？还好我奶奶肯管我顿饭，否则真是立刻活不下去了，哪儿还有钱找私家侦探。"

“那是？”

“我自己查的，保证属实。”

瞟了眼嘎嘎身上依然价格不菲，而且颇像当季流行的衣服，我有些不信地问道：“哦，现在你进入这家福利院工作啦。”

果然，嘎嘎摇摇头道：“那里不是谁都能去的，甚至不是谁都能随便进去逛的。但我倒进去过两次，院子、屋里乍看收拾得还不错。残疾人和老人，还有什么傻乎乎的我都没见，在另外一个院子。可一些小孩子我见了，吃的穿的都很不怎么样，那我爸的钱呢？捐给他们也没花到这些人身上，那钱哪儿去了？”

“哦——”我沉吟着提醒道，“作为一家福利院，也许看不到的花销比我们想象得大，比如里面会有一些残疾人、轻度精神残障、有病的孩子，他们的特殊照顾、医疗开支都是比较大的是不是？”

嘎嘎耸耸肩膀道：“也许吧，但那头猪过得阔劲儿可不是假的。哼，他原来也不过是个儿科医生，又不是开医院的，能有多少钱？现在他大手大脚的钱哪儿来的？”

我点点头，说：“如果你说的是真的，那这个人一定有问题。事实上，我之所以看完你的短信又约了你，就是因为了解后也产生了一些模糊的怀疑。”

嘎嘎立刻兴奋起来，问：“真的？”

“真的，而且和你一样，也是对那个电话不解。”

“真的？！哎呀，那说明我的直觉很正确！”

“正确未必，不过我倒可以告诉你，我为什么当时产生了一丝怀疑。”我笑着摇摇头道。

“啊？哦，为什么？”

“因为电话的内容和时间。表面上看，你爸什么时间接电话都可能，电话内容也足以昭告天下。但连在一起却有点儿奇怪，因为那是凌晨时分。那不是我们一般人打普通电话的时间，而对方从职业和教养来看，绝对是有基本社会礼貌的人。一个很有教养的人为什么要为一周后的事而半夜打电话呢？这不是不可能，却不是人之常情。”

嘎嘎一拍桌子，更加兴奋。说：“对、对、对，我说我怎么都觉得不太对？对，这不合常理。”

“不仅如此，一周后的联欢视频我也看了。正像你说的，又煽情又欢乐。这本没什么不对。但按常理，面对本来预设的重量级榜样的意外辞世，会煽情的似乎都会借此比较沉痛地哀悼一下，以证明他们是多么懂得感恩的人，毕竟这也是打动人捐钱的方式之一嘛。可是整个过程却丝毫没提及你爸爸……”

“对呀！”嘎嘎再次失声打断我，瞬间又变得沉痛而愤慨了，“我说我为什么看得那么别扭？原来是这样！真是无情，本来是拉我爸做榜样引诱别人捐款的。可我爸一死，立刻就……这些不要脸的东西，好像我爸就是盘菜似的，吃之前满腔热情，可一吃完连盘子都拿走了，一点儿位置都不会给留。真……”

嘎嘎又气愤地说不下去了。她低下头，好一会儿才又抬起，眼睛里出现了强烈的、充满希望的渴求。

但我却摇摇头说：“可是，在听完你的介绍后，这两个疑问我倒觉得有了合理的解释。”

嘎嘎愕然地张大了嘴巴问道：“为什么？”

“因为你的调查证明这个副院长道貌岸然。”

“什么？”

“很简单，你的调查证明这人无疑是个伪君子，经济方面多半有问题。这不是好事，但同时倒可以解释为什么你爸爸之前一直说投资的疑问。因为很可能是他和这位副院长之间达成了个协议，利用福利院某些资源商业化赚钱。而合作模式中可能有违规甚至违法的情况。这并不是没先例的，而以你爸爸的性格，做这种事大概也是很可能的吧？”

嘎嘎没有回答，但表情却无声地承认了。

“如果是这种情况，那半夜来电话也就很合理了，因为如果是不能告人的急事秘事，什么时候都可能对不对？与此同时呢，既然事情未做，又死无对证，那面对警方的调查，别说这种高智商的人，就是小偷抢劫犯也会编出更上得了台面的理由搪塞对不对？这不是实话，却也很符合人之常情对不对？”

嘎嘎慢慢低下头。

“同样地，因此我觉得联欢也有合理的解释。因为如果之前的话就是搪塞，那其实联欢时有没有你爸，或者实际留多少出场时间都没准儿是吧？其次这家伙本来就不是有情有义的正人君子，忽略掉你爸也不奇怪。事实很可能是当时觉得给活着的，还能捐出钱的人多些出头露脸的机会更好。”

嘎嘎终于又抬起了头，只是脸上现出了难以掩饰的失落。

装作没看出来，我继续解释：“除了刚才的两点外，还有一点。根据我的经验，虽然有钱有知识的人很可能更坏、更心狠手辣、更不在乎别人死。但一般情况下，像骗子很少伤人，绑架犯却常常杀人伤人那样，总体来说，犯罪结果的恶性程度和犯罪形式一般密切相关。不必要的情况下，一般人还是不会乱杀人的。而你刚也说你爸死之前情绪高涨，可见两人并没有翻脸。那这个人为什么突然决定要杀你爸呢？毕竟实施经济犯罪，一般都需要有合作者呀，所以动机上也解释不过去。

“这也是严局他们没有继续深究的原因，并不是不如我，没有想到那些疑点，只是充分的调查让他们已经清楚。另外，一案是一案，就你爸死这件事来说，显然和这个副院长没关系。不信你自己再回忆回忆那些证据，他有两周没见过你爸，当晚更没跟你爸喝酒，两人都不在一个城市，这是百分百确定的。不过是当晚给你爸打了个电话而已。但你爸的死，至少直接死因，显然跟接不接电话毫无关系对不对？”

许久，嘎嘎勉强微微点点头，只是那动作，透着她内心的拒绝。

好在这一次尽管抗拒，她却没再坚持重申她的态度，而是相对转圜地嘟囔：“可我还是觉得不对，至少，这头猪不是好人。”

“说得对，如果你讲得属实，那绝对不是好人。不过既然你说到这个，正好，这也是我要对你说的第二点。”

嘎嘎移回了目光，又显出了新的希望。

但可惜我要说的，依然不是她的希望之语。

“经济犯罪的罪犯一般不会杀人，但这可并非他们心肠更好，而是一般没必要。真正的事实是：犯罪的人总有心狠手辣的一面，如果他们感到自己处在危险中，这种人变成杀人犯的机会跟抢劫犯、绑架犯一样大。既然你说你一直亲自调查，也说了那个副院长奸诈会装，那我觉得你现在就是在‘玩火儿’。”

“我不这么看！”嘎嘎突然打断我，显出倔犟和自傲，“那头猪根本没怀疑我，而且我很小心。我来找你他就不知道，我知道不能让他知道我偷偷找警察。”

嘎嘎来找我，那个副院长就不知道？

听着这句话，我真是一时震惊极了！

那个副院长为什么该知道？福利院也不是黑社会，不可能随便监督手下。而且我也没听说这城里有这么一号涉黑人物，因此甭管这人多坏，跟真正的黑道还是不同的，我相信就算是员工，副院长不知道他们业余时间的行踪也是自然的。更何况嘎嘎还不是那儿的员工，难道嘎嘎不是偷偷跟踪调查？

接着，大概是我震惊的表情令嘎嘎意识到自己的失言，她突然低下头。那姿势，尽管看不到脸，却能感到深深的难堪。

犹豫半天，我决定不去猜测与追问，但决定再多劝一句："有句话说出来你也许会不开心，但我确实觉得至少和那个副院长比，你不够聪明。尽管你认为人家是猪，什么都茫然无觉。"

嘎嘎又抬起头。

装作没看出那掩饰住的难堪与尴尬，我继续说："比如说一个人如果骗钱，那就是骗子，骗子的智商一般都很高。而如果一个人能堂而皇之地骗钱，那智商会更高。你不是说人家是'笑面猪'吗，那我告诉你，所谓'扮猪吃老虎'。所以'笑面猪'一定比'笑面虎'更厉害更可怕。但是你呢？别的我不了解，就说刚才我问你对那个电话怀疑的原因，你怎么回答的？'直觉吧？！'——说实话，就凭这句话，我就得说你不合适干追踪暗访的事，因为这活儿需要特别的聪明与机敏。"

"我看着很笨是吗？"嘎嘎不服地反问。

"当然不是，你很聪明。尽管我不了解你，但单凭你曾经的直觉和后来的追踪，都说明了你聪明。只是就像再好的狗也需要训练才能做警犬一样，做有些事仅有聪明还远远不够。"

嘎嘎又低下了头，但瞅着那僵直的肩膀，可以明显感到她的不以为然。

我只好又进一步说："就比如刚才说到的'直觉'，从事特殊职业的人，事情发生后答案绝不会一直停留在'直觉'这一简单的解释上。因为直觉常常不是什么神秘的'第六感'，而是一个人知识经验积累后产生的条件反射般的反应。所以受专业训练的人就会分析这直觉的原因，直至使自己直觉越来越准，越来越帮助到自己。相反，那些从不分析自己直觉的原因，对了就高兴，错了就过去的人，直觉就会越来越不着道儿。而如果这人还沉浸在偶然正确的得意中，并为此自负，甚至还去做危险的事情，那就非常可能成为直觉的牺牲品。因此，我觉得如果这个副院长没有起疑，那是你的运气，也许这是你爸爸在天之灵对你的庇佑，我想他希望你珍惜。"

嘎嘎的头埋得更深了，可是那弯曲的颈项，还是令我感到她对此的不甘，或者不接受。

我产生一阵熟悉的无奈。

我，似乎从来都不能说服别人！

叹了口气，我无奈地最后尽力一劝："总之，我个人完全相信严局的严谨、严局的结论，我希望嘎嘎你也能好好想想，是不是有道理。如果承认就去接受，毕竟你还年轻。我想你爸爸在天有灵，也希望女儿能活得饱满充实，而不是把时光一直空掷在没有证据的怀疑里。"

嘎嘎终于点点头，但这仿佛认同的动作却让我感到了相反的意思。

事实也果不其然，一周后，我就又接到了嘎嘎的电话，电话里她告诉我说，她偷了一个可能是证据的东西……

6

我当然不得不又叫嘎嘎赶快过来，只是我的态度又恢复了之前的不友善。

但沉浸在喜悦中的嘎嘎开始并没有意识到，一进办公室，就把身上的大包往我桌上一摔，很兴奋地冲我说："啊，好了好了，终于到家啦。完美，太完美的一天，现在东西给你，不用再担心了。"

这兴奋并没有感染我，我仅仅干巴巴地说了一句："把你说的证据拿出来吧。"

东西，被带着炫耀地拿了出来——是一本半新不旧的账本。

瞟了一眼那个账本，又瞟了眼越发得意扬扬的嘎嘎，我没有立刻动，而是先慢条斯理地戴上手套，然后又冷冷地扫了嘎嘎一眼，直到那兴奋神情终于一滞，才低头打开。

这是本福利院的账本，里面已经记满，日期显示是去年的。粗略地从头到尾翻一遍，我又合上了账本。

“这个就是你说的你爸爸案子的证据？”

“哦，不，”嘎嘎稍微有些结巴，“我想不是。”

“不是，那这是什么证据？”

“哦，”终于意识到我的态度的嘎嘎，不再兴奋，声音也变得小心了些，“我想，我想应该是可以证明那头猪贪污的证据。”

“哦？”

“你想那头猪手那么大，肯定要贪污吧？那他能贪污哪儿，还不是福利院？什么多报多销啦，这一类的肯定跑不了，所以我就偷了个账本。我想，只要查，哼！肯定查得出！”嘎嘎说着又来了精神。

“想法很聪明。”我点点头继续问，“那这个账本你是怎么拿到的呢？”

“当然是趁人不注意——”

“趁谁不注意，怎么趁的？”

“会计啦，”嘎嘎恢复了刚才的得意，“我们一起吃的午饭，我专门提议大家一起喝点儿啤酒，那个会计同意了。人喝完酒容易困，然后回去她果然就困了。我一看她困，就故意先说‘云姐，我困了，能不能借你的床睡会儿’，她当然没什么意见了，然后我就装睡。我知道她一会儿准也得过来睡，果然一会儿，她也倒沙发上睡着了。然后我就偷了她的钥匙，打开文件柜，偷出了一本，又把钥匙给她放好，继续装睡。等她醒过来，我也装作刚醒过来，哈哈。”

眉飞色舞地讲到这儿，嘎嘎终于忍不住得意劲儿大笑起来。

冷眼看嘎嘎笑完，我伸手把账本推了回去，说：“真聪明，也真不容易，那赶快把你的证据保管好，别等你惩治那人的时候没证据啦。”

嘎嘎的笑容终于彻底消失，惶惑地看了我一会儿，低下了头，嘟嘟囔囔地说："我、我知道你可能觉得我不听劝，有点儿生气。可我，我真的、真的觉得我爸的死跟那个猪有关，这个直觉怎么也……"

似乎想起了我上一次关于"直觉"的评价，嘎嘎又尴尬地结巴了下，嘟囔着继续说："当然，可能你觉得这话很可笑。我不是说你……你说的……可他是我爸，我、我、我……"

"感觉不一样是吗？"我替结巴得不知怎么解释的嘎嘎接了下去，"我理解，毕竟血浓于水嘛。所以作为女儿的你不接受我们警方结论我也可以理解。不仅理解，你个人接下来打算做什么我们警方，包括我，也是既不会过问，更不会干涉，但是……"

"但是我没有不接受你说的，"嘎嘎又连忙打断我，显然意识到"但是"后不会有好话，"我只是……至少……至少这头猪不是好人吧？！那么奢侈腐化。哼！抓出个坏人，对好心的捐款人、对你们警察都不是坏事吧？"

"不错，"我敲了敲那账本，"但是，我们办案既要讲证据，也要讲取证合法。"

"嘻嘻，"嘎嘎自嘲地干笑两声，"呵，没想到你还这么有原则。"

"对，我很有原则！"我突然厉声说，"工作中尤其有！"

从未见过我发火的嘎嘎不自觉地畏缩了一下。

但我并没有放缓，而是更加严厉地补充："现在你听着，我工作的原则就是遵守一切工作规则，所以不合法的取证我不会要，这是一；二、有原则性的人不止我，所以不合法的证据法庭也不会采信，这是法庭的原则；三、既然你认为我们警察是抓坏人，或者有证据就要抓坏人。那你说面对口供、赃物俱全的盗窃犯，应该怎么办？"

嘎嘎低下了头。

冷眼觑了一会儿，我才稍缓一点儿："现在，嘎嘎你听着，考虑到你的特殊情况，这一次我就权当刚才什么也没听到，什么也没看到，只是——"我又恢复了严厉，"这是第一次，也是最后一次。还有，不要以为我这一次从宽，以后还会从宽，不管你真信还是假信，我现在明确正告你：希望你相信我工作中的原则性，不要再在我面前以身试法！"

嘎嘎依然低着头。

一阵没有声息的静默之后，想到那些复杂的情况，我决定更明确地提醒一下："还有件事我要明确告诉你，嘎嘎，我不认为有人亲自动手杀了你爸爸，所以也几乎不相信谁能找到什么证据。因此我并不是因为相信你能偷到什么铁证才同意立刻见你，而是觉得上次这点儿没给你说清楚。这次我是想告诉你，以后有了这类东西再不要给我打电话。其他我没什么话了，如果再啰嗦一句，那就是：事实就是事实，不管我们接受不接受，都不会改变。如果我是你，就会想办法再神不知鬼不觉地把东西送回去，省得给自己留个把柄。我希望你清楚，你这样做，没准儿这证据证明不了别人，倒有可能被别人反咬一口把自己证到牢里。"

嘎嘎依然垂头沉默着，仿佛被定住了。

这无声却透着固执的反应，让我无奈，也没了劝说的力气。我挥了挥手最后说道："当然，你有你的自由，如果你觉得自己正做着你爸爸希望的事，你爸爸就盼着你过现在的生活，那就继续这样随便下去吧。好了，该说的我说完了，你可以拿着你的东西走了。"

说完，我拉过一份文件开始看了起来。

片刻，一直垂着头的嘎嘎终于在沉默中站起来，然后拿起账本慢慢走了出去。

房间里彻底恢复了宁静，可我的内心却突然异常不安起来。

我连忙按住眉头，开始看一些不太紧要的文件分散注意。

老招数很有效，很快我就几乎丢下了嘎嘎父亲的案件，直到肖素的到来。

“郭队，你要的文件。”

“哦，放下吧。”

肖素放下了文件，看看我又问：“郭队，蹲在你办公室门口的女孩儿是找你的吗？”

愣了一下，我赶快起身走了出去。

果然是嘎嘎，她蹲在那里埋着脸不知在想什么。听到我们的声响，嘎嘎仰起了脸，目光不再有初时的兴奋，看起来有点儿木，但透着执拗。

“你蹲这儿干什么？”

嘎嘎又低下头无声而执拗地继续埋首蹲着，有点儿像那些反复上访的人。

肖素摇摇头，见怪不怪地扭头低声问我：“郭队，要我帮忙吗？”

我也摇摇头，吩咐肖素离开，又招呼嘎嘎进了屋。

再次回到办公室的嘎嘎保持着刚才执拗而沉默的架势。

“你不走，我想肯定还是寻思着刚才的事，觉得不甘心是吧？其实我刚也说了，血浓于水，所以你的心情我能理解。可是我希望你也能考虑考虑事实，考虑考虑严局的结案资料是不是公平周全，考虑考虑我给你的分析是否有道理。”我主动开口说。

嘎嘎的头垂得更低了些，仿佛是认同，可同时依然执拗地低声说：“我知道，可那头猪不是好人。”

“不是好人也不意味着他就杀了你爸爸！”我提高一点儿声音，

“这是两个概念你知道吗？”

嘎嘎又沉默了，但还是那副并不接受的劲儿。

几分钟的僵持之后，我忍不住叹了口气说：“嘎嘎，现在你混淆一切然后这么颠倒地过着，难道你觉得你爸爸在天之灵会满意吗？我不信有这样的爸爸，我相信所有的爸爸都希望儿女过着健康幸福向上的日子，而不是就这么一直搅和在泥潭里，其他什么正事也不干。”

嘎嘎还是那副沉默无语的执拗架势。

我有点儿火了：“你不说话也不反应，那肯定就是有你自己的主意了？那好，我现在不废话，你该干什么干什么去吧，不过不要在我的门口蹲着！”

这一次嘎嘎没有走，也没有动，继续闷着头坐着。

又无声地对峙了一会儿，我追问：“你这么干坐着是什么意思呢？”

嘎嘎还是沉默着，但是却下意识地摩挲了下她的账本。

望着那副不达目的誓不罢休的样子，我有些认输地叹了口气：“唉，看不出来你还有点儿横劲儿，也挺能吃话。”

嘎嘎的脸终于又扬了起来，说：“吃话？你也没说什么难听话啊！”

“呵？”这回答不禁让我觉得有些好笑，“能这么看，不简单。我一直都以为你是那种没事就骄横的，但遇事一碰就折，然后怨恨一切的阔小姐呢。”

一丝与嘎嘎年龄不相称的苍凉笑意浮现在嘎嘎年轻的面孔上。

“以前我就是，”她轻声说，“不过这几个月练出来了。我爸爸一出事，大家一知道我什么都没了，之前那些围着我的人，马上都绕着我走，好像我是个扫把星、晦气鬼。而我没办法去求他们时，那些话才难听呢。以前我总是恨我爸爸，最恨他，因为总觉得他是世界上对我最不好的人。但到了今天，我才知道，原来世界上对我最好的人其实就是他，也只有他！只有他养我，给我钱花，不管我怎么气他，他都不记恨，还总怕我受委屈。我记得他过去之前不久，我一个朋友买了个鳄鱼的皮夹子，然后四处显摆。我不服，就找我爸，我爸立刻拍出钱说'去，去买，去买个压住她的，我可不要我的宝贝闺女被人压住，去吧'。然后我就买了这个 Gucci 的皮夹子。"

说着，嘎嘎又抖抖索索地从包里摸出那个曾经给我看过的皮夹子。

"你看，就是这个皮夹子，好贵啊！是不是很好？这就是名牌，讲究，一般人买不起的，一般的爸妈就是疼孩子也拿不出这个钱的。可我爸能给我，他有本事，还大方豪爽，对谁都豪爽，人人见他都称大哥。我爸喜欢交朋友，也喜欢朋友，不过最喜欢的是我，这是我爸亲口说的，说过好多好多次。说我像他，所以最喜欢我；说只要我开心，要什么他都给，要他的心，也肯拿刀剖给我。你看，这就是我爸，你看我爸……"嘎嘎又把打开的皮夹子推了过来。

里面依然插着照片，只是又多了一张。仔细看，就能看出新照片上的男人还是旁边那三口之家中相貌堂堂的男主人。但这对比，却只让人欷歔岁月的无情。因为新照片上的男人，不仅特别衰老，而且看着就疲弱，甚至有些呆滞。

"你看我爸，他是不是已经很弱了？可我以前都没注意过，我不知道我为什么那么瞎！你说，如果最后一次我答应我爸，答应搬回去住，我爸他……他一定不会……"嘎嘎又说，缩回手，低下头，慢慢地摩挲着照片，突然，一滴豆大的泪珠又滴落下来。

泪水终于又开始噼里啪啦地从嘎嘎的眼中滚滚落下，仿佛下雨。

“我到现在才知道，这世上谁才是对我最好的人，真正不求回报地对我好，我也才知道我没为我爸做过一件事，一件都没做过！我一直都以为我不想给他做。可今天我才知道，其实我想做的，特别想，想给他做事，想孝顺他，呜呜呜……想给他好好当女儿，我想，我好想。所以，不是我不信你们、不信你，我其实也想信的，你那天说完我也这么想了。可当晚我就做了个梦，梦见我爸对我说他被人骗了，死得冤，好冤……”

我下意识地移开了目光。

片刻，嘎嘎又抬起头，抹了把眼泪，显出了刚才的倔犟。

“我知道你肯定说我这是迷信。我知道，我也不觉得梦就是真的。我相信你的，你又不认识那头猪，没理由包庇他。你还是神探不是？电视上演的，兵哥告诉我后，我专门找来看过的，所以我真的相信你。可我，还是不甘心，那头猪就算没杀我爸，他也骗了我爸是不是？不然，如果他真是我爸的朋友，真是说合伙投资，那我爸突然死了，不说别人，就冲我奶奶，也该退回些钱吧？可实际上呢，好像是好人，可就只玩点儿虚的，让小孩子做几朵白花儿，哼！那些小孩儿就是他的工具，骗钱的工具，他自己呢？一头下流的猪！不知道多会花钱多会享受，所以就此了了我怎么都不甘心！不甘心！！不甘心！！！”

嘎嘎再次把账本推到我面前。

“我知道你那么说也是不希望我继续这样，我也不是想否定你，就说我爸爸是被他谋杀的。但他肯定是坏人，这样的人待在这样的位置，对那些小孩儿也不会好对不对？不为我爸爸，就为公理、公道好不好？现在我已经偷出来了，我已经付出这么大代价了，求求你好好看看好不好？”

听着那最后变成哀求的声音，我又移回目光，片刻，终于点点头，说：“好，我看看，但你要答应我一件事，在我看的时间里，你什么都不能再做了，可以吗？”

嘎嘎立刻拼命点头道：“我知道你会答应的，你心肠好，你刚才撵我出去也是怕我一直胡来激怒了那头猪是不是？我知道，我听得出来，我现在听得出好坏话的。只是可惜，以前我从没听出我爸爸的……”

嘎嘎又难过得说不下去了。

克制着内心的波动，我保持着刚才的客观声调最后说道：“很好，现在我们说定，我会尽快研究这个账本，然后给你一个回复，希望你也能说到做到，不要再轻举妄动。”

嘎嘎再次拼命地点头保证。

说妥之后，嘎嘎回去了，我也说到做到，立刻给经侦的李队打了电话，告诉他有个案子请他过来看看。

李队爽气而微带兴奋地应允了，因此我又有点担心，连忙提醒：“提前说一下，恐怕不是大案，甚至不是小案，当然，能是案子最好。”

“呵，这么含糊？那初始的案子是什么？”

“死亡案。”

“什么性质”

“没准儿。”

“没准儿？”

“对，也许是意外，也许是谋杀。”

——是的，谋杀！我最后这么回答。

而这回答，既非危言引人，也非受了嘎嘎的影响。

事实的真相是：关于她爸爸的死亡，我对嘎嘎撒了谎，我不仅从来都没有排除掉谋杀的怀疑，甚至越来越认为可能性很大……

7

粗翻完账本的李队反应跟我预想的一样。

“这是什么？”

“当事人以为的铁证。”

“什么铁证？”

“把这个单位负责人送进监狱的铁证。”

“就这个？是不是还有其他什么口供、物证或者可靠线索？”

“没有，就是这个随手偷出的账本。”

李队扑哧笑了，说：“电视看多了吧？看着人家一拿到账本就好像一切搞定？笑话！那得是关键性账本。这没前没后，没任何相关证据的东西能说明什么？就算里面能看出点儿虚报账目的部分，又能说明什么？哪单位没为走账找的票？哪个事业单位没为下一年度的拨款临时突击花的钱？还送监狱，这立案都不够格啊！”

“一点儿不错。”我苦笑着承认。

李队又笑了，像个老狐狸似的转而问我："但你不会电视看多了，所以肯定有点儿缘故，讲讲吧。"

"当然要讲，"我更加苦笑着说，"就是没辙了，不得不找你来听听意见呢。"

说完，我把我所了解的嘎嘎爸爸一案的情况从前到后地讲了起来。

听着听着，李队的笑容渐渐消失了，而眉头，却一点一点皱了起来。

"是不是觉得有点儿不合常理？"我最后问。

李队点点头。

"你是内行，"我又说，"你说像死者这样的可能真是捐款吗？哼！论骗钱，我看前期投资最少的，就是利用慈善的名目了，连个办公场地都不用租。"

李队一咧嘴说："是呀，千万上亿的盘子，前期常常也不过是拿十万八万做个壳而已，那'空手道'玩的，不过……这绝顶黑心的好事可不是谁想有就能有的，得是那个圈儿里混了多少年的人精。当然，不算今天那些子承父业的'骗二代'，再说他们也离不了老狐狸们的扶持。总之，省力的钱可不是谁都能赚的。外行？哼，别说三百多万，拿三千多万进去也不过是进去当'冤大头'了。"

"冤大头？"听着这最后的形容词，我忍不住也咧开了嘴，"说得妙！这也是你的感受吧？"

李队点点头。"是有些说不通，说是捐款，别说家属们都否定，就像郭支队你对那个死者员工分析的，逻辑上是解释不过去。可要是说想赚黑心巧钱，叫我看更可疑，一个福利院也不是全国性的慈善组织，前面有个'中国'的名目可以唬。一个地方的福利院，盘子也没多大，需要一次投这么多？而且还弄到抵房子卖地的？这是搞鬼呀？”

“搞鬼肯定是，”我说，“只是要分析分析是共同搞鬼，还是谁搞谁的鬼而已！”

李队又笑了一下。“是呀，是得分析分析这么妙到底是为什么？比如姑且不谈钱多少，要投资干吗要以捐款的形式呢？其次，真合作总要先有合作意向、合作方向吧，怎么没任何协议，死者的遗物里也没有？第三，另一方没任何口风不说，而且人一死全不认账，除了嘴巴冠冕堂皇，赞不绝口，钱上是装聋作哑，对家属不闻不问，彻底黑账，可能是已经彼此交心准备当合伙人的行为吗？真是怎么看怎么像——冤大头！”我又重复了遍李队打中我心坎的形容词，“所以这就是我始终疑心的由来。虽然骗子都是善于忽悠的，这个级别的无疑更是高手中的高手。但甭管多会忽悠，榨到这么干净，相信也只能是忽悠得了一时，忽悠不了一世，所以……”

“忽悠完让人及时死去就很重要！”李队又接了过去。

“是呀，而且让死者恰当及时地闭口也不难。死者酗酒多年，虽然说是正在戒酒。但戒酒可不容易，戒过几回都戒不了的，就更属于轻轻一引诱就得下水的主儿。而只要知道死者刚刚大量饮酒，那再在电话里假装关心地说一句比如‘吃几片安眠药好好睡一觉’之类的关心话，或者更简单，如果知道死者之前在戒酒期间吃安眠药助眠，那到时只需轻轻说一句‘别忘了吃药’，就可能一切搞定。当然，死者也可能没吃药就已经睡了。因此，那个电话……”

“就非常重要，”李队再次接过去慢慢说道，“这样即使死者已经睡了，也可以保证叫醒他，通过聊天说话阻断死者的睡眠，然后嘛，就可以再说……”

我笑了笑，不置可否。

皱了一会儿眉头，半晌，李队慢慢问道："那么你没有再追吗？"

我摇摇头说："案子不是我的。而且，即使是我的，多半也是这么结案。查，怎么查？死的死了，再开不了口。活着的，我想过了，顶多就是查与死者临死前喝酒的人是否和这个副院长认识，或者有关系没，有无电话联络？其实这几个人的名单我都拿到了，可是，最后想想还是算了。查什么呀？就算查出认识，有关系，甚至有电话联络，又能说明什么？"

沉默片刻，李队也说道："是呀，能想到用这种法子的人，也不可能被吓出口供来，再说就算吓出来，光有口供又管屁用，到头来被反咬一口更可能！"

"所以我也没和严局再探讨这个案子。再说，刚才那也只是我的猜测，事实完全可能不是这样的。确实是意外，只不过这个副院长比较黑心，见当事人突然不在，就装聋作哑，把钱昧了。这也不是不可能，伪君子嘛，你能指望他们义薄云天或者良心大发？"

"明白，明白！好了，那现在郭支队你打算怎么处理这账本呢？"

一句话又将我拉回了正面对的问题，登时也让我又恢复了原本的头疼。

"唉，说起这个真让我犯难。你不知道，我是坚持对死者女儿说她爸爸是死于意外的。就是想，无论哪种情况，最好她都别继续纠缠这起案子了，老李你说是不是？"

"是呀，能骗钱又能下毒手的人可不好惹，不，是最不好惹！结果呢？"

"结果没用！可能我天生没劝人的本事，或者到底是'血浓于水'。虽然说不出道道，可那丫头本能地还是感觉她爹死得冤，唉。"

接着，我把和嘎嘎的交谈又一五一十地告诉了李队。

“现在问题就在这里，”我最后说，“我请你来看看账本，就是想看看你能否看出明显的问题，如果有，那是一说。”

李队又扒拉了一下账本，还是摇了摇头说：“我没细看，但粗看没什么大不了的，反正至少单有这个，肯定不行。更何况，你也知道，这样的家伙都是人脉广的能人。”

“明白了！”我说，拿定了主意，“那就按没有的法子办吧。”

“哦？什么法子？”

“没办法，先骗骗那孩子吧。”

“骗她？”

听着李队诧异的反问，我苦笑着解释：“现在我直接说‘不’，显然不能让这孩子死心。所以我想着先骗骗她，就说我们会办，但办案要讲证据，所以要进行充分调查等这类话吧。我想有了这指望，可能这孩子就不会再轻举妄动，好好过她的日子。然后再拖一拖，过些日子，我想人也许就不那么激愤，慢慢就过去了。”

沉吟了片刻，李队点点头，说：“也许这样是最好的啦。”

“什么最好，”我又忍不住苦笑，“不过是没辙的法子吧。对了，老李你说现在需不需要让这孩子把账本偷偷送回去？”

又沉吟了片刻，李队摇了摇头，说：“我明白你的意思，可实际操作未必那么顺利。比如万一偷的时候没人注意，可送回的时候却被人发现怎么办？这可能性很高啊，毕竟可能人家已经发觉账本丢失，那能不操心吗？人一操心，那还好唬了？没准儿本来能唬过去，结果因为想完美点儿反而倒‘弄巧成拙’了是不是？”

这倒是。

我承认，只是还犹豫不定。问道：“可人家单位丢了账本也不是小事，总要追吧？”

李队又斟酌了一会儿说：“到了这一步，想神不知鬼不觉地弭平这件事是很难的。你要让我说，我觉得装糊涂风险更小。福利院不是经营性单位，纯粹花钱的，人少，账非常简单，也很少审计。好像很多年都没审计过了，反正这些慈善单位平时根本没人关心他们的账目的。上头不关心，那他们自己肯定也不关心。所以说实话，现在他们发没发现丢账本都难说。”

“可我看这账本时间是去年的。”

李队摆摆手说：“郭支队我明白你的意思，时间近，可能比较容易发现。但是这样，我们来推想一下，假定发现了，会计会怎么样？我敢说会计自己也不想领导知道，别忘了丢了账本会计绝对是有责任的。所以说句难听话，为了推卸责任，偷偷再造一本账也不是不可能。反正有这样的领导，账百分百是胡记，为乱花的钱找个出处罢了。上行下效，会计就能认真？再胡编一本未必不可能，而且也不是难事。”

这倒也是。

“还有，”李队继续分析，“你说打算骗骗这孩子，可又让她把账本送回去，她会不会起疑心，不信你说的话呢？虽然我信她跟那个老奸巨猾的副院长还差太远。可能偷偷接近调查，又能偷账本的，也一定是个聪明孩子是不是？”

我更加无语。

“总之，这事儿跟犯罪一样，只要你动了手，想完美解决就不可能，只能‘两害相权取其轻’。郭支队你再掂量掂量，我是觉得‘一动不如一静’，就此按兵不动可能风险更小。”李队最后总结。

我苦笑着掂量了一会儿，最终下定了决心，说：“好吧，等嘎嘎过来我再问问她，分析分析可能性。如果不能确定，那就按你说的，‘一动不如一静’吧。”

一切终于决定，我的心情轻松了不少。

“得了，就这么着吧！”

李队点了点头，不在意地笑了笑，然后却突然仿佛想到了什么特别可笑的事，大笑起来，而且还越笑越厉害。

“怎么了？”我颇感莫名其妙，“怎么突然这么开心？”

“不是开心，是突然觉得好笑，”李队一边解释，一边站了起来，踱着步依然好笑不已地频频摇头，“突然发现钱这玩意儿真是移人心。刑事案，是十之七八跟钱有关；经济案呢，更不用说了。可说实话，我办了一辈子经济案，现在越来越想不通人为什么要为钱犯罪？你说人为什么要为钱去杀人放火的？

“越想赚大钱越不用啊，是不是？比如前阵子出的案子，你看看那些投资银行，看人家怎么赚钱的？简简单单，先编一个合同，再招一批人，起名‘理财经理’。然后叫这帮人给那些满眼看不惯国内一切，一心想从国外银行找到公道的百万富翁、千万富翁们打电话：‘先生，我们这里有款新的理财产品很适合您这样的成功人士呀……’”

李队突然拿腔捏调地学出了广东普通话，又做出打电话的手势：“‘哦，是什么产品？’‘哦，叫 Knock Out Discount Accumulator.’‘啊，什么什么我迟早杀死你？’‘哦，不不，先生您真会开玩笑，我说的是 Knock Out Discount Accumulator，我想是我的英文不标准，对不起啦，这个 Knock Out Discount Accumulator 我们可以简称 KODA。’‘啊，抠他？’‘对，KODA。’抠他？！先生女士终于明白了，不是‘迟早要杀死我’，是‘扣他’。不赖不赖，最好把‘他’，不，‘他们’

的钱，都抠到我手里。好，这名字吉利。于是赶紧问：‘这个“扣他”具体是做什么的？’‘哦，这是一种国际最前沿的金融产品，您也可以简单地认为它是一种“双利存款”。当然，具体地说，就更复杂了，要不这样，我国内还有客户，我可以带合约过去，然后给您具体讲解一下。正好，我知道先生您是很有品位的，我手边有瓶很好的“拉菲”，很正宗的，我知道内地假货很多。’‘啊，拉菲！’”

拿腔捏调地惊呼到这儿，李队恢复了原本的声音。

“接着，西装革履的‘经理’来了，带着厚厚一沓一看就能让人头晕眼花的合约。然后组织大家一起坐到装修奢华的俱乐部幽暗神秘的灯光下，品着所谓高贵的拉菲红酒，笑语嫣然间，听着什么金融、期货、衍生品等等前沿死了的各种经济名词。于是各位能有幸坐到酒桌前的成功人士们，一边带着未来发轻松大财的愿景，一边潇洒地签下了合约，然后……”

我终于忍不住也失笑起来。

“呵呵，”李队继续笑着说，“然后很快你赔干存在这银行里的所有存款，而那个带给你几口红酒的家伙却去排队买‘法拉利’啦。你当然不干了是不是？怎么，当我冤大头啊？老子也是混出来的，我要告你欺诈！可结果呢？你刚请律师，人家那边法院却发来了传票，原来因为你已经欠了人家银行的钱，法院帮着追债来了。啊，这还有公理没了，你骗了我的钱，还来告我？你急了是不是？呵呵，别急，因为人家更急。瞅着你急都克制不住自己的轻蔑：谁骗你啦，难道你没看合约吗，合约上写得清清楚楚明明白白，你还这么说？！真是丑陋的、不懂法的暴发户、乡巴佬儿！”

李队终于忍不住又大笑起来，道：“哈哈哈，是不是不用犯法而赚得最多？这就是智商，坑死你，人家也不犯法！不，别说坑个把普通人，就是坑个大公司，甚至拖得全民纳税为他们埋单，人家也不犯法。美国政府告高盛，都告不赢。结果是什么？全民纳税为那些投行埋单之后，还得全民纳税付告这些人的律师费。所以你说既然赚大钱如此容易，那些人还何必犯罪？”

“因为这也需要点儿本事。”我苦笑着说。

“需要本事？啊，你说得也对，如果没这本事，可以学我们这位副院长，当职业慈善家嘛。这不用什么本事，只需要会卖可怜、装善人就够了。我告诉你，赚得不比金融大鳄少多少，也是盘满钵满，天天吃金拉银，包 N 个二奶帮着花，还花不完呢。哈哈哈，是不是？”

但这一次，没等我再开口，李队突然又自我否定地摇起了头。

“不对，这也是本事，要不然怎么你我就画不出这种让人甘心跳的圈呢？所以，这也是智商，这就是人和人之间最大的差距。只要你跟人有这差距，那就是被坑得当掉裤子也得认输，心服口服地认输。不过，再怎么服，也得有底线！”

说到这儿，一直失笑不已的李队突然一拳砸在桌子上，面露激愤。

“底线，就是不能越过智力游戏的界限！不能骗完人钱又害人命！所以，我不想骗那个倒霉家伙的女儿！既然她已经付出这样的代价，还偷出了账本，那我们就得看看。把账本给我，不能立案，间接调查调查那个什么院长还是没问题的。至少我要确定确定郭支队你的猜测是不是真。否则，这样的黑心人待在这样的位置，掌控的都是孤儿、智障、残疾这些本来就有嘴却不怎么能说话的人，还不知要干出多大的黑心事呢。”

8

因为李队的义愤，我原来的打算被推翻了。

不过这令我很高兴，归根结底，做警察的都不喜欢内心的疑虑不经调查就不了了之。

对于让嘎嘎立刻尽可能远离福利院和那个副院长，李队则表示了认同，毕竟安全第一。

嘎嘎对此也不止一次表现出了发自肺腑的接受，而且还后悔地表示早知道就该先来找我，而不是自己去查。

我素来不主张人吃什么后悔药，立刻告诉她后悔就此打住，解决眼前的问题，然后又就账本是否能送回的事做了讨论，因为这实在是我的隐忧。

但嘎嘎这回又站到了李队的一边。

“这很难啊，我偷的时候是在一大堆账本里随便抽了一本，可抽出来容易，原样送回去就难了啊。李叔叔说得一点儿不错，送不好没准儿反而被发现呢。”

这点说起来我也想到了，毕竟账本消失的时间有些长，要发现也已经发现了，再送回去，没准儿真是风险更大。

可是不送回去，难道就能赌这事儿准会不了了之？万一被发现呢？

因此我还是不放心地又提醒了一句：“嘎嘎，人丢了东西一定会追查的，就算是眼前没发现，早晚也一定发现。所以你好好想一想，如果觉得还有可能送回去，我建议你送回去。你不是说她们一团糟吗？那就还存在没发现的可能，好好再想想。”

但嘎嘎还是毫无心动，说：“我知道，可真是很难送回去了，她们的账本很少，所以可能已经发现啦。”

听着这矛盾的，但充分表现出嘎嘎决心的说法，我叹了口气，闭了嘴。

“其实你不用担心，”嘎嘎反而安慰我说，“我看那个会计根本就不操心，纯粹是靠着那头猪才来的。她整天工作就是闲着聊天、打游戏，而且屋里人来人往的，那么多人，为什么怀疑我呢？我又没让她们知道我是谁。”

对于劝不了的事，我也不想再勉强，只交代她以后配合李队，听李队的安排。

嘎嘎拼命点头表示以后一定一切行动听指挥。

但我不太信。

果然，很快李队就告诉我，在反映那个副院长情况上，嘎嘎是“知无不言，言无不尽”，甚至还会有很多添油加醋的情况。在与那个副院长绝交的问题上也是态度坚决、毫不含糊，以至于李队不得不反劝她态度别过激，免得引起对方怀疑。但有一件事，嘎嘎却非常固执地不听劝。

“什么事？”我连忙问。

“嘎嘎现在一直和福利院那个会计来往密切。我提醒过她，可嘎嘎总是支支吾吾不肯断掉，我想她是打着小算盘，觉得能和会计交往着，也许不定什么时候又能掏出些有用的信息。因为之前没经验，嘎嘎其实没掌握什么有实际意义的证据。说起来这想法也还蛮精明。但另一面，这个会计和那个副院长有点儿亲戚关系，我又担心……要不，郭支队你有经验，劝劝嘎嘎，或者看看那个会计？”

劝劝嘎嘎？她要真听我的，早就不查这个副院长啦！看看那个会计？看人一眼就能看出此人的好坏与精明程度？

我挠了挠头，觉得自己没这本事。

但是，如果她真能……

正在我犹豫踌躇间，嘎嘎自己来找我了，还一脸兴冲冲。

我即刻想起李队提到的那个会计，立刻板着脸斥责：“这么高兴？是不是觉得自己很聪明呀？”

对于我这没有前奏的不客气，嘎嘎有些蒙了，兴奋消失了，眨了眨隔在浅色大太阳镜后的大眼睛，显出些惴惴不安。

我则赶紧就此追问起会计的事。

但事实正如我所料，嘎嘎立刻恢复了满不在乎，而且巧言令色地为自己辩解道：“她要来找我，我能有什么办法？你不是说要我小心别让那头猪意识到我是谁吗？我这样突然连不相干的会计都躲着不见，那人家能不疑心吗？那要是等他们发现少了一本账，还不一定怀疑我？”

这振振有词的反问让我无话可说，只好转而追问：“那她为什么还要找你呢？是不是你还故意跟人联系？”

“没有没有！”嘎嘎立刻指天发誓地回答，“就是她来找的我。至于为什么来，我想可能是那时为了偷账本我和她走得太近了吧？你不知道，她是那种特恶心的人，就跟哈巴狗似的，不仅巴结领导，相关的人也巴结得一塌糊涂。整天把那头猪跟她是什么转折的亲戚关系挂到嘴上，超恶心的！”

“哦？那她现在为什么还找你呢？难道你还值得她巴结吗？”

一怔之下，嘎嘎的脸腾地红了，然后再次指天发誓般地否认：“没有没有！绝对不是，只不过……”

嘎嘎的神情更尴尬了，还透出一种羞耻。最后嘎嘎低着头保证：“绝对没有值得她巴结的地方，绝对没有。”

见嘎嘎这么难堪，我连忙换个问题，问：“那她找你都干什么？”

“逛街啦，美容啦。”嘎嘎抬起头来，大概是逃避掉最难堪的话题，模样显得自然了些，“反正都是女孩子爱干的事情。对了，说起来可能就是这个原因。你不知道，她马上就三十了，还没结婚，所以慌死了。可她好土，你不知道，她很胖，虽然姓侯。但长成什么样儿的女人也喜欢打扮得漂亮些呀，她总说我会穿衣服，洋气。喜欢我陪她逛街、美容，替她参谋买衣服，对，就是这个原因。”

也许是觉得终于找到了最能自圆其说的理由，嘎嘎的神情彻底恢复了自然，继续道：“女孩子嘛，当然都喜欢打扮，一旦投缘，就会在一起探讨探讨怎么打扮美啊。对啦，你不是说你也有个女儿吗，她爱不爱打扮？”

我哼了一声，没有回答。

“你是不是不准她打扮啊？”嘎嘎继续笑嘻嘻地问我，“我看有可能，光让她学习，不让她打扮。那我告诉你呀，这样是会伤害她的心灵的，女孩子没有不爱美的啊。”

“没有的事，”我随口回答一句，“我只是要求中学期间不准打扮，上了大学一切随便，我不管了。”

“那她现在上大学了吗？”

“嗯。”

“啊，那现在你光不管还不够，还要好好补偿补偿你女儿，这样她才会爱你，因为你以前管她管得太严了。”

“谢谢你的提醒，别东拉西扯了，现在说你的事吧！”

“我还有什么事？”嘎嘎不以为然地耸耸肩膀，“你不是说以后一切听李叔叔的安排吗？他现在什么都不要我做，只要我安排好自己的生活，等他有了需要再安排我做什么。”

啊？！一听这话我赶紧改口：“对，对，那你一定要百分百听李队的安排，他是个很有经验的经侦专家。现在他能同意调查，那是你的福气，你爸死前为什么捐钱的事就一定能搞明白啦。”

嘎嘎得意地一咧嘴道：“是呀，那我还有什么事？”

“对，那个侯会计的事，不是我多疑，毕竟你偷过人家的账本。一般偷过人家东西的人都会做贼心虚，我担心你不小心露出什么口风，引出什么麻烦。”

“我为什么做贼心虚？”嘎嘎脖子一挺，突然火了，“他们骗光了我爸爸的钱怎么没心虚？他们吃的花的用的难道没有我家的钱？这帮浑蛋！我心虚？我才不心虚呢！别说我拿他们一本账本了，就是拿光他们的账本我也不心虚，把他们都送进监狱我也不心虚！谁让他们那么黑心？！”

“哦？说起来这么愤怒？那你知不知道愤怒也能暴露你是谁？”

“不会啊，这点样儿我还会装。再说，我们也真没谈什么。我们见面真的就是逛街、美容，你知道我脸上老起痘，总要定期美容挑一挑的。有个伴儿说说话不闷嘛。你要担心，这样吧，下次我把我们的聊天从头到尾给你录下来，你听听看到底有什么问题没有。要是有，我再绝交好不好？”

听着这有些烦了的语气，我只好叹口气闭了嘴。

嘎嘎见此赔出了个笑脸，像上次那样反过来安慰我道：“其实你不用担心，我不可能撵着问人家账的事的，那傻子也会起疑心。我现在就是跟她保持个联络，这样没准儿将来能帮着你们劝她反证那头猪呢。她是会计，要是她跟你们合作，不比什么都厉害？哎，别那么看我，我不是瞎说，因为她就是这种人，别看现在恨不得舔领导的脚后跟，像条狗似的，可要是觉得这个领导靠不住了，哼，这种人翻脸比谁都快，话比谁都狠！”

说到这儿，仿佛被触动了某处伤疤，嘎嘎的面孔突然抽搐了一下。不过片刻，又恢复了倔犟和不在乎。她说：“不过没关系，早知道更好，免得还当这种人是朋友。”

“嗯。你这个曾经的娇小姐现在能这么想真是难得，你爸爸九泉之下一定很安慰。”

嘎嘎的眼圈陡然又红了，但这一次并没有哭，定了一下，反而笑着说：“那能怎么样？想不开也没什么用，只好想开了。”

“想开好，”我也笑着鼓励，“如果你现在还只是怨天尤人，那倒真是毁啦。”

“不会呀。”嘎嘎又耸耸肩膀，恢复了活泼劲儿，“对了，刚才我们的话还没说完，你有没想过怎么讨好一下你女儿？”

听着这重又提及的话题，顿了一下，我问：“怎么，你有什么秘籍吗？”

“是呀，”嘎嘎立刻颇为夸张地挥着手说，“别忘了我是我爸的女儿啊，所以我很知道当女儿的心理，也清楚记得我爸的好是什么对不对？”

“那倒是。”

我的肯定让嘎嘎顿时现出了得意的表情，她向前探了探，扑扇着双手继续极有煽动性地讲着：“虽然我不认识你女儿，可女孩儿在打扮爱美方面都差不多的。再说她应该比我还小两三岁呢，我是过来人，所以更知道这个年龄的女孩儿喜欢什么，喜欢什么礼物，收到什么礼物最惊喜最满足，终生不忘对不对？”

“呵，能达到这高度？那我可得听听，她也老抱怨我对她严，不好，对我评价最低。要是能一招扭转乾坤那可真不赖。你说说是什么呢？什么礼物能让我女儿最惊喜最满足，终生不忘？希望不要太难办。”

“不，”嘎嘎断然一摆手，仿佛电影上那些定乾坤的大英雄，“其实很简单！”

“很简单？那可太好了，到底是什么？”

“就是——”嘎嘎回答，双手一摊，又变成了仿佛解谜的大魔术师，“名牌！”

“名牌？”

“对，”嘎嘎又很肯定地一挥手，“名牌，这是所有女人的最爱！”

“哦，也是。是好像有很多女人见了名牌比见了亲娘，不，比见了亲生儿子都兴奋。”

“对吧？！”

“对是对，但这不简单吧？名牌很贵不说，关键也很多啊。牌子不同、种类不同不说，还年年、季季、月月、天天推新品。别说我这穷人，就是王公豪富我看也不可能买全啊。”

“那当然，谁也不可能买全。”嘎嘎笑嘻嘻地承认，越发像解谜的魔术师，“你只要选一样最能打动女人心的就行了。”

“就一样？那这还算靠谱，那你说选什么最能打动女人心呢？”

“当然是包包啊。”

“包包？”

“对，包包！”嘎嘎以带着强烈感染力的口气大声回答，“当然，钻石之类的女人也爱，不过我还是推荐包包。”

“为什么？”

“因为可以常常用，还大、显眼，而且还不容易过时是不是？”嘎嘎解释着，目光闪闪，还掰着手指头说，“而像衣服呢，再好看一过季再穿就是落伍了；钻石就更不得了，米粒大就贵得上天不说，而且也不能光戴一个钻石，还得和其他名牌配，不配到位，戴真钻也跟戴假的差不多。可包包就不同了，可以常背，可以配各种款衣服，并且很提气。只要拎一个真正的名牌包，比如 LV 啊、爱马仕呀，哪怕你一身街边货，那所有人也都不敢低看你。不信你看那些街拍的明星，不管穿得多随便，可包，都不含糊的！全都是限量版的大牌。为什么这么配？就是因为再随意，浑身也必须有一件提气的行头，否则就说明穷、过气啦！”

“哦。”

“所以你说包包是不是很完美？我就最爱包包，所有的女人也都最爱包包！包包！！包包！！！”

听着这无法克制的向往声音，我再次恍然大悟。说道：“我说为什么那些名牌包贵得离奇，大家却还像买白菜似的疯抢？原来有这么多妙用，可见畅销自有道理呀。”

“当然了，名牌包是全世界都抢的。你没看香港，明星出街都是看背什么包？哇！都是大牌中的大牌，都是变成二手也都很值钱的。而要是限量版，呵，跟文物似的，涨价的啊！”

“这我倒听说了。”

“是吧。”嘎嘎愈发得意，转着眼珠，表情也越发有煽动性，“所以如果你能给你女儿买一个曾大受欢迎的限量版古董包包，那你女儿一定最惊喜最满足，终生不忘。”

“真的？”

“真的！因为别人都会好羡慕她，羡慕她有这么好的爸爸，爱她，还懂行！而且呢，我相信这一招对你女儿一定效果更好，因为你以前要求很严嘛，她当然更是会格外惊喜啦。”

“这倒真有可能。我从没给她买过什么名牌包，不，什么名牌都没有，甚至很多连牌子都没有，她生活里穿的用的就在路边摊挑挑买买而已。”

“所以嘛，”嘎嘎又向前探了探，煽动的表情里再次添了点儿神秘，“你要送，准定效果最好。以前没见过嘛，估计也没指望过。所以一旦你一送，那我敢说你女儿准会兴奋感动哭的，啊——太感动啦，呜呜呜——”嘎嘎开始虚捂着脸，做感动痛哭状。接着，几嗓子的假哭之后，又脸一扬，盯着我开始非常痛心地逼问："难道你这个做爸爸的不想成为第一个送女儿终身难忘礼物的人？我告诉你啊，时间不等人哦，等你女儿一旦有了男朋友，那效果就大打折扣啦！”

“呵，让你说得我心不安了。”我笑着说，又托着下巴想了一会儿，“如果一个包就能让我这个爸爸十几年的坏一笔勾销，那真是太划算啦。不过，这个并不那么简单嘛，这名牌包据说被发了财和没发财却一样热衷的中国人抢得厂家（像什么 LV 之类的）都限购啦，那‘曾大受欢迎的、限量版的古董包包’恐怕不好找吧？”

嘎嘎一本正经地点点头。“肯定不好找啊！”她说，第三次向前探了探，更显神秘，“不过呢，如果你真想买，我可以帮你从我朋友那里找找，我有好多这样的朋友，她们早就爱买这样的名牌啦。我可以让她们让一个出来，保证正品，而且争取给你个不敢说全国最低，但是绝对比一般行情低的价，怎么样？”

“太好了！”我也故意兴奋地说，“那可说定了，如果有一天我想买，你一定要帮忙啊！”

嘎嘎坐回去了些，兴奋的表情消失了。

“你不想买给你女儿啊？”嘎嘎说，多少有些讪讪。

我干脆地回答：“现在不想。虽然我不至于买不起一个普通的名牌包，但我不是你爸爸那样的富翁，绝对负担不起名牌统治生活的方式。所以对于我的女儿，一向不敢给，因为真的给不起。除此之外，从我而言，自己虽然平常，但跟大多数父母一样，也希望女儿能有出息。怎么有出息？我是相信‘天将降大任于斯人’的人，所以总觉得扛得起苦的人才可能有出息，所以也有心这样锻炼一下我女儿。而她妈妈的说法，则是人有本事本来就不容易，可本事这事儿也很难说，就算孩子将来能有点儿什么本事，也未必是能赚大钱的那一种本事。所以要想将来不那么天天难受，就必须过得了低标准的日子。我觉得她妈妈这话更对，所谓‘咬得菜根，百事可做’，对吧？”

嘎嘎垂下眼皮。

“反正不管怎样，最后我跟她妈妈结论一致。所以在我们家，除了教育投入，生活上可能外人都觉得我们有些苛待孩子。人都会比的，我知道我那宝贝女儿心里其实也有些怨恨我的。因为她也越来越爱美了，到年龄了不是。嘎嘎你说得也有道理，我也该给她再增加点儿生活费，也好打扮打扮。女孩子嘛，打扮得漂亮精神些总是好的。不过这仅限于普通的打扮，不能到名牌的程度。这点我是非常坚持的，我早就明确要求我女儿，在她还没有证明自己有能力穿得起世界名牌、背得起名牌包之前，就不能买。不仅正品不能买，假的，什么A货、B货，也不准买！这是原则。”

嘎嘎又抬起眼睛问：“为什么？”

“就因为你说的名牌包的那些好处。人人都看得到、显眼、提气。”

嘎嘎越发困惑地皱起眉头。

我笑了笑继续解释：“那些好处无疑会赢得倾慕的眼光。但我女儿不是大明星，她还只是个没任何成绩，却也很有些好胜心的学生。我担心一旦背上这些名牌，这源于外在的羡慕，让她误以为是本身的不凡。或者即使明白，但瞬间被关注程度的转变，还是让她迷恋于此，觉得依赖名牌光环来闪耀自己原来那么简单。然后暗暗投机取巧地想，既然如此，何必吃苦呢？结果好胜心变成虚荣心，不再想充实自我，只想投机取巧，最终不知不觉成为一个彻底无足轻重，甚至被人忽略的个体。”

嘎嘎再次垂下眼皮。

“当然，这还没算上她很快就难以为继的糟糕状态。毕竟花钱容易挣钱难。不是说连那些以透支未来为潇洒，看不起我们中国人攒钱习惯的外国人也设了个国债钟，提醒民众欠了多少钱吗？这不就是也承认寅吃卯粮不是长久之计？那印点儿纸都能当钱的国家都意识到这潇洒，潇洒不长，更何况我们普通人，更扛不住。因此即使明知道女儿喜欢这些，我也绝不会满足她，不，是从开始就限制她。”

解释到这儿，我又笑了笑，尽量轻松地开玩笑说：“所以尽管你说得很有道理，可我还是不能用这法子讨得我女儿的欢心。”

嘎嘎又抬起眼睛，看着我，稍显落寞。她说："不会的，虽然你不买，但这么苦心为她的未来着想，你女儿当然会知道你这个爸爸的好，没有名牌也会知道的。"

"但愿如此！不过她现在对我还是满腔怨恨，觉得我这个爸爸不好，严厉、不娇她。所以，你的建议也还是很有用的，等她放假回来我得间接问问她，是不是真是这样？如果是呢，我会考虑等她工作的时候，或者结婚的时候，买一个送给她。到时候说不定还要请你帮我淘呢，你这么内行。"

嘎嘎也笑了："没问题，到时我一定帮你淘个绝顶好包，人人羡慕，你女儿一定会觉得你这个爸爸最好。不，我想她现在也一定觉得你这个爸爸最好！"

我笑着点点头，然后，望着又恢复了轻松的嘎嘎，顿了一下，轻声问："现在说说你，嘎嘎，是不是没钱了？"

稍愣一下，嘎嘎的脸"腾"地红了，接着本能地语无伦次地否认起来："没，不是，我不是，不是，我，对不起，我，我……"

最后，她突然停住了，低着红到耳根子的脸，开始嘟囔着解释："是，我，我是想给你推销个东西。可，可我就是想合理地卖个东西，不是想骗你的钱。真的，我都没想多赚你的钱，真的！我……我真的是……我现在什么都没有。我得先养活自己，可这里我谁都不认识，所以我想……对不起，但我真的没想骗你，我只是想公平交易。我，我只想着，你，你应该也需要。那我想如果你真的想买，我真的打算比市价便宜地卖给你。真的！我绝对不是想骗你，想多赚你的钱，实在是这里我谁也不认识。想着你可能也真的需要，我，我想，那公平交易，我真的是……"

"一个很好的生意人！"我说，打断嘎嘎开始重复起来的窘迫解释，“其实你不用那么不好意思，谁都难免有困难的时刻，没钱了想挣钱最正常不过。而说实话，听到你这个一贯‘衣来伸手饭来张口’大手大脚的娇小姐面对窘境想到是做生意，我很高兴。真不愧是你爸的孩子，有头脑，还是正当的头脑，比起那些动辄就只能想到卖自己的女孩儿强一百倍！”

嘎嘎抬起头来，觑着我的脸色。

也许是发现我真的没有任何失望与生气，她的尴尬消失了些。

“只是我不能买你的包，”我继续说，“不过呢，如果你真的陷入了窘境，我倒愿意借你一点儿钱。”

“不，不。”嘎嘎失声打断我，又窘了起来。

“别急着否定，也许听完你可以更傲然地拒绝。我不是有钱人，帮人的原则是‘救急不救穷’，而且也要看具体情况。现在我打算借给你的上线是一千，如果这确实不是你需要的，或者习惯的钱数，那就算了。”

愣愣地看了我一会儿，嘎嘎又低下头说：“哦，好吧，我借一下。先借六百，不，八百，八百就行，一有钱我马上就还你。”

“那最好了！”我说着数出八百块钱，“我相信你肯定很快能还的。说实话，刚才听着你讲，真有煽动性，我敢说你做生意一定是块儿好料，如果让你去卖衣服，准定什么都卖得出去。”

“真的？”收了钱的嘎嘎放松了不少，看看我，眼珠一转，突然来了精神，“哎，对了，你说我去街上应聘卖时装怎么样？我逛街时好多小服装店都招人呢。哇！是呀！我可以去那些店上班，先挣点饭钱不说，熟悉熟悉，将来也可以开个时装店啊！我喜欢做这个，我最喜欢弄衣服弄鞋子弄包包啦。”

“呵，这主意不错。”我大为赞同，“先熟悉，然后自己当老板，蛮有头脑嘛。而且这么有志向，有发财潜力，不得了不得了！对了，你刚才的想法也不错，只是选错了推销的人。其实喜欢名牌包的人真的很多，现在网购那么火，你也可以考虑开个网店试试。我敢说一定比卖给所谓的熟人赚钱多。”

“哈！对！”嘎嘎一拍桌子，真的兴奋起来，“我怎么没想到？我可以注册一个，反正也不要钱，也许能赚好多。等我赚够了再代理一个名牌包店，最后没准儿又变成一个大富翁呢。”

我哈哈大笑：“那太可能啦！你爸年轻时不也是白手打天下的嘛。这就是一个做生意能发大财的年代。你想得那么有步骤，真不愧是生意人的孩子，有基因哪。对了，怪不得你爸说你像他，那一定不只是说长得像他，还觉得你做生意天赋最像他。哎呀，这么说也许很快我就要见到一个女富豪，开了一街的名牌店呢。”

“哈哈哈，”嘎嘎也大笑起来，“真有那么一天，那我一定年年买当季最大牌的名牌包送给你！谁叫你不买呢，非要让你用用不可！”

“真的？还有这样的好事？那太好了，我乐意白用，特别乐意，这话我可记着了啊。还有啊，为了我未来白得的名牌，嘎嘎你赶快去努力吧！哈哈哈——”

9

接下来嘎嘎仿佛突然消失了一般，没有任何音讯，直到大约一个月后，我才又接到她的电话。

嘎嘎告诉我她已经录了两段和那个会计聊天的录音，另外，她也挣钱了，要还我钱，问我什么时候有空？

我选了个不太忙的时间告诉了她。

嘎嘎先同意了，但随即又说自己目前在两家服装屋打工。早晚两班，晚上那个要到八九点钟才会关门离开，问能不能选这之后的时间来送？

服装屋打工？还两家？

“哦？”我随口问，“看来你的计划已经付诸实施了？”

“当然，从你那儿一走就开始找了，而且很快，知道吗？我现在都干一个月啦，我已经挣钱啦！”

听着那语气里掩饰不住的骄傲与得意，我也很高兴，没想到这个娇小姐不仅适应社会很快，而且还干得蛮开心。

难得难得!

因此我告诉她，既然这样，不耽误她挣钱，告诉我她的工作地点，什么时候我路过那附近，提前通知她，到时给我送一下就行了。

嘎嘎开心地答应之后又告诉我要小心记一下两个服装屋的地址和上班时间，免得搞错了，跑冤枉路。

不过说到最后，嘎嘎又补充说相比之下下午上班的店还是比较好的，路可能好走一些。另外，那个会计也都是来这个店找她，最近她常来，没准儿我还能遇见呢。

我连忙又仔细看了看记下的地点和时间。

果然，第一是不能搞错，两个地方不仅相去有三四公里，关键是彼此之间是每日堵得像“停车场”般的必堵之路；第二，确实去下午上班的店容易些，因为嘎嘎上午上班的店在老城区，是专卖设计夸张时髦，材质较差，但很便宜的那种服装一条街，便宜的地方人最多，所以这里总是热闹非凡。不仅如此，老城区的路还窄，经常走都走不动，更遑论开车了。

下午上班的店则是在卖贵衣服的服装一条街上，而且这里位于新老城交界，周边还未建起大型商业中心，属于路宽、人少、好停车的地方。

因此我很高兴地同意了嘎嘎的建议。几天后，我正好路过那附近，就提前给嘎嘎打了电话，准备过去。

接到我电话的嘎嘎也很高兴地告诉我，侯会计也正好在，一会儿走，赶上了我就可以看到那人了。

于是我赶紧向那边赶去。

还没到，远远地，我就看到嘎嘎已经站在一家服装店的门前，她的对面，则是一个胖乎乎的女人，两个人看起来聊得很热乎。

我猜这个女人可能就是那个侯会计。因此下意识的没有开到跟前，而是把车开到略远的地方停下，然后透过车玻璃仔细地审量起这个女人。她三十上下，远远看去，什么都很平常，不丑也不美，是那种你看到也会很快忘掉的形象。不过此刻这个女人却生动异常，不仅整个眉眼都在配合着快速一开一合的嘴巴，而且胳膊还不断地挥舞着，直到最后突然狠狠拥抱了嘎嘎一下，好像感情好到不忍分离似的。

又这么你拍我扯了一小会儿，这个女人才打着类似告别的飞吻，踢踢踏踏地向着另一个方向走了。

而嘎嘎，则似乎更是依依不舍，目送着那个女人远去的背影，一直到消失到街拐角，才转回身。

然后，已经意识到我来了的嘎嘎，冲着我这边一边笑一边大步走了过来。

这个笑容，让我一下从疑虑中回过神儿来，因为嘎嘎又仿佛变成了一个陌生人。她既完全迥乎于曾经挑战我审美的极端“时尚”，也迥乎于之后一度有些风尘气的俗艳，而是一身女孩子们很常见的阳光打扮，橘黄色字母T恤，旧旧的烂了洞的牛仔裤和一双运动鞋。

但就这一身最普通的青春装扮，却令瘦瘦高高的嘎嘎看起来格外俊俏。再配上一脸灿烂单纯的笑容，嘎嘎整个人美丽得仿佛一株正迎着朝阳绽放的向日葵。全身洋溢出的生机与活力，会引得路边任何一个人，都忍不住追着多看两眼。

“看来工作很适合你呀！”我对拉开车门坐进来的嘎嘎说。

嘎嘎显然听出了我话背后的含义，她忍不住得意地抚了抚自己的脸。

“我也发现了。”她说着伸了个懒腰，又显出几分遗憾，“其实我不喜欢现在这打扮，没个性，还是喜欢以前的，那才酷。不过没办法，为了赚钱，唉，要牺牲一些啦。”

听着这抱怨，我忍不住说：“真不明白你的审美观，原来那是什么样儿呀，黑眼圈黑嘴唇黑指甲，简直像个妖怪，还是老黑山的。还有脸，擦得一层一层的，知道近看多吓人吗？那时每次见你我都得忍住拉你去洗脸的念头你知道吗？现在清清爽爽的多好。对了，看你现在的皮肤。”

我发现嘎嘎的皮肤状态也好了很多，虽然还有打粉修饰的痕迹，但显然薄很多很多，能够看出本身皮肤光滑均匀了许多。

“是不是不擦那些一层一层的，皮肤透了气，自然就不长东西了？这还不满足，还觉得以前天天擦那么厚的粉又遮又盖的跟戴面具似的好？”

嘎嘎终于忍不住得意地嘿嘿笑了起来，虽然嘴里还是否定：“不相干的嘛！不过你说得倒对，少用点儿东西，清洁好一些很重要，不堵毛孔了是吧？而且还不止啊，干活也有帮助，医生说的，人老长痘是激素分泌不平衡，健身啦、运动啦都可以帮助消耗激素，达到均衡。我想干活儿也是运动是吧？”

“是，肯定是，”我当即赞成，“那以后就多干点活儿吧。”

“我很努力啊！”嘎嘎又不满地惊叫起来，“知道吗？我现在是早上八点半去那边，上到两点。再赶到这边，从三点上到晚上八点，有时到九点。而且我还开了个网店，只不过上面还没什么人，但每天回去也要盯一盯的。”

“哦，是吗？”我有些吃惊，“那是够忙的，身体吃得消吗？”

嘎嘎不在乎地耸耸肩膀，说：“还好吧，我这活儿不算累，闲着更无聊。”

“那就好，不过，”我又想起之前记下嘎嘎工作地址时的一度诧异，“你为什么要分两个地方，不在一个地方上一天呢？”

“哦，那个店是先找的。我去那里逛的时候发现很多家店都在招人，就进去问了一下，然后就上班啦。可那里虽然热闹，但都是便宜货，不能发挥我的长项，就又来这里找了。这儿也有不少店在招人，现在哪儿都缺干活儿的人，真好！我选了选，根据自己的长项，就来现在这家店上班啦。”

“呵，你的长项，你的长项是什么？”

“怎么，看不出我有什么长处啊？”嘎嘎抗议起来，“我当然有长处啊，再说，长处短处看放到哪儿呢。以前我爱乱花钱买东西听着不好是吧？可现在就变成长处了，我懂名牌对不对？卖名牌当然就要懂名牌了。哼，我告诉你呀，别看有些女人年纪已经好大了，可我花钱的时候，她们很多还没钱花呢！一般来这儿找工作的女孩儿哪有我这经历？那些人卖衣服，就会说这衣服做工好啊、料子好啊、板型好啊！嘁！要那么好干吗？难道还能穿一辈子啊？我就不这么说，我说……”

嘎嘎突然伸出双手虚虚一捏，仿佛捏住一件衣服，然后又仿佛对某个人介绍似的。

“姐，你看，这是仿PRADA今年新款的，到货的时候好多人以为我们是卖PRADA的呢！哦，还有这件，看见这个链子了吧，是CHANEL的山茶呀！你看，多清雅、高贵、独立！”

——原来如此！

我哑然失笑，这条街上的衣服属于不是名牌，但有些仿名牌。估计来这里的女人，一定很吃嘎嘎这一套。

“有道理有道理，”我大笑着承认，“这里确实更能发挥你的长项，这么说看来以前的钱不白花啦？不赖不赖，脑子蛮好。脑子这么好，也得放到其他地方点儿，现在说说正事吧，刚才那个女的就是那个会计吗？”

“对，就是那个侯会计。”

“那她还挺爱找你的是吗？你说你都录了两回音了，这又一回，说明这个月你们至少见三回了。”

“哪止呀，”嘎嘎大笑起来，“至少再加三回！”

“哦？你们之间关系这么好？”

“也不是啦，不过现在我在这里的服装屋上班，她爱逛街，逛累了顺便可以在我这儿歇歇脚，自然见得就勤啦。而且，她现在慌嫁，她那样子你也看了，没什么个性，又胖，所以想请教我啦。嘻嘻，对了，她今天穿那一身怎么样？是我帮她打扮的，她自己都说比以前的衣服看着年轻好几岁，而且也好像苗条了不少。怎么样，你觉得呢？”

“我觉得奇怪！”我干巴巴地回答，“把录音给我吧。”

“好吧。”嘎嘎从内袋里掏出录音笔给我，目光中又闪出了狡黠，“现在听听？”

有什么奇怪吗？

斜了眼嘎嘎，我随手打开了录音笔，登时，一个陌生而夸张的女声传了出来：

“啊——宝贝，嘎嘎，你今天太美了！”

接着，嘎嘎同样夸张兴奋亲热的声音也响了起来：“哦，芸姐你今天也很漂亮啊——”

“哪儿啊，别安慰姐啦，跟你旁边不能站。看你今天脸多光滑啊，看着气色真好。一定很多帅哥看你吧！唉，姐都嫉妒啦。”

“哈哈，哪儿有，这还是托芸姐你的福啊。我知道芸姐你疼我啊。”

“啊，觉得我疼你？那就给姐姐我多打几折啦。”

“没问题芸姐，不仅最低折扣，我还保证给芸姐你配一套超有范儿的衣服，让你回头率百分百。”

“真的？”夸张的声音又高了八度，简直就是嚷嚷。“啊，我的好妹妹，那赶快配，不过除了回头率的，要再多配一套显年轻的，要年轻啊！姐现在最怕老了，年轻为王。还有，还要能把男人心一下子抓住，抓得还是让他想赶快娶我的那种风格！”

“哈哈哈——”

随着录音笔里的笑声，嘎嘎在一旁也哧哧地笑了起来。

我关掉了录音笔。

“是不是觉得很假，”嘎嘎笑嘻嘻地问，“我？女人都是这样啊，都会装啊，我让你听就是让你有点儿心理准备，反正里面全是这些话，到时候别腻啊。”

要全是这类，也确实劝不了什么，虽已不指望接受，我依旧啰唆了一句：“反正你心里要有些防备。”

嘎嘎笑着说：“嘻嘻，当然有防备。别说她是那儿的人，就她自己，也不是什么好人啊。哼，这种人我见够了，和以前那些跟我吃喝的马屁精一样，你有钱请客她就跟着你，没钱翻脸就不认识啦！不管以前跟着你吃过多少！”这最后的声音里突然又充满了被背叛的愤怒，不过转瞬间，这愤怒又消失了。“哈，不过早知道早好，这样等我以后发了财，就再也不会拿这些人当朋友，再也不会上当啦，你说是不是？”

说完，她又大笑了起来，笑得大气、坦白、豪爽！

我也笑了起来，也许这就是青春的力量吧？这就是生机！就是未来！就是面对多大的悲伤与挫折，都不会被轻易压垮，而是重新满怀憧憬，燃起希望！

“是呀！嘎嘎你这么想很好，心里有点儿戒备也很好，现在我没什么问的了，去挣钱吧。”我很高兴地说。

嘎嘎的头立刻摇得像个拨浪鼓，说：“哎，我已经给老板告过假了，我请你吃饭好不好？因为今天我想庆祝一下。”

“呵，请客庆祝，庆祝什么呢？”

“庆祝我生平第一次挣钱啊！”嘎嘎突然又兴奋了，手指点着我问，“你猜我挣了多少钱？你猜我这个月挣了多少钱？”

听着这话音里不能掩饰的狂喜，我也有些好奇，反问：“多少呢？”

“你猜嘛，五位数啊！”

五位数？就是上万了？霎时我真是吃惊了。

“时装屋工资这么高？”

“哈哈，当然不是啦，不过我们是按件提成，会不会卖，挣得差别好大的。我很本事啊，说起来也不少，好几千呢，比一般白领不赖是吧？不过，嘻嘻，这不算什么，关键是另一项收入，猜猜是什么？”

“什么？”

“哈哈哈，”嘎嘎再次大笑起来，兴奋到抑制不住地对着我的肩膀就是一拳，“卖包啊！就是卖包啊！就是上次我给你说的那些名牌包啊！”

“噢——”

“哈哈哈，我在这儿遇到一个阔太太，她买的。因为她刚发财，但不希望人家这么想，她希望人家觉得她贵族好久了，哈哈哈，所以就想买过去的名包证明。哈，结果我赚了好几万，她也不知多兴奋，真是两全其美！”嘎嘎说着又忍不住兴奋地向前方做了热烈拥抱的动作，“啊，我爱这里，我太爱这里了！原来这儿赚钱这么容易。哈哈。”

“今后，我的主战场就是这里，因为这里净是发了财、刚发财或是怕人家以为自己没钱的女人们。哈哈，所以别看人不多，碰上一个就是大主顾。有钱人的钱就是好赚啊！哈，我都想好了，那些名牌二手包以后还不能轻易出手呢，有钱的女人越来越多，钱够了，就想买真的甚至是限量版、年份版了。可以前的名牌包可是有限的，所以要遇到合适的才能放一个，这样赚一个就是一个。从现在起我要开始收集，攒着点儿。哼，我原来认识的那些曾经巴结我，现在看不起我的人，还都跟我以前差不多，笨得就会花钱，一遇到急着花钱的时候，什么宝贝也是三分不值二分的就卖了，我肯要啊，他们还高兴呢。等我包攒得差不多了，主顾也攒得差不多了，我就可以在这里也开个店。”嘎嘎终于转向我，目光闪闪地问，“怎么样？觉得我的想法怎么样？”

我闭上因吃惊而不知不觉张开的嘴，由衷地点点头道：“厉害，看来嘎嘎你真天生是块儿做生意的料儿！嘎嘎你真是很快要发财了，别的我不知道，但听说香港的名牌二手包店生意很火。”

“什么名牌二手包店？”嘎嘎立刻嗔怪地惊叫起来，“这至少要叫‘古着店’，哪能像你这么叫，听着就掉价，你可真不会做生意！”

“呵，是，”我不得不承认：“是好听，你真会起名字。”

“什么我会起，人家早就这么叫了。”

“是吗？那就是生意人真会起名字，听着跟古董差不多了。”

“当然啦！就是跟古董一样了，有人捧的旧东西不就是古董？难道你们男人喜欢的坛坛罐罐和我们女人喜欢的包包、首饰，有很大区别吗？”

我被质问得哑然失笑，道：“说得好！嘎嘎，现在我敢打赌你很快要发财啦！”

“那就一起吃饭庆祝我挣钱，也鼓励鼓励我啊。要知道我这个月很辛苦啊，从早上八点上班到晚上八点甚至九点才回家，一天也没歇过。”嘎嘎大笑着说。

“哦，也是。应该庆祝，应该鼓励！不过，既然未来都定在了这边，收入也够，我建议你干脆辞了那边吧。否则长期这样，身体肯定吃不消，别没发财，身体先垮了。”

“没事没事，”嘎嘎满不在乎地摇摇头，“我不觉得累啊。再说，在那边上班我还可以穿店里的衣服，嘻嘻，衣服钱都省啦！”

“呵，现在还在乎点儿衣服钱？”

“当然，你不是说你还要求你女儿多吃苦吗？要她吃坏点儿、穿差点儿。她还有你这个爹呢。那我现在什么都没有，当然要更省啦。嘿，你知道吗？我现在吃的也好省呀，吃了好多顿榨菜就白饭啦。”

我不由得又张大了嘴。

“怎么样？”嘎嘎得意地白了我一眼，“很意外吗？”

“意外意外！”我连声感叹，“不过嘎嘎你也不用这么苦，适当的营养也要的，我可不会让我女儿苦得只吃白饭，身体要紧。再说人也没必要受无谓的苦。还有啊，衣服也是这样，我知道那边的衣服很便宜的，十几二十块的小衫多得是，既然你这么能挣钱，就去买两件也不过分，该休息也要休息。另外，我想在这边，你们老板应该也会让你们穿卖的衣服吧？”

“是呀，有人穿更吸引人嘛，只是要小心，不能脏。”

“那不就结了？既然这边上班也有新衣服穿，经济问题就不存在了。”

“哎，”嘎嘎摆摆手打断我，“这你就不懂了，这边的衣服太一本正经，而且看起来好老气。你知道我们这里的主顾都是三四十岁，甚至四五十岁的女人，那些衣服，嗨，反正我不喜欢。以前小，什么衣服都想试试。现在不同了，二十三啦，老啦，当然要趁着还能青春时赶快青春青春。说实话，老看这些衣服，我觉得自己都暮气沉沉了。要不是为了赚钱，我才不喜欢天天在这里。可那边不同啊，每天都有新花样。别看东西便宜，可好酷啊，淘得到货，我喜欢！而且最关键的是，风格不同还练眼光对不对？”

“眼光？”我忍不住打断嘎嘎，质疑地嘟囔一声，因为又想起嘎嘎曾经的古怪与俗艳。

“哎，不要以为街头风就低档啊，”听出我话里倾向的嘎嘎有些不乐意了，“知道吗？现在大牌也要波西米亚、要摇滚、要重金属，包括妓女的黑袜子，也要吸取。这就是趋势，懂吗？”

“是吗？”

“当然，我最喜欢看这些啦。什么流行我都知道，每次预测也最准确。”

“这我倒信。”

嘎嘎又得意地一扬脸，说：“所以我两个地方都不放弃，因为天天上班，也等于了解啦。这样等我将来……我都想好了，除了卖包，还可以再开个定制服装店对不对？不能一辈子就赚点儿钱完了，还要有事业。天天玩儿没意思，我可过过那日子！我要做生意，不仅要赚钱，还要做独一无二的服装。请人设计，也可以自己设计，我喜欢设计衣服配衣服，要是能学会裁缝我就学，学不会到时候我就请个裁缝，我画样子让他做。哼，没准儿将来我也能创个品牌呢！不要笑啊，香奈尔也不是裁缝啊，她能做我也能做，都是一样的人对不对？我也会起我自己的品牌名，到时候我就给我的衣服叫嘎……不，佳佳牌，对，就用我的名字！这名字多好！你说这个名字好不好？”

望着兴奋满面的嘎嘎，我真的又被震住了，如果说曾经夸奖嘎嘎有生意头脑主要是鼓励的因素，但此刻，我开始相信嘎嘎真是天生的商人，不，甚至可能是天生的企业家。

我竖起大拇指赞道：“很棒，嘎嘎，你真是很棒！超乎我想象的棒。应该庆祝，庆祝你第一次挣钱，也祝你梦想成真！”

嘎嘎双掌一击，说：“真的觉得好？好！那将来就叫佳佳牌，哦，对，从现在起我也要叫回佳佳，不叫嘎嘎了！”

“好！有自我才是真个性，祝佳佳的佳佳牌早日上市！”

嘎……不，是佳佳，又得意地大笑起来，一边笑一边嚷：“那我们就赶快找个饭店好好庆祝一下吧！哈，你不知道我饿坏了，也素坏了，需要大补一下。”

这一次我没再否定，即刻出发！

但那一天我们并没有吃成饭，因为刚开出不久，佳佳就接到了一个电话，是一个疯狂爱名包的顾客打来的。为了一个二〇〇八年的LV的什么包，开了一百多公里跑来要货啦。

花钱的欲望惊人，赚钱的欲望更惊人，刚才还嚷饿的佳佳立刻摩拳擦掌地要回去。

挣钱自然要鼓励，因此我们毫不犹豫地折返了。接着我也有事了，便就此告辞。不过到了晚上，佳佳又给我打来电话，先叽里咕噜得意扬扬地讲了一番后来的战果，然后又问我什么时候有空，要补回这一次的庆祝。

我迟疑了一下，因为最近很忙，正好也就罢了，但专门……

似乎意识到我迟疑的佳佳，电话里又急忙解释说：她知道我很忙，但真的很想找个人一起庆祝一下，为自己第一次独立挣钱，也希望被祝福，可她在这里没有朋友。说到这儿，电话里出现了几秒的停顿，然后又了响起了句轻声补充：不是，其实现在她在哪里都没有朋友。

一瞬间，我改了主意，说："好啊，我们再找个时间吃一顿庆祝庆祝。"

"真的？"

"当然真的！跟未来的富翁，不，企业家，不，可能还是品牌创始人吃饭这样的好事我能错过？你行我都不行！一定要吃！"我笑着说。

电话里又传出了佳佳的浅笑声，透出了她恢复的活力与信心。

"还有啊，"我继续逗佳佳，"我刚想起来了，上次你说什么将来发了大财要年年送我名牌新包，这我可记住了啊。"

这下那边的佳佳又开始大笑起来，说："哈哈哈，记住吧记住吧！我说话算话！"

"真的？那我更得尽快为你庆祝，庆祝你独立，更得祝你发财，尽快发财！要不我等不上可怎么办？哈哈哈。"

"不！"一直在大笑的佳佳突然尖叫着打断我的玩笑，"你当然等得上！我多久发财你都会等得上，你一定能活一百岁，不，一百五十岁！因为你会把我爸爸被冤枉掉的日子补活回来！一定要补活回来！！你一定要……"

10

尽管决心一定要为佳佳庆祝一下，但正好赶着有案子，七忙八忙之下，等终于找了个空儿时，时间又过去了一个多月。

不过这延宕没影响大家的情绪，因为据佳佳时而发来的短信显示，她也是每天忙着，投入在赚钱的狂热中，并且战果似乎也不赖，让我深深地领略了品牌的力量，更感受到佳佳身上经商的天赋、那种聪明劲儿和大气态度。没准儿比她爸爸强，尽管我从未见过他。

我是个相信天赋的人，所以越发为佳佳高兴，因此到约定的那天，我是带着不次于当初的欣慰前往的。

佳佳还是提前到了，面带微笑地静静坐在那里。

一眼之下，我却觉出了一丝说不出来的不同，佳佳的笑似乎不再像上一次那样始终透着近乎孩子般的明媚单纯，那笑容里，仿佛夹杂丝淡淡的哀伤。

“最近还好吧？”我连忙问。

“挺好的！都挺顺的。”看到我后，佳佳的神情看起来轻松了许多，渐渐恢复了上次那种单纯的高兴样子。

人总是难免有喜有悲有点儿小心事的，我想。所以没有深究，高高兴兴地拿着菜单开始点菜。

“那好，我们现在就为未来的世界知名时尚品牌‘佳佳牌’点菜庆祝！”说着我先指着一个剁椒鱼头告诉服务员。“嗯，由于已经开始了，表示庆祝就先要个‘开门红’吧！”

然后我又指着一个摆得像小船似的“炸鱼块”说：“再要这个‘一帆风顺’。还有，要这个叫‘大丰收’的蔬菜拼盘，还有这个‘年年高’，记住年糕炒得透一些。嗯，再加个汤吧，要这个‘四季发财’汤，汤淡一点儿，少放点儿味精，好了。”点完我又把菜单递给佳佳，“你看看你还想吃什么？”

“不用了，”佳佳大笑着把菜单推到了一边，“这我们肯定就吃不完了。再说，名字都这么吉利，我可不想再加一个不相干的菜给破坏了，所以菜是坚决不要了。不过，既然是庆祝，应该喝点酒对不对？”

“对！”我慨然允诺，“你来选吧。”

佳佳一听更高兴，说道：“嗯，考虑到你不喝酒，那我们就要个红酒好啦。”

我没有否定，不过等酒来之后，我却断然拒绝。

“你不喝？”佳佳讶然地瞪着我。

“是，我不喝。”

“为什么？因为不喝酒吗？难道你喝酒后会有很厉害的身体反应，比如心脏哪儿的不舒服？”

“那倒没有过，不过长期不喝，现在酒量大概很小很小，没准儿一杯就会醉。”

“这不就结了，只要别的没事儿不就结了。这是红酒，度数很低的，跟甜水一样，女人都能喝，不容易醉人的。”

“我知道，即使是我，这种酒喝半瓶估计也未必多醉，但我确实不能喝。”

“为什么？”

“一是我开车了；二，现在是中午，我下午还要上班。”

这两个理由似乎强劲了些，但佳佳还是白了我一眼，显然不能接受。这情有可原，因为那时酒驾还没入刑，不仅普通人不在乎酒驾，关键人们心目中警察爱搞特权更不怕查。至于喝杯红酒都怕耽误上班的理由，也属于严重不符合现在人之常情的态度。

“其实庆祝主要在真心，”我又笑着解释，“所以喝什么不重要是不是？你就把我这杯水当白酒好了。”

“那你干吗还让我要呢？”佳佳反问，又气哼哼地白了我一眼，不能接受我的态度，“还不如你刚才明说不能喝，大家都不要好了。”

“不是，这不是为你庆祝吗？那自然应该以你为主，我猜你一定很想喝。”

“为什么猜我很想喝？”

“因为据我所知酒精依赖存在遗传现象。”

佳佳抬起眼，气哼哼的表情里又添了几分讶异：“你想说什么？”

“就是说酒精依赖存在一定的遗传性。简单说就是如果一个父亲酗酒，那他的孩子会更容易酒精成瘾。”我干巴巴地回答。

佳佳又愣了一会儿，终于发出了几声不满的单音，露出了气坏的表情。说道：“你，你说这个，什么意思？你今天到底是想让我喝还是不想让我喝？”

我那天到底是想让佳佳喝还是不想让佳佳喝？

答案是，如果只在那一天，根本无关紧要。

但我的态度无疑透着点儿故意扫兴，所以自然就是因为另有原因啦。

因为几天前我和李队碰头，他告诉了我一些情况。

首先，仔细研究和核对了账目之后，可以确定福利院的账有很多不实之报。比方说我们上街零买不过五百块一张的床，他们的同样一批床，价格不仅没降，反而涨了十倍，每张成五千块啦！

这怪异数字的背后，多半是贪污行为，如果真要立案仔细查，一定能查出更多更大的经济问题。

但是立案，是个说简单很简单，说复杂也很复杂的事情。

李队告诉我，他认为就手头的证据和目前的外围了解，最好别谈立案。因为除了还缺乏一些并不太难解决的立案要件外，关键在这个副院长正深受上下一致的好评。

那为什么这位显然贪污的副院长深受上下一致的好评呢？因为他不仅人缘好，而且能力强。

而所谓能力强，说白了，就是善于找钱！

据李队说，这位总是自称心善的副院长就姓单，原来在五院的儿科当大夫。五院算中等的医院，而这位单副院长据说当时水平、收入……什么都一般。如果说有什么特别之处，就是人缘好，情商高。

这位单副院长天生就长得慈眉善目的，好听点儿叫‘观音相’，很有亲和力，让人一看就觉得像个好人。

而他的性格呢，就更完美了。

因为对于男人，一交往就会发现，这个有些女相的男人其实是个地道的男人，乐于享受各种属于男人的娱乐，畅谈各种男人喜爱的话题。人说得来、玩得来自然就容易有共鸣，有共鸣自然也容易被人引为知己。

但同时呢，享受归享受，单副院长“男人”的一面，仅限于娱乐场所或者私下的某些场合。平日工作中对同事却是既温和又一本正经，绝不会像某些浪子，没有自制，引人反感。所以对于女人们，他也是完美的。风情女子会喜欢他的善解风情，而对他没感觉的女人们也觉得他安全、可靠。总之，模样性格都这么恰到好处，自然人缘极好。

按说以这样的脾气继续做医生，就算水平不高，混下去也能混得差不多。

但是，单副院长的人生轨迹在六七年前还是改道了，据说作为儿科医生的他，在一次参观过福利院之后，顿时流下了“痛心”的泪水，因为感到那些孩子被照顾得不好。由于他心肠太好，“毅然放弃了待遇优厚的医生工作，要求来到条件艰苦的福利院工作”——这是李队转述的那位单副院长在各种公开和私下场合常常说的原话。

那么，这家福利院的条件有没有因为这位单副院长的到来而得到改善呢?

还别说，软硬件都有了很大的改善。

但改善还不是关键，关键是这改善并不是向上级伸手要的结果，而是单副院长自身能力的作用。也就是，善于化缘。

这位单副院长似乎认识不少有钱人，而人一有钱其实也都乐于做些善事。情商高的单副院长到任后，这家福利院的社会捐赠就一年多过一年。

有钱好办事，于是除了硬件开始改善，软件比如福利院工作人员的待遇，包括招的临时护工们的待遇，都得到了不同程度的提高。

发生这样的变化，员工要是不拥戴才怪呢。

同样地，对于上级主管部门，一样超级满意。因为从明面上，不多要钱，还把工作干得更好，怎么可能不满意；从暗面上，据李队说，这位单副院长似乎也给领导打点得很到位。

因此，福利院始终就没有再派正院长，由这位副院长独自主持。而这位单副院长似乎也很谦虚低调，不过经过这几年的能力展示，这位如此完美的副院长终于赢得了上下级的一致认可，而且刚下了任命，扶正了——也就是说单副院长已经变成了单院长啦。

听李队介绍到这里，我自然已经明白为什么别谈立案。

谁是这位单院长的领导，也得庇护这样的下属。手再大，花又不是花的财政拨款，而是捐款。要是捐款的人都不在乎，那别人何必多问？更何况，你换了他，再来个干出像“卖孩子”之类的又笨又贪婪的人来当领导，岂不更麻烦、更出丑闻？

所以，我可以理解，而且，也并不特别义愤，我关心的依然是：“其他捐款人没有这样意外死亡的事件吧？”

“到目前没听说，”李队回答，“不过也可能跟这些人捐得少有关，多数都是捐几千、几万，撑死十几万。不光是数不大，关键是捐的数跟他们各自的财力比，就更少得可怜了。所以我想我是那位副院长，不，院长大人，也只能把这帮人当绵羊慢慢剪毛，不能当肥猪一刀宰掉，呵呵。”

“别这么说，”我连忙否定，“老李你别受我影响，我干久了刑警容易神经过敏。”

李队登时半嘲笑半自嘲地一咧嘴：“也许吧，反正我已经被你影响得多疑了，尤其是又听说那晚和嘎嘎爸爸喝酒的人中，有一位和那位院长也很熟，并且现在也死了之后。”

“什么？也死了？”我失声打断，惊愕得不能相信，“你确定？”

李队的笑容消失了，冷冰冰肯定地答道：“当然！而且死因和嘎嘎爸爸一样，大量饮酒后又大量服用安眠药。”

“那家属没有追问？”许久后，我终于又问。

“没有，觉得很正常。”李队回答，然后一哂，话利入骨地补充一句，“不过人走钱没走，有时没准儿家里人还更开心呢。”

我镇定下来说：“但即使假定不是意外，也未必跟那个副院长有关。如果家庭关系不好，仅仅是家属受了嘎嘎爸爸之死的启发也未尝可知。”

“那倒是，”李队承认，但带着丝冰冷的嘲讽，“原来这真是一个很好的意外死亡法。可能就是这样，所以让这位死鬼的老婆常常去福利院献爱心。对了，得补充一句，她是几年前就去福利院献爱心的，据说还甚是崇拜这位善良的单院长，彼此很熟很熟，熟到有传言……”

……

所以，那一天的我才会故意扫兴！

看着佳佳愤愤的样子，我又笑着解释说：“其实，只是难得见一面，作为长辈我觉得应该提醒你一下。”说着，我把这一起死亡案给佳佳简单地讲了讲，最后又劝，“你看，醉酒导致的死亡伤害事件是很多的。因为人一醉就失控，倒在哪里也不知道，吃了什么也不知道。就说吃药吧，除了安眠药，其他不少药服药期间也是禁酒的，比如头孢类、甲硝唑、痢特灵，还有双胍类、磺脲类降糖药等等，服药前后都不能喝酒，否则会有严重的不良反应，导致死亡的案例也有。可对于这些，大部分人不知道不说，关键是即使知道，酒后一兴奋就想不起来了。而对于有酒瘾的人，就更难注意了。”

“那你刚才干吗不直说？”佳佳再次嚷嚷着打断我，透着恼火，伸手恨恨地把酒瓶打开，给自己倒了一大杯，然后一饮而尽。

看起来佳佳的酒量也相当了得。同样地，看起来她对我的这种方式也非常不满！

我也觉得自己的法子不好，可我也不知怎么做最合适。因为对这纷繁的一切我还没有头绪，而我的怀疑，也不敢告诉佳佳。就只能在比如酒、醉之类的细枝末节上劝诫，以避免类似的悲剧。

佳佳继续恨恨地大口吃菜大口喝酒，不过在两大杯之后，佳佳突然抬起头对我说：“我有点儿原谅你啦。”

“哦？”

“因为，”佳佳看着手边又被她自己满上的那杯红酒说，“如果你直接说喝酒对身体不好，或者喝醉了人容易糊涂之类的话，我一定反驳你说少喝对人体有益了、我们又不喝多之类的。总之，我不会放心里去的。”

听着这洞悉我善意的话语，我真是欣慰得不知怎么说才好，为佳佳的聪明，也为她能这么知好歹。

“不赖不赖，真是懂事，真比我那宝贝女儿强。其实，虽然我基本不喝酒，但我并不反对别人适量喝酒，也觉得逢年过节了、朋友聚会了，反正高兴的时候举杯畅饮最有感觉。可——哦，算是我们有点儿做贼心虚吧——目前你真是格外要注意饮酒，尤其是要注意不要酒醉，至少这段时间不要醉。我告诉你，做了这么多年刑警，我看到太多利用酒来害人的案子。不说别的，利用喝酒骗服毒品的事你总该知道吧。”

“对，酒吧好多，”佳佳承认，“不过我不沾它，因为我知道沾上就完了，你信吗？”

“当然，现在我才知道，虽然你表面叛逆，其实蛮聪明，心里很有弦的。”

佳佳得意地笑了，说道：“我当然很聪明，可惜以前他们不懂。其实我烟也抽得不多，因为人家说抽烟特别毁皮肤，我的皮肤麻烦已经够多了，当然不想再糟下去。只是那时跟人玩，你什么都不沾，谁还跟你玩？对了，既然你说我聪明，那我再问问，刚才你说我得罪人，是不是指那头猪和侯会计？”

我点点头。

“我知道，那头死猪我都没再见过。至于芸姐，其实你上次说后我就注意啦。而且我马上就要搬家了，不让她知道我的新住址。不仅这样，连我上午上班的地方都没告诉过她。本来我是打算告诉她的，因为那里也卖很多很潮很好看的衣服，款也年轻，还物美价廉。她也没什么钱，也想打扮得小点儿。可因为你提醒了我，我就没告诉她，我想这样总是能少接触些是不是？现在主要是她时常去我下午上班的地方逛，进屋找我歇脚闲扯，我没办法完全不理。”

“心里有这根弦就好，倒不是非让你怎么样，你说得也有道理，猛然拒人于千里之外反而更令人疑心。”我欣慰地笑着说。

“你放心了？”佳佳反问，接着，又转着眼珠狡黠地说，“可我刚才的话没完，我还没完全原谅你呢，除非你能回答我一个问题。”

“那我得听听是什么问题。”我立刻警惕地说。

“很简单！”佳佳说，双手并拢趴在桌子上，像个好奇的小学生那样端端正正地盯着我，“你真的不喝酒吗？完全不沾？嗨，你知道吗？那天我们那儿去了个大姐，走南闯北的类型。当时买得开心，买完还请我和老板娘吃的午饭，我们还一起喝酒呢。边喝那大姐还边给我们讲了一番‘喝酒论’，你听着啊——”佳佳清了清嗓子，嘟着嘴压粗嗓音，大约是模仿着那个大姐的声音，“领导干部不喝酒，一个朋友也没有；中层干部不喝酒，一点信息也没有；基层干部不喝酒，一点希望也没有；纪检干部不喝酒，一点线索也没有；平民百姓不喝酒，一点快乐也没有；兄弟之间不喝酒，一点感情也没有；男女之间不喝酒，一点机会都没有……”

我听得失笑不已。佳佳还绷着脸继续学着：“我们要用科学发展观看喝酒的人。喝酒像喝汤，此人在工商；喝酒像喝水，肯定在建委；人均一瓶不会剩，工作一定在财政；喝酒不用劝，肯定在法院；举杯一口干，必定是公安……喝酒讲情义，绝对是兄弟；喝酒不认真，可能是医生。哈哈。”夸张地学到这儿，佳佳绷不住地大笑着问我，“你也不是医生，你是公安哪，居然比医生还怕酒，怕到滴酒不沾了？”

“嚯！”我没有笑，直摇头叹息，“没想到你这么好记性，要是好好念书也该是块儿材料。”

听了我这感叹，佳佳也不笑了，给自己夹了筷子鱼，摇摇头自嘲说：“我这记性没法儿说好坏。说好吧，正经的都记不住；说不好吧，不管用的都能记住。你说怪不怪？嘻嘻嘻。”

“不管用的能记住，那管用的也能记住。真没记性的是什么都记不住，说管用的记不住，那是因为从没人逼你在管用的事上用心。”

佳佳撇撇嘴道：“我觉得你女儿准定很可怜，幸亏我爸不是你这样。他特别随我，从不逼我。再说我真不是读书的材料，就说记性吧，小时候可能还算差不多，越大越不行。尤其是最近，我觉得自己记忆力好像突然变差了，很明显！”

一听这话，本就打算劝佳佳注意喝酒的我，想也没想赶紧就借题发挥说：“那没准儿跟你喝酒有关哪。酒精对记忆力影响特别大，你去问问那喝醉过的人，是不是醉的时候说过的话，到醒的时候都能忘得一干二净。要是经常醉，这暂时性记忆下降就会变成根本性下降。如果我像编的那样天天‘一口干’，喝到我这岁数，还破案？扯，能认全十个手指头都不错啦！”

“瞎说，你那喝酒的同事都那样吗？”

“啊？”听着这戳中我漏洞的反问，我只好又倒回来澄清，“那当然不是。但人跟人先天条件不同，底子好的就不怕糟践。我这底子差，珍惜着还不剩什么呢，那再糟践着，肯定糟践不了两天。”

“净瞎说，那照你这么说年轻时也喝过酒，发现不好了才戒的？”

“那倒不是。我从年轻时就几乎不喝酒，当然不能说滴酒不沾，迫于无奈也有不得不喝的时候，但自己一人是绝对不沾的，尤其是白酒。而且也尽可能让别人知道我这脾气，都知道了自然也就不劝了。所以后来除了夏天偶然跟同事喝一杯半杯啤酒外，几乎可以说不喝。”

“那不就结了！”佳佳得意地敲了敲桌子，开始像个侦探那样分析我，“你还是有别的原因才不喝酒的对不对？也就是看到喝醉酒的害处才不喝。那当年呢？当年你还没见呢是不是？”

“谁说没见？当年也有酒鬼嘛。”

话一出口，本是玩笑搪塞的我，却突然发现没准儿这真是事实。就是这样的事实才让我从年轻，甚至少年时就警惕和回避酒精。

“呵，佳佳你说这个我倒想起来了，在我小时候就见过一个老酒鬼，那酒瘾上来能鼻涕一把泪一把地跪在酒铺前求人家赏他一口酒喝。那个邋遢下作劲儿呀，都能吓住小孩儿。那时我就纳闷儿，什么事儿能让人这样，弄得比乞丐相还赖？！还别说，没准我不喝酒就跟这有关，我幼小的心灵被吓伤了，到这把年纪还没痊愈呢。”

佳佳又笑了起来。

“但是你知道吗？就这个人，听周围长辈邻居说，年轻时是个‘小开’，就是以前形容‘少爷’的词儿。现在叫富二代吧。一个曾经的有钱帅哥，能喝酒喝成那么一副乞丐相，真是下作、邋遢、难看！”

佳佳的脸突然变了一下，说：“我爸可不是这样，他喝酒都是赏人钱的。”

“当然当然，你爸是自己挣钱打天下的，他到死都很英雄！”

佳佳稍微释怀地牵了一下嘴角，转而问道：“那这人没家人吗？”

“有的，好几个呢，我见过的至少有两个女儿。”

“女儿？他也有女儿？不过——她们很坏吗？为什么让爸爸跪在外面求人？”

“不，我想不能这么说。现在生活好了，酒嘛，喝不起好的还能喝不起赖的？所以喝点酒不算什么负担。但那时不一样，家里有个一天也离不开酒精的酒鬼就跟现在家里出了个吸毒鬼差不多。而且，实际问题还不止钱那么简单，人长期酗酒后还有很多并发问题，比如病啦、情绪啦……总之情况比较复杂。”

佳佳眨了眨眼，移开了目光，似乎突然忆起了自家的情况。

但现在的佳佳显然不想触及爸爸的坏处，所以又近乎张皇地转移话题问道：“那这两个女儿还不错是吗，她们好看吗？”

“挺好看的，”我回忆着说，“尤其是那个妹妹，她小名叫水仙，我们一个院儿，是个护士。我那时还是小孩儿，我记得很清楚，我们小朋友要是打架弄伤了，可以跑到她那儿涂涂碘酒、红药水之类的，她还不告状，有时就混过爹妈了。可比我们几个邻居大妈强多了，那些人要是看见，那是非告黑状，让我们挨顿打才高兴的。所以我们小孩儿背地里评论院里的人，在评完‘癞蛤蟆’‘老巫婆’之后，统一同意把‘美丽’这个词送给‘水仙姐姐’。”

“哈，美丽的水仙姐姐！”佳佳笑了起来，更来了兴趣，突然摸着自己的脸追问，“比我好看吗？”

这最后一句听得我也忍不住又大笑起来，因为想起佳佳和那个侯会计的谈话录音。

两次整段录音都显示，她们的谈话是有规律的：首先是彼此先夸张地赞美对方今天真漂亮；接着就是探讨还有哪儿不足，如何更美，更吸引人；然后开始诸如什么样的妆、什么样的衣服能使人显得更年轻漂亮、更吸引男人的探讨。内容琐碎，而且“专业性”似乎也很强，有些细节复杂得估计很多男人都听不明白是什么。

“这么虚荣爱比？”我忍着笑说，“那我告诉你，你们不一类。不过都很好看，各是各的好看。”

佳佳有些不好意思地笑了，又摸了摸自己的脸，略带自嘲地解释：“女孩子都爱美嘛。”

“是。放心吧，你现在很好看的，跟任何人比都好看的。”

这是真的，因为现在佳佳的皮肤真的好了许多。这变好的底子，自然就很好地衬托出她原本俊俏五官的优势，再加上大概由此而来的自信，总之现在的佳佳不仅非常漂亮，而且那种混合着英气的面貌与洒脱劲儿，更是让她气质不俗，超于常人。

佳佳又有些不好意思地笑了笑，突然追问道：“对了，那后来呢？后来这一家人怎么样？他们后来和好了吗？还是也像我家一样？”

听着这突然又折回来的追问，我没有立刻回答，因为不知怎么，这个问题让我登时漫过一股说不出来的不吉利感。所以片刻，我才仿佛回答，实际却是转移话题地说：“没有，完全不同。好了，再吃点儿菜吧。”

但我话题的转移并未让佳佳消失她的好奇。

“那是怎么回事？我说那一家人。给我讲讲好吗？人家说你很会讲故事的。”

我依然坚定地转移着话题：“谁说我会讲故事？”

“李队啊，”佳佳回答，突然神秘地笑了起来，“还有，我看的。”

“你看的？不可能，你不可能看过我给人家讲故事。”

“但我看过你在电视上讲案子呀！”佳佳解释，得意极了，“最初是兵哥告诉我的，他说你是个神探，电视上演的。如果我一定要查我爸爸死的事，就让我去找你。我想，真的假的呀，真的那么厉害吗？我也得去看看。所以后来我才会去找你呀，你以为光因为有你的电话呀？哈，电话号码还不好找，关键是人，不管用的人，有他们的电话也没用对不对？”

“原来是这样！”

“那当然！”佳佳头一扬，越发得意，“我都想过了，那头猪那么坏，当然只有你这个神探才有可能让他露出原形。”

“你可别这么说，”我突然心里一阵不舒服，打断佳佳，“你也不要相信我，我可不是什么‘神探’，这都是夸大其词的，你要是信了那可上当了。”

但佳佳只是顽皮地夹了夹眼说：“你说得对，我其实也不信报上、电视上的宣传。”说着她突然又拿出放她爸爸照片的皮夹子，打开看了看，然后再次冲我顽皮地眨了眨眼，“但是，这一次很奇怪，偏偏我就是相信你。你不让我相信我也相信，你最后一定能查个水落石出。”

“佳佳……”

“嘘——”佳佳将食指放到嘴前，然后信任地重复着我曾经骗她的话，“我知道你要说什么，现在我没说我爸是那头猪谋杀的。可我爸临死的捐款一定有鬼，那头猪一定骗了我爸，而且我们家最后那么穷，他也没想着退一点儿。如果我爸始终把那头猪当成朋友，也冤得很是不是？而且，这么坏的人，一定还会害别人的，你就应该把他查出来对不对？”

多少躲避着那信任的目光，我勉强说：“佳佳，关于办案，我希望你明白一点，我们是用证据说话，所以……”

“可能要很久对不对？”佳佳又打断我接过去问，依然一副笃定的信任模样，“我知道，因为收集证据要时间。你还很有原则，那就会更慢对不对？所以我不会催你，我只要你答应就行了。我知道你不会骗我。你要查了，那最后一定会把那头死猪揪出来，我绝对相信！所以现在的我只想挣钱。”说着，佳佳又把皮夹子放到胸前，仿佛对自己，也仿佛对皮夹子里的那个人说，“因为我要活个样儿给那些人看，更要养活我奶奶。我奶奶可好了，从小带我，最不贪钱。我爸平时给她，她总是只要够用的钱，多的都推掉。还总是说‘我老了，不会花钱，多了没用处，我不要，有你就行’。她只想着有我爸就行，可谁能想到……”佳佳的声音突然又颤了一下，“现在没有人管我奶奶了，因为那些人都说我奶奶跟他们没关系，虽然他们之前管我爸要钱的时候都能觍着脸来！哼，现在不但不管，还笑我爸喝傻了，瞪着眼等着看我怎么讨饭呢！呸！”

听着最后又激愤起来的声音，我也叹了口气：“唉，现实里是有很多这种从没出息到没心肝的人。”

“对，”佳佳头一甩，显出了她的傲气，“他们没有出息也没有心肝，所以我才不稀罕这种人，他们不养，我养我奶奶，我能挣钱！”

“对，你能挣钱，还能挣大钱！”我说，很高兴佳佳这么有志气，“来，我以茶代酒，祝我们的佳佳一帆风顺，快快发大财，气气那些没出息没心肝的家伙们！”

佳佳再次快活地大笑起来，拿起酒杯又一饮而尽，然后豪情万丈地再次宣告：“好。不过——”佳佳说着突然又看向我。“为了表扬我这么听你话，这么努力，你要送我一件礼物！”

“呵！”

“我也可以再还你一件的。”

“那倒不用……”

“用！”佳佳着急地打断我，“因为我送给你的不是东西啊！”

“哦？那是什么？”

佳佳拿过那瓶红酒，然后往桌上狠狠一蹾！

“我决定从今天开始戒烟戒酒！”

我一下怔住。

接着，也许是觉得这个誓言有些绝对，佳佳又转圜地补充说：“嗯，烟一定戒，医生说抽了更长痘，所以坚决不抽了，反正本来也没什么瘾。至于酒嘛，从现在起自己平时绝不再喝，别人请我我也不喝，直到你同意我喝的时候我再喝，怎么样？”

“厉害，佳佳！”我几乎不能相信地再次对佳佳伸出了大拇指，“你真是每次都给我意外，说实话，我最初见你时，觉得你是个特别逆反、特别听不进去大人话的孩子。真没想到，真没想到呀！”

佳佳又笑了起来，说：“以前是啊，一直是大人让干什么偏不干什么，不让干什么就偏干什么，专门反着来，跟谁都是，我奶奶、我爸，哈哈。”笑着笑着，没有任何征兆的，佳佳的大眼睛里突然浮上了一层水雾，“不过不知道是不是逆反太久了，所以现在，现在变得特别想乖，想听话，想让别人管教我。”

“真的假的呀？”我恍若没看到似的反问，因为我不希望这兴冲冲的开始变成这么感伤的结束。所以接着我又稍微夸张地故意调侃问道：“因为我女儿就会这一套，突然一乖，那准定是心怀鬼胎有要求。你呢？是不是还算计着刚才想要的礼物呢？”

这玩笑果然令佳佳破涕一笑，说：“当然不能白乖嘛。嗯，我想要个钱包，皮具太不禁磨啦。”佳佳又拿出那个从不离身的宝贝皮夹子，爱惜地抚摸着，又抬头看看我，咧嘴笑了一下，“所以我不舍得再用了，我要你再给我买个新的。这个，我要收起来，因为是我爸爸最后一次给我钱买的，我得保存好。我都想好了，等我能开店的时候，就可以把这个钱包镶个镜框，挂在墙上，这样我爸就能看见我的店，也看见我了是不是？嘻嘻，天天看见我，要是看到我那么能干，我爸爸他一定会很开心，是不是？”

说到这儿，佳佳又笑了一下，只是伴随着这笑容，刚才仿佛咽回去的两汪泪水再次突然盈上了那双美丽的大眼睛，然后，终于承不住地扑簌簌地滚落下来。

因此，那一顿本满怀兴奋的，我也一心希望能兴奋终了的午餐，最终还是以淡淡的感伤结束了……

11

以佳佳的遭遇，在那一刻有那样的伤心也是人之常情。所以最后我只交代了一些注意安全之类的话便安心离去。

接下来我们各忙各的。我这个一忙起来就昏天黑地的人，一旦佳佳不跟我联系，我自然也想不起来跟她联系。直到两个多月后李队的一个追问电话，才提醒了我。

李队问我最近有没和嘎嘎（李队还这么称呼佳佳）联系。

“没有，”我回答说，“嗯，至少有一个多月没任何联系了。最近我忙得厉害，她大概也忙，怎么，有什么事吗？”

“哦，我昨天下午想找嘎嘎核实件事，但打她手机说关机，我以为是没电或者其他什么事，可今天下午又打，还是关机，所以我有点儿担心。”李队回答。

我连忙拿座机拨了一下，果然提示关机。

这让我心里也咯噔一下。一天一夜关机，这确实不合常理。即使是换了号码，佳佳也一定会留给我或李队的。唯一比较好的可能，就是手机刚刚被偷，还没买新手机之类的情况。

但事实并非如此，当我和李队赶到佳佳上班的那家服装屋后，服装屋的老板娘干脆地告诉我们：三天前佳佳说自己不舒服，而她觉得佳佳这一段精神也不好，就劝她休息两天。佳佳同意了，但到今天还没过来，打她电话，也是关机。

和李队一愣，我们连忙表明身份，又问她知不知道佳佳的住址。

老板娘回答只听佳佳说过一次楼盘名——盛达公寓，具体是不是可不知道，门牌号也不知道。

盛达公寓位置很好，交通便利，周围也繁华，说是小区，其实只有四栋高层，里面全部是三十至五十平的小户型。买家一般不是为了办公就是为了投资出租，所以虽然小区很小，但人口密度很大，而且流动租户也很多。

我们面面相觑。带着当初忘问佳佳住址的懊恼，我们又赶到了盛达公寓。

但找到佳佳却比我们想象的容易得多。

应该说佳佳的青春美丽帮了我们，当我们来到物业表明身份后，一个保安立刻认出了颇善速写的李队画出的佳佳。不仅如此，保安还能说出佳佳住的门牌号是A座C单元2306。而且其中一个脸很稚气，看起来还不到二十岁的小保安甚至说佳佳应该还在屋里，因为除了见她回来，没见她再出去外，佳佳的电动车也一直在存车处，那个车，他认识。

说完，这个保安还犹疑地问："她，她看着很好啊，每天早上出去，晚上九点来钟回来，一看就是正经上班的，而且总是一个人，从没有任何人来找她，看着可规矩啦。她，怎么……警察？"

看了看眼前这个一脸憨厚相的小保安，我连忙解释：“没有没有，她是很好，我们找她是因为她是我们一个案件的证人。现在联系不上，很着急，怕她有什么意外。”

“是吗？”那个保安立刻显出了急相，自告奋勇地说，“那我领你们去。”

门，在敲击一阵子后终于开了！

那一霎，我都有些不能相信，两三个多月前还精神抖擞、雄心勃勃的一个人，怎么突然变成一副满脸倦容、形销骨立的模样？

似乎被门外这么多人给吓住了，佳佳即刻怕光似的捂住了眼睛，然后一步步地退回了幽暗的房间中。

又一次和李队面面相觑之后，打发走那个小保安，我们迈步进了黑黢黢的房间，先打开了灯。房间即刻感觉不那么阴森了，但佳佳却仿佛怕这光明似的又瑟缩了一下。

“怎么回事？”我皱着眉头追问，“不舒服吗？”

佳佳的回答是感冒了，有些发烧，所以就吃了药躺在床上睡了两三天。

“那现在呢？”

“好了。”佳佳这么回答，但她依然低着头，蜷缩回床上，似乎很想继续休息的样子。

似乎也确实好了，至少测的体温证明她已经不烧了。我和李队没有再说什么，给她买了点儿吃的，然后又一起离开了。

但下楼的路上，李队的脸色却很阴沉，我猜他一定有话。

果然，一坐进车里，李队就开口了：“你说嘎嘎是不是吸毒了？我看她好像比一个多月前瘦了不少，简直是吓人，而且也憔悴了很多。”

“我也有这个担心，”我回答说，“所以进屋之后我注意看了看，好像没有。当然，只是粗看。”

李队重重地叹了口气。

“你似乎很担心？”我追问道，“是不是发现了什么新情况？”

“也算也不算？”李队闷声回答。

“到底怎么回事？”

“我又发现一宗意外死亡的事件，也是和这位单院长有关。”

镇定了下自己登时一沉的心，我连忙追问：“到底怎么回事？”

“类似的事！”李队声音沉重地回答，“也是和酒精有关，只不过这一次是因为打头孢后喝酒，然后导致心脏衰竭的意外死亡。”

“是吗？服用或者注射头孢类抗生素不能喝酒不假，但一般人一喝很快就会有不适反应，人一难受大部分都会停喝，那缓缓就过来了。一时缓不过来的，旁边人及时打120送到医院的话，一般也能救过来，总的来说一般不会出现生命危险的。”

“哦？”李队嘴角浮现出一丝讥嘲的笑意，“你要这么说，似乎就可以解释了为什么那位大善人在场了，大概就是为了保证能不及时抢救吧？！”

“他在场？”

李队重重吐出一口气，说：“是，这个大善人是酒桌中的一员。当然具体情况已经不清楚了，因为说这事儿的人也没想到事情会和什么人有关，只是我跟他聊到吃药期间喝酒要小心时，他跟着谈到了这件事。你知道，这对我感受肯定不同，所以听完赶快追问。那人就回忆着细讲了几句，结果我发现这位医生出身的院长，就是酒桌上劝酒最热心，出现过敏反应后又建议让病人开房间休息，而不是去医院的人。再强调一点，死者当时是被送入房间孤零零独自休息的，我们这位善人似乎也丝毫没想到关怀一下。结果……顺便说一句，这位仁兄也给福利院捐了一笔不小的钱呢。”

片刻，我也重重吐出一口气道：“相信没有任何人起疑。”

“当然，谁也没往别处想，连家属也觉得都怪这人太好酒，是自作自受，就这么当意外结案了。说实话这么想也不奇怪啊，单就这个案子，谁会往别处想？没有嘎嘎爸爸的案子，我在场也不会往别处想。而且就是放到今天，交给你，你明显怀疑，也只能当意外结案吧？当然，要真是你接这个案子，也许就像嘎嘎爸爸的案子，看出疑点，甭管怎么结案，敲打敲打，也许后面的事就不会发生。不会像现在，就这么圆满地结了，弄得想还原当初的案情都不行了。唉，最可怕的还不是这，是一顺再顺之下，凶手越来胆越大。真的，如果是你……”

“也一样无能为力，”我冷冷地否定了李队最后的推测，“谋杀犯都有赌徒性格，精明的谋杀犯也一样，永远看到赢的那一面。所以，即使敲打也不会怕的，我来办案也没用。而老李你担心这位单院长继续这样做文章，我倒觉得非常可能。”

“是呀，犯罪依赖嘛！当然，现在嘎嘎和他没有接触，只是今天看到嘎嘎的样子，我突然很担心。万一他发现嘎嘎偷他账本，那起了歹心也很自然。”

“所以假定是这样，你担心他会引诱或者欺骗佳佳吸毒？”

李队沉重地点点头：“是，我琢磨了一下，这家伙总是利用酒和药害人，又害得那么顺，出现手段依赖很自然。不过那几位倒霉鬼年纪都大了，又长年喝酒，身体估计都不太好，所以利用过敏反应是容易成功的。但嘎嘎年轻，就算喝酒，也不容易怎么样。何况现在他们又不打交道，那我最担心的就是他利用喝酒的机会引诱甚至欺骗嘎嘎吸上毒。人一吸上毒，如果想搞鬼，那就太简单了。不说别的，只要服用过量就一切玩儿完，而且也是人死了，你也不会多想的。你说是不是？”

“是呀！所以我曾经跟你担心的一模一样。”说完，我把上次和佳佳吃饭时的交谈跟李队学了一遍。

听完之后，李队终于稍微放心地点点头说：“你这么一说我宽心多了，听起来嘎嘎这孩子还是有些头脑的。而且嘎嘎这次虽然瘦、憔悴，但也可能跟感冒发烧有关，她原来也比较瘦是不是？我看她那样估计有两天没吃饭了，何况工作忙，一个人也照顾不好自己，或者女孩子爱美减肥。”

“我也这么希望，”我的心并没放松下来，“但老李你的担心也有道理，虽然说我提醒到了，佳佳自己也说不碰毒品，甚至保证戒酒。但是，这只是一说吧，实际情况很难讲啊。一方面佳佳可能在某种情绪下失控；从另一面，跟说书人说的，‘不怕没好事，就怕没好人’。人要想使坏，你可想不到人家会用什么防不胜防的招儿。就算你不想沾，也不等于不会受骗沾上是不是？唉，不说了。不管怎样，我都要仔细核查一下。”

因此接下来我又去看了次佳佳，但并没在她屋里发现毒品。

不过这并没有打消我的疑虑。因为佳佳的精神实在太委靡，工作也不想干了。事实上，那时的她，已经辞去了上午的那份工，接着，没有任何招呼，下午的那份工也不上了。

问为什么，佳佳只说可能前段时间太累了，很乏，想好好歇歇。

面对这近于天翻地覆的变化，尽管一时没查出什么，我也不能相信就是感冒导致的。

为了彻查清楚，想而又想，我想了一个主意。我告诉那个显然倾慕关心佳佳的小保安，因为我们警察很忙，没时间整天在这里，但也需要保证佳佳的安全。佳佳现在身体很弱，需要定期去医院看病，所以麻烦他注意佳佳是不是按时出去，观察三天后告诉我。

小保安欢天喜地答应了，那副简直是在接受奖赏的样子让我相信他绝对能完成任务。

果然，第二天晚上，电话就来了。

“她肯定没去看病，”小保安低声而着急地告诉我，“因为她两天没出门了，这要紧吗？”

“哦，是吗？不，不太要紧，可能她的药还没吃完，你再观察一晚，明天上午给我回信。”

第二天我得到了相同的答案：佳佳还是没出门。

谢了那个小保安，我赶到了佳佳的公寓。

还是费了半天劲儿才叫开门，屋里还是黑得一塌糊涂。我没有客气，也没解释，拉开窗帘，弄亮屋子，开始从房间到厨房，再到卫生间地检查起来。房间里倒有不少药，感冒药、发烧药、消炎药、减肥药等林林总总各种药片，不过内容跟各家备用的小药箱差不多，并没有我担心的毒品之类的玩意儿，也没有任何吸毒工具。

看来佳佳确实没有嗑药。

虽多多少少松了口气，但那个疑问又浮了上来：如果没吸毒，那好端端的一个人怎么就变成这样呢？

想了一会儿，我又折身走回房间，来到还蜷缩在床上打蔫的佳佳面前问道：“知道我刚才查什么吗？”

一贯爽朗的佳佳没有回答，仅默默地看着我。

“不知道是吗？那我告诉你，看你现在的状态，我怀疑你吸毒！”

佳佳摇摇头，有气无力的。

“摇头？哼，所有吸毒的人不抓住都不会承认的！”

“我没有，”佳佳再次疲惫地摇摇头，勉强开了口，“我真的没有。”

“你撒谎！”我厉声否定。

“我没有。”

“你胡说！”

我蛮不讲理地断喝终于把佳佳弄急了，开始分辩起来：“我没有胡说、没有撒谎，我不吸毒。我说过我不吸毒的，我绝对不会碰这些东西。你相信我，因为我爸就不碰这些东西，他很早就说过，说抽烟喝酒可以玩一辈子，可毒品不同，碰了就完了。所以我不会碰，以前疯玩儿的时候大家都碰我都不碰。真的，你觉得我以前从不听我爸的话，所以这话也是假的。不是的，我心里其实是听我爸话的，最想听他的话的。就是，就是我妈一直骂他、恨他，所以我也跟着骂，跟着恨。可其实我，我……结果我爸……我一辈子都对不起我爸，到他死后我还对不起他，跟那头猪，哦……”

说到这儿，越来越语无伦次的佳佳终于捂着脸失声痛哭起来。

“呜呜，我真是，真是该死！可我爸没有生我的气，他每天晚上还都叫我，叫我‘佳佳，佳佳’，跟以前一样，一点儿不生我气，还是那么疼我，希望我去陪他。可惜我没有去，一直都不去，结果他……呜……所以我不会再在这件事对不起他啦。我不会，我一定听他的话的！因为我不能将来去陪他的时候一次也没听他的，我不能再对不起他了，我想我爸，我想我爸，呜……你相信我，我不会，就为我爸每天晚上叫我，我都不会碰那些东西的。我没有出去只是在因为我要在这儿陪我爸，陪他说说话，他很难受我知道。因为他很爱热闹的，可现在所有人都抛弃他了，只剩他孤零零的一个人，就像我一样。我爸一辈子都爱朋友、爱热闹，他最受不了孤单的。我知道，所以我要陪着我爸，陪他说说话——”

佳佳终于哽咽地说不下去了，整个人，更是蜷缩得仿佛要陷进床单里。

慢慢地，我点了点头最后说道：“佳佳你说得很好，但我还是不信。不过如果你想证明这一点，现在跟我去检查，让化验结果证明你是不是遵守了对你爸的承诺。”

说完，没有再商量，我强行带走了多少被我激怒的佳佳，来到了医院。不过我没带她去化验是否吸毒，而是带她来到了我认为更可能诊出问题的诊室……

12

事实证明了我的猜测。医生很快就把我单独叫进诊室，然后告诉我：佳佳患了抑郁症。

带着既在意料之中又在意料之外的说不出的感觉，我向医生尽可能介绍了除去需要保密之外的一切情况。

“更多的我也不知道，”我最后说，“我也是从这个案子之后才了解的。”

“可以了，”医生似乎对能知道这么多已经很满意，“更多的还是等病人慢慢跟心理医生谈吧。”

“好吧，”我说，然后带着困惑忍不住追问起来，“不过她为什么突然会得抑郁症呢？”

即刻，我得到了一个少见多怪的眼神儿。

“首先，抑郁症是世纪末绝症，更是二十一世纪病，”医生像扫盲老师一样看着我回答，“就跟流感差不多，谁都可能得，包括你。”

我苦笑着咧咧嘴。

“其次，照你介绍的，你觉得一个人在突然遭受了失去父亲、所有的钱，也失去全部朋友，可以说原有习惯的生活体系陡然瓦解的打击之后，出现抑郁情绪奇怪吗？”

“不是啊，”我忍不住分辩说，“她几个月前看着还挺精神，简直可以说信心百倍，欢天喜地的。”

“欢天喜地的？”医生打断我，敲了敲桌子，“家里发生这样的事，你觉得她欢天喜地的状态正常吗？”

“不是，我不是说欢天喜地，我用词不当，我是说……”

“如果是我，”医生又打断我，甚至瞪了我一眼，“那时的我就警惕啦。我告诉你，抑郁症不都是哭，有的看着还整天笑呢，是‘微笑的抑郁症’。但我告诉你，笑容满面的抑郁症更难治！像她这样的情况，我估计要长期看心理医生，也许一辈子都要看。”

“啊，一辈子都要看？”

登时，我觉得自己终于明白医生刚说的“像流感”“世纪病”的含义了，因为一听这结论我立刻产生了绝望的感觉。

“长期看？甚至一辈子看？这、这么难治吗？”

结果我又得了一个少见多怪、没文化的不屑眼神。

“好治？好治那张国荣、三毛能自杀吗？”

“我知道，可……”

“可什么？”

“可、可、可佳佳之前真的很积极阳光的。”结巴了两下，我终于找到了一个比较合适的形容词，“对，很积极阳光，对未来也……”

“也什么？”那个医生第三次没有听完就打断我，然后带着痛斥神情又批评道，“这都是你们这些家长、亲属一相情愿的感觉——想当然！想当然孩子们该积极阳光、奋发向上，就逼迫他们显得积极阳光、奋发向上。就是他们不这么表现，也像瞎子一样坚持相信自己的孩子就是积极阳光、奋发向上的，对于最终积累爆发出的恶果永远都说不可能。我告诉你，这就是现在那么多孩子得抑郁症的原因，因为家长根本不关心他们内心真实的状态。我告诉你，照这样下去，那——”

铿锵的批评突然中止，医生又看了看我。我怀疑是他突然想起我刚才的介绍：佳佳跟我没亲属关系。因为在短暂的中断之后，那个医生突然找补似的给了我一个微笑，然后才又口气异常和缓地说道：“当然，这很专业，不懂也可以理解。但只要我们按常规想想，也能理解。病人为什么会出现你以为的不合理变化呢？这就好比受内伤，内伤有时开始看不出来。就好像……嗯，你是警察，那肯定见过这样的情况，有人头猛撞了一下，当时跟没事儿人似的走了，但很可能这人晚上却毫无征兆地突然昏倒……”

“甚至是死了。”我接过去说，果然理解力大长，“颅脑损伤有时反应会滞后，而且这种情况更危险。”

“对，对，道理就是这样。”医生说着露出了笑容，大概为终于让一个外行开窍而欣慰吧。

虽然我这个外行笨蛋还是懵懵懂懂，迷惑不解。不过话解释到此也觉得问不出什么可理解的答案了，还是问治疗吧。

“那现在怎么办呢？”

“现在我先给她开些抗抑郁的药，”那个医生回答，伸手拿过处方单，一边写一边又说，“先回去按时吃药，然后再找个心理医生好好看看，配合治疗效果才好。还有啊，抗抑郁药很多，对不同的人效果不同。现在我还不能确定哪一种对她最好，所以一边吃一边还要注意观察，如果感觉效果不理想就过来换一种，药对症了效果才明显。另外，药都有副作用，有可能短时间会出现反应迟缓，或者发胖，哦，对了，我看她很瘦，是不是减肥呀？”

减肥？我记起今天搜检时好像是有个花花绿绿的、标着减肥药名称的药盒。

“对，对，”我连忙说，“应该是，她原来没这么瘦，而且我带她过来的时候看见桌上有减肥药。”

“那一定要停！”医生立刻嘱咐，神情还变得异常严肃，“我不知道她吃的是什么，但一般比较有效的减肥药都是含盐酸西布曲明或酚酞成分的。前者是一种厌食剂，不仅对心脏有严重的副作用，而且长期滥用还能导致精神病，很多人都是吃它吃成厌食症的。要不国家把‘曲美’给禁了，就是副作用太大！至于后者，是一种轻泻剂，治顽固性便秘的，是治病的药，但剂量要在医生指导下使用，不能自己乱吃。长期乱吃也是有很大副作用的，不说别的想想天天闹肚子能对身体好吗？唉，当然也难怪，正年轻，一般不会有肝肾问题，代谢也好，常常开始感觉不到什么明显危害。不就是口干、不想吃饭、睡不着觉、闹闹肚子而已嘛，有什么关系？瘦，人人羡慕，可是实实在在的！”

说到这儿，那个医生突然又长叹一声，说：“唉！这种病例我都看了不少了，暂且不说肝肾危害，就说很多人服药导致的内分泌紊乱就很麻烦。内分泌紊乱本身就容易导致人精神不稳定、青春期逆反、产后抑郁、更年期抑郁是不是？这些问题都跟激素水平分泌是否均衡有关。二三十岁本来各方面应该是最好的，可一旦吃药不当，就可能导致激素分泌水平失衡，停药后反弹就有这种因素。有的还会出现长痤疮等皮肤问题，本来就是为美才减肥，有这结果你说会不会就更乱求医乱用药？于是又乱吃药去治那些副作用，结果就变成了吃呀吃呀越吃越多，副作用则变成了副作用加副作用加副作用，结果是危害绵绵不绝，越来越大，最后精神出问题来我这儿的多得是。只不过这些后果我这医生能看到，那些爱美的年轻人都看不到，只看见明星多俊，模特多瘦，还有一吃药一下子就瘦了有多过瘾！”

我听得惊出一身冷汗。

“是、是，医生你可提醒我啦，我女儿也整天嚷自己胖，其实我看她还有点儿瘦呢，一米六六的个头，体重顶多一百斤，能算胖吗？！”

“不奇怪，现在的问题就是最有减肥毅力的常常不是需要减肥的胖子，反而是偏瘦的女孩儿们。”

“可不是。二十岁上下的女孩儿不都是这样，审美畸形，骷髅才是她们的偶像，其他的都不当回事。现在你可提醒我啦，可不能乱减肥。恐怕你说的还不是最吓人的，要是佳佳吃的不是药，而是那种保证几天几天一定瘦，还号称纯中药制剂，其实只是保健食品文号的那些玩意儿……”

没等我说完，医生就接了过去：“对，那是最可怕的，因为一般药还是只含一样成分，会标清楚，剂量也会遵守国家规定。可你说的那些‘不是药却号称药’的玩意儿，但凡管用的，一定偷添我说的那些成分，甚至偷添两样，而且还一定超量，因为只有这样才可能保证达到所谓的‘几日瘦身’。而副作用，会更大得惊人，最后很多人都悔之晚矣。”

“是，这我知道，吃死的都有，工商局都请我们协同调查过。”

“对。那就不用我多说了，一定要禁掉这些。”

“是是，肯定不能吃了。不光给佳佳说，我女儿放假回来我也得跟她好好说说。好好的变成这么瘦，我觉得也容易得抑郁症。浑身都是骨头，一点儿肉没有，哪有能量抗击坏情绪呢？”

“呵呵，不错不错，你这么理解也行，老天爷给的，就不能乱摘乱减，脂肪那肯定更是对我们人体健康有用的东西，多了不好，太少也不行。过度减肥能导致很多精神疾病，其中就包括抑郁症。既然你说病人还吃减肥药，那我想现在你该理解为什么突然会抑郁成这样啦？”

“对对对，这会儿我觉得答案合理啦，本来就情况特殊，再减肥过分，不吃不喝的，又没家人注意关怀，不抑郁才怪。”

“是呀，”医生回答，似乎也为找到新的病因高兴，“你明白就好，而且我告诉你呀，如果病人的抑郁确实有药源性因素，那治愈反而容易。只要停药，症状就会缓解，再加上吃些抗抑郁药，我相信应该会很快好转的。”

医生最后的话给了我巨大的信心，因为我坚信佳佳的抑郁里，这个所谓“药源性”因素应该占的比重不小，停了那个该死的减肥药，没准儿人就会迅速恢复的。

接下来的事实确实也基本如此，据我派去陪佳佳的肖素报告，佳佳的状态一日千里地恢复。而更有力的证据是来自佳佳的反应，大概一周后，佳佳就打电话说她已经回服装店上班了。

“是吗？”

听到这消息我感到很高兴，刚要再嘱咐鼓励两句，佳佳又斯斯艾艾地开口了：“哦，我觉得我全好了，真的。你看是不是可以，可以……我从小都是一个人住的，不习惯有人在我屋里，会，会睡不着的。”

看来佳佳希望肖素能够离开。

而听到佳佳愿望的肖素，同样渴望不已："是呀，我觉得她很好了，不需要人陪。"

一句话说得来我这儿听消息的李队笑了起来。

"看来我们的肖素很受了些委屈了。"

"也不是啊。大概是郭队你交代的，她倒没说什么。可我跟她说话她也不回答，还老戒备地瞪着我。我想照顾她，帮她拿拿药做做事吧，她都不让我动，还说你交代她的事，她都记得很清楚，会照做的，不用麻烦我。我去做饭吧，她也不要，而是叫外卖，让我觉得自己要多多余有多多余。还不止这样，晚上我就在她那个小沙发上睡觉，可她坐在床上却不躺下，半坐着，时不时戒备地看看我，弄得我都睡不成觉，总觉得自己好像跟……唉。还有就是每天早上我上班出门的时候，她都长出一口气，那感觉，唉。反正可能还是屋子小吧，说是一室一厅，其实是大通间，可能我影响她的隐私了吧。"

李队又笑了起来，说："看来你们俩不投脾气。"

我也忍不住笑着说："真是让你受委屈了。"

"也不是啦。"一贯好脾气的肖素没有抱怨，"不过可能真的不投脾气，我怎么和她套近乎她都不肯理我，所以我觉得紧急的时候我看着她点儿还可以。可要是没什么问题，我在那儿反而影响她情绪，不说别的，就她晚上不躺下来安心睡觉就不好是不是？"

"那倒是。真是这样，那确实你也受罪，她也受罪。这样吧，正好李队也想去看看佳佳的状态，我们一起去看看，如果没什么问题，那你就别去了。"

"好，好，你们去吧，"肖素立刻满脸渴望地催促说，"这会儿她应该在服装店，你们去看看，真的很不错啦，可能她就是减肥过度，饿得情绪低落。这几天天天大鱼大肉地吃，我看精神好得很快。当然，可能比我们还是差点儿，但比第一天晚上真是好到天上去了，不信你们去看看。而且，就算有点儿什么，郭队你交代一句就行，她很听你话的，一定会照做，真的。”

“看来真把我们的肖素委屈坏了，好，我们这就去看看。”李队笑道。

“也好，老李你正好有些问题问她，如果她状态还好就问问吧。看到我们警察还在追着案子，没准等于给她一针强心剂呢。”

说走就走，我和李队立刻开车来到了佳佳上班的服装街，停好车，还没走到门口，就听到里面传来热闹的声音：“哎呀，嘎嘎，宝贝，你可不能抑郁，人一抑郁就不漂亮了知道吗？你看，你脸上是不是又开始长痘了？看着粗了，哦，不那么美啦。”

我听出来，这是那位侯会计的声音。

“啊，真的？”这是佳佳着急的声音，“把镜子给我。”

“哎呀，可不是，我的傻妹妹，”另一个女声又响了起来，听起来像老板娘，“所以女人一定要精神好，精神好才能好看。不是大姐说你，你原来多好啊，又精神又漂亮，谁不说我请的小妹是个大美人。可现在瘦得吓人，你觉得美呀？我告诉你，一点儿也不，可没以前好看了。听大姐的，以后可不敢再减肥不吃饭了，你原来很苗条的，都算瘦子，还减个什么肥？”

“哦，好。”佳佳乖乖的声音又响起了。

老李给我使了个离开的眼色。

于是我们一起默默退回了车里。

“也不知道老板娘有没有告诉那位侯会计我们那天找嘎嘎的事，”

坐进车里的老李低声对我说，“要是还没说，这次过去得交代她别说，我觉得现在最好还是别让福利院那边知道嘎嘎和警察的关系。”

“是，老李你考虑得很周到。说实话，尽管没什么证据，我还是对那个侯会计心存疑虑。”

李队笑了，说：“哈，我看你可能是做贼心虚。但其实就像嘎嘎说的，福利院发没发现丢账本都不一定。真的，那儿账乱得很，再说如果真发现也该有所行动了，但现在看并没有。当务之急是嘎嘎的抑郁症。抑郁症发展下去就是自杀，你知道的，嘎嘎的情况又这么特殊，没个亲人看着，所以要格外重视。可要想控制除了什么药啊、心理医生啊，我觉得有聊得来的朋友也很重要。一聊得来，就觉得自己不孤寂了，一不孤寂也就不会抑郁下去啦是不是？”

“应该是吧。”我不得不承认。

“但朋友也讲缘分，就跟医生说的三毛、张国荣。难道他们没家人，没一群跟班，没想帮他们的医生、朋友？这些人不仅有，还有个个盼他们长命百岁的读者影迷呢。但结果呢？所以我觉得这里的关键不是外面，是当事人自己的心里，心里接受谁。就好像肖素，我们觉得又好又安全又放心，可嘎嘎跟她不投缘，那就不行了是不是？所以嘎嘎现在能觉得和那个会计或者老板娘聊得来，聊得开心，我觉得就应该鼓励她们多在一起，先止住眼前的问题再说。”

“是，你说得有理。不过，这个侯会计你了解吗？人到底怎么样？”

“怎么样？”李队暧昧不明地一笑，“我感觉是个关键时刻能把爹妈卖了的角色，也是个‘不见棺材不掉泪’的主儿。”

“这么说，将来很有可能让她临阵倒戈，卖主求安？”

“对，就看你的证据，或者阵仗啦。不是什么好鸟是肯定的，不过倒不是我们常见的那号罪犯，一天不偷不摸就心慌，她日常倒也没什么。我也不是觉得这个侯会计好，嘎嘎要能有其他的朋友自然更好，但她有吗？唉，都市看着人多，灯红酒绿，随时都能认识个谁，但其实有时反而是最孤独的地方。就像嘎嘎，每天从早到晚待在一个小小的服装店里，虽然天天见人，但都是顾客，也没什么同事，哪有可说心里话的朋友？又哪有机会交朋友？再说，虽然嘎嘎本来看着也不是内向人。但毕竟经历特殊，这打击又够大，估计也就改了性，不然怎么就抑郁了呢？”

是啊，佳佳自己就曾说在这里她没有朋友，还说在哪里她都没有朋友！

想想也是，佳佳一度表现得潇洒豪爽，让我忘了她是刚刚经历一场巨大的人生变故的人。

“老李你说的是，对于佳佳，现在孤独也许是更大的危险。既然那个侯会计也没什么明显的问题，那一会儿我会跟佳佳说说，现在她要乐意跟那个侯会计聊，那就多聊聊吧，有个人能聊得来怎么也比她一个人闷屋里不吃不喝强。”

一切都计议定了。

接下来的情况也都万分顺利，等那位侯会计离开，我们过去询问情况，那位见多识广的老板娘坚决表示自己并未多嘴说过我们找佳佳的事。

那个老板娘得意扬扬地这么说：“哎呀，警察急着找，准保有什么事，我还不知道什么事，哪能乱传乱说？告诉你们两位警官，我没吃过猪肉，也见过猪跑，我也看法制节目的，放心，不会多嘴。”

“是呀，”一边的佳佳也抿着嘴证明，“王姐听说过你们的。我老给她说，说得她也开始看法制节目啦。”

“对，我也被嘎嘎带的成你们的粉丝啦！好啦，嘎嘎，警察找你，准定有事。另外现在你身体也不好，那就先走吧，早点儿回去休息，早点休息好，早点儿回来帮大姐多卖点儿钱，走吧。”

听着老板娘如此通情理的话，我和李队都开心地笑了。当然，主要还是因为佳佳虽然疲弱，但比前一周明显好转的状态。

而佳佳，在知道我们还在追查那位单院长，和肖素今晚不再去陪她的两个消息后，显得更是兴奋。

这突然展现出来的，其实并不稀罕的平常状态，却让我和李队不由得更开心了。

让受害人的女儿，一个瞬间几乎失去一切的另一个受害者，未来活得平安、快乐、幸福一点儿。这是我们下意识的期待。

而这么期待的，还不止李队和我两个了解内情的人。因为就在我们送佳佳回家后，刚把车开到小区门口，那个曾给我报信的小保安就气喘吁吁地拦住了我们。

“哦，郭警官，她、她怎么样啦？”小保安红着脸问，“我看这几天一直有个姐姐在陪她。”

看着小保安关切的眼神，我想了一下，说：“是，好多了，不过我们派去陪她的同事今天就不再来了，如果你不忙……”

“不忙不忙。”

听着这不等我说完就不顾一切的急切保证，我笑着说：“那好，如果你不忙，就还像之前那样，如果发现她两天没出门……”

“就打电话告诉你？”

“不，你就直接去敲她的门，如果敲不开，再打电话给我。而如果门开了，你就问问她怎么样，要她必须回答。告诉她这是郭警官让你问的。”

“真的？好、好，我一定做到，我看着。”

“那好，麻烦你了。”

“不麻烦不麻烦，我没事的，我这就去看着点儿。”说完，不等我再说什么就转身跑了。

望着那兴奋的背影，我忍不住又笑了。

李队也笑了，他调侃地问：“郭小峰你还想做媒吗？这倒是个好主意。不过这个男孩儿看着比嘎嘎还小，而且女孩子们的眼睛都朝上，虽然嘎嘎现在什么都没有了，可她毕竟是富家女出身，而且人长得那么漂亮不说，难得的是还有赚钱的脑子，做事也卖力。如果没意外，几年后至少是个小老板，将来变成个大富姐也未尝可知，恐怕这样一个其貌不扬的小保安不会落到她眼里。”

“是呀，女孩子们都眼朝上，那男孩子们多半也都被训练得有自知之明啦。所以我看这个男孩儿也未必是希望有什么结果，不过是年轻——”

是的，不过是年轻！

年轻正如一团熊熊燃烧的烈火，是能量巨大的即使不求结果也愿意为美丽异性释放爱与热情的年龄。所以尽管这个小保安其貌不扬，也不知道有没有本事，但我还是希望佳佳至少能认识他、接触他。因为我希望这个单纯的小保安对佳佳那最单纯的倾慕，能让陷入孤寂忧伤的佳佳，突然感受到自己并不孤单，也并未被世界抛弃。她其实正被爱慕着，不为她曾有的富贵，不为她曾经的豪爽，只为她自己的美！

我还很不单纯地希望，这份美的意识，能再次唤醒佳佳曾经的活力、信心与骄傲，然后这一切能再汇聚成最强的燃料，将佳佳本来同样熊熊的生命之火重新烧旺！

13

但接下来佳佳的康复却没有如我期待，最初的迅速恢复之后，情况就陷入停滞，滞在了所谓“温柔寡语”的状态。

那种状态，如果不注意，或者不相干的人看，甚至会觉得这女孩儿蛮懂事、蛮温柔，没什么不对，挺好。

不过因为之前医生的提醒，对比着佳佳之前那不管颓废还是积极，都不失倔犟、直爽、活力四射的性情，让我对现在这仿佛对不起所有人似的温柔，心怀疑虑。

果然，又过去两个月左右，那个几乎被我忘掉的小保安给我打电话了。他告诉我，佳佳又两天没有出门了。然后他按我的嘱托只管去敲了门，可听完他解释的佳佳只是说她很好之外，就又关上了门，现在又过去了一天，还是没出来。

我连忙叫那个小保安再去敲门，而且可以告诉佳佳，要么她出来，要么他进去，一定陪着她，我处理完手头的事就过去。

不知道是不是因为有人先打破了那份孤寂自闭的缘故，那一天的佳佳乍看要正常得多，尽管一脸懒懒的倦容。

“怎么又几天不出门？”打发走小保安我开始追问。

“没有，没有，”佳佳立刻带着歉意解释，一边用手数着手腕上一串那种满街都卖，很常见的所谓水晶的，但其实就是玻璃的黑色手链，“我只是在家‘宅’几天。你不用担心，我真的没事，其实现在有网络，独自在家‘宅’几天、十几天的人很多的。”

这当然是事实，不过对于佳佳我却不太能信。

“那你的工作呢？你不上班吗？”我继续追问。

继续数摸着那个手链，佳佳又低声带着歉意解释：“哦，我辞了。我觉得再上下去没什么意思。我已经攒了点儿钱啦，我想，休息休息然后找个地方自己开个店算了。”

“哦，真的吗？”我继续刨根问底，“你真的攒够了吗？开店要多少钱？”

“开个小店差不多够了，攒了有十三四万吧。”

呵！这个回答令我大吃一惊，佳佳真是有卖东西的本事，这么病病恹恹、没精打采的居然还攒了这么多钱？

但佳佳却对我的吃惊报以疲惫的忧愁，数手链的动作都停了下来。说：“其实这点儿钱现在都不够什么。我奶奶八十了，身体也不太好，尤其是心脏。真要病了，我担心这点儿钱都未必够医药费，我现在真的是很发愁，要是……”

“要是什么？为什么发愁医药费？你奶奶病了吗？如果还没病现在急着愁什么？她不是也有社会医保吗？还有，你这么会赚钱，现在又可以自己开店，为什么这么没信心？”我立刻抓住这句话追问。

“哦，”仿佛意识到我这么追问的背后含义，佳佳又立刻改了口，

“开店总有风险，我只是有些担心而已。”

听着这顺滑无破绽却又无疑掩饰真心的回答，我转而问道：“佳佳，还去看心理医生吗？”

“刚停。”佳佳回答，显出了厌倦，又开始数摸起那串手链，“每星期给她扔钱，一次三四百块，一个月两三千块出去了，挣点儿钱搭给她们不说，还进去受罪，都是骗钱的，我实在熬不住了。”

“是吗？那说明这个医生不合适你，或者水平有点低。不过，这个大夫不合适，不等于心理医生没用。她不好换一个，换一个好一些、价格更贵些的怎么样？”

佳佳摇摇头，有些痛苦地说：“真的不用，他们都一样。”

“怎么会都一样呢？医生当然水平有高低，再说你也没看过别人对不对？”我还是坚持劝说，努力想着能让佳佳认同的例子，“可能你和这个医生不投缘，所以觉得烦、没用。但换个医生可能就不一样啦。就好比聊天，和肖素，还有那个侯会计、你原来的老板娘，是不是聊的感觉不一样？对了，既然闲着没事，一直‘宅’屋里也不好，为什么不请她们来你家玩玩呢？上次我不是说了，如果你乐于跟她们聊，那就多找她们聊聊好了。”

佳佳慢慢抬起头，嘴角挂上了一丝讥讽自嘲的笑意，说道：“人总是很蠢是吗？总是没有自知之明，以前我总以为是我不待见芸姐。现在我才知道，其实人家更懒得理我。”

“是吗？”

佳佳显出了更深的受伤神情。她说：“是，上次在店里我有些乏想提前回家，芸姐正好在我店里，我就请她跟我一起回来，可她说她晚上还有约会，不能来了。我那时还没多想，想起她回家跟我顺路，就说那我们一起打车回去吧，还可以省点儿车费。结果她却说，她还要逛，然后慌慌张张地起身就走。虽然她是那么说，可我能感觉到，她不愿来我家，甚至不愿跟我一路。”

哦？看来仅是一起逛街、美容、聊天，是不能判断两个女人之间是否有真友谊的。

“就仿佛以前，”佳佳继续说，神情越发苍凉落寞，“我一直以为那些围着我的人都是喜欢我的，但后来我才知道，呵，其实跟我一点儿关系没有，他们不过是喜欢我豪爽、舍得花钱。而我自己，根本一文不值，不，甚至是个最好别沾的讨厌鬼，是个麻烦和包袱，是……”

“你自己胡思乱想，”我终于打断了佳佳，“你这样想很傻很可笑知道吗？”

但听着我断然的否定，佳佳脸上却浮现出明白我不过是好心安慰的自嘲表情，那样子似乎在说：我的亲身经历难道我自己不知道吗？

我摇摇头道：“佳佳，我不了解你曾经经历过什么，但我知道即使是你曾经的朋友们因为你一朝穷困就全都一哄而散，也不证明你一文不值，倒是能证明他们是什么人，或者证明一个人太有钱又只有钱是难有至交而已。至于一个人是不是一文不值，我告诉你佳佳，人有天生有钱的，没有天生值钱的，所以一个人的价值不到死是得不出结论的。而自己的分量，那都是自己挣自己添的，你这么年轻，如果真嫌自己分量轻，也有的是大把时间去努力、累加是不是？尤其是，佳佳，现在我不说你后来证明的生存能力，也不说你继承的你爸爸的生意头脑，就说你另外天生的东西——来，佳佳，你跟我来……”说着，我站起来走到窗边，然后指着楼下，跟一脸迷惑但还是跟过来的佳佳说，“向下看，看见那些保安了吗？”

佳佳困惑地点点头。

“认识他们吗？分得出来他们谁是谁吗？”

佳佳又茫然地摇摇头。

我慢慢把那天和李队找她的事讲了一遍。

“你看，这个小区顶多一二十个保安，而这里面来来往往的人，至少得有一两千，但他们却都记得你，记得你住的房间，甚至你的电动车。”

佳佳的眼睛里终于显出了点儿讶异。

“还有刚才跑来的小保安，知道为什么是他跑过来吗？”

我又把原委给佳佳一五一十地慢慢讲了一遍。

“佳佳，你看，”望着开始变得感动的佳佳，我继续说，“我猜每天看到你这样像花儿一样美丽的女孩子进进出出，一定是那些保安工作中的快乐之一。他们喜欢看到你，也希望能为你做点儿什么，尽管你从来都看不见他们。他们不是傻子，他们都知道，但尽管如此他们并不在意，也不奢望认识你，或者从你这里得到什么回报。所以佳佳，你不仅聪明能干，还很漂亮。你这与生俱来就拥有的东西，难道不已经比很多人拥有的多了吗？更何况你还年轻，只要努力便一定能有更多独特的价值。所以有什么理由这么自轻呢？就为那些只会吃别人的势利鬼吗，你觉得值吗？要为，也该为你奶奶、你爸爸啊！他们才配你放到心上对不对？”

佳佳终于抿着嘴笑了，有羞涩也有一丝骄傲。

“对，他们才配我好好用心，所以其实我什么都不怨的。芸姐也一样，谁愿意沾上一个病人呢？再说我对她本来也是敷衍的，我还偷了她保管的账本，所以其实她就是恨我也是应该的对不对？她这样我也不怨，何况不管怎么说这段时间我也就她一个可以一起逛逛街、美美容的朋友。对了，我们还一起请了这个手链，”说到这儿，佳佳又低下头珍爱地伸手数摸起手腕上那串看来很普通的手链来。“就为这个，她怎么做我也不怨了。”佳佳说。

我的目光，终于停留在那个大众至极的手链上。

“是吗？看来你很喜欢这个手链，新买的？”

“新请的。”佳佳不动声色地更正我，仿佛侯宝林相声《请佛龛》中请佛龛老太太的态度。

不过，虽然我因不懂而言语失敬，但佳佳脸上却第一次呈现出交谈的兴趣来，第一次主动开口询问：“是不是看着很不一样？”

不一样？就是摊子上的东西嘛！我心这么想，但看着佳佳的虔敬劲儿，只好含糊地回答：“哦，看来挑的时候很有你的标准啦。”

“当然啦。不是什么都可以乱戴的，必须是自己的灵石，才能心想事成，才能被佑护。如果选错了，不仅没用，甚至可能有害的。”

“呵，这么复杂讲究？”

“当然啦！”佳佳神情越发认真，还起身从抽屉里拿出一串大圆绿玉珠串，那种男信徒比较爱戴的粗犷些的手链。“这是我爸爸走之前还戴着的东西，原来我不懂，就当纪念品留着，现在我才知道，这说明我爸爸最后已经皈依了。皈依当然是好的，可是，我爸爸没有研究，选了这串玉当护身符，那就坏了。唉，可惜我爸不知道，我也不知道，我要早研究一下……”

讲到这儿，佳佳再次难过自责得说不下去了。

沉思了片刻，我劝道：“佳佳，我认为你真的过于自责了，甚至是无辜揽过。第一，你怎么知道你爸爸已经皈依了？就凭这个手串吗？我告诉你，不相关的。这种类似佛珠的手链，虽然虔诚的信徒会戴，很多男的也会作为装饰品戴戴，尽管其中也不乏祈福的意思，但说到皈依还是太远了。”

佳佳摇摇头：“不是的，你知道我爸的房子最后抵给了担保公司。我记得最后不得不腾房子的时候，其实里面早没什么了，只有些普通的家什。而我奶奶连那也没要，就拿走了我爸卧室里的一把桃木剑。我当时也没在意，但还记得那把剑上面还有朱砂画的奇怪的画。后来我请水晶的时候，人家告诉我，这是画了符的剑，应该更有效力，而且我爸戴的这串手链应该也请人开过光的。不过那个人水平比较低，所以‘气’不够。另外，东西选得也不对，东西不对，再高级也佑护不了主人。选东西的关键不在东西贵贱。因为天然东西无贵贱的，不管是块石头还是木头，都是吸收了几亿年的天地之气的，都有了灵性。不是你戴它，它就能庇护你，它们都有了它们的脾气，所以要我们人去配他们。也就是看人，人是什么脾气秉性，那你说我爸是什么脾气？我爸是个大丈夫啊！我告诉你啊，我老家的人，说起我爸的发家史都说是传奇。在我们那儿，也是谁见他都称大哥，没有不竖大拇指的，个个都敬服得不得了，敬得对我们都是万般客气的。”

讲到这儿，佳佳骄傲的眼神又稍微黯淡了一下，但这一次转瞬又恢复了平静，继续头头是道地讲着：“所以呢，像我爸这样已经活得光芒四射，很显贵的人，就不能再用玉这种显贵的东西佑护，贵上加贵，就过了。什么太过都不好，哪怕很好的东西。所以，‘亢龙’，对，‘亢龙有悔’对不对？总之，万物和谐是有讲究的，要尊重自然，尊重每一件东西的属性，这样才能选好。我爸其实就应该用木头之类深沉的东西来配，这样能压些我爸张扬的气场，也才能庇护我爸。唉，可惜我以前不知道，不，是太自私了。”

佳佳又停住了，垂下头，显然又陷入了深深的自责和痛苦中。

我连忙转换话题："那这么看你这串手链是经过仔细挑选，可以佑护你的了？"

这个问题果然起了作用，佳佳抬了头，又显出了刚才介绍的兴趣："当然，这是很有讲究的。首先你要算出自己前生的石头，因为每个人都是不一样的。大的分，有人天生属玉，有人天生属水晶，有人天生属玛瑙，有人天生属木头等等。反正吧，人人不同，所以必须选到自己天生属于的东西才行，才能有作用。

"还有颜色，颜色也有讲究啊。赤橙黄绿青蓝紫，每个东西都有每个东西的颜色，每个人也会有每个人的幸运色，也必须选对了才行。只有东西选对了，颜色也选对了，什么都对之后，这个东西才能成为护身符的基材。"

"啊？这还才到基材？"

"当然啦，因为人和自然隔绝得太久，心智不清明，磁场还不能完全打开。要想打开，还必须'开光'，只有开了光，才真正能发挥作用，就是能沟通天地，产生磁场，佑护戴的人。"

听起来可真不容易！

"那我猜你这大概就是开了光的吧？"

"是啊，"佳佳回答，又下意识地数摸起手链来，一边摸一边又充满感情地补充说，"以前我总是乱戴，不懂，所以再贵的东西戴上也没用，没有感觉的，也不佑护我。但东西一对就不同了，大师告诉我，黑色水晶是我命里的石头。真的！戴上它，我立刻就感觉到了不同。所以你别看它不值多少钱，不过几千块……"

几千块钱？

我愕然地瞪着这个本以为只有一二十或者二三十块钱的小手链，不能相信这个数字。我不懂珠宝，但因为破案也多少接触过一些，这个手链属于粗糙到一看就是满街小摊上卖的廉价货，根本就不需要做什么珠宝鉴定。

“这是那个侯会计陪你一起请的？”我吞着气问。

“是啊！”

“在哪儿请的呀？什么品牌的？”

“哦，不是，是大师赐的。”佳佳回答，接着，似乎多少意识到我以为贵的心思，连忙又捍卫般地解释，“自从我戴上这个手链后，觉得仿佛被一种磁场笼罩，原来的心慌一下子就好了很多，睡觉也好了很多呢。”

我瞟了瞟佳佳不自觉数摸的手指，那副安心的样子，让我彻底吞下了想就价钱发出的质疑。东西的价格与价值，很多时候，想想真是不能以材质论，就仿佛佳佳之前卖的某些“名包”，那些轻则卖到几万，重则几十万的玩意儿，就材质看有什么呢？牛皮、猪皮，有些还不过是人造革而已，可实际上卖的有时恨不得比“人皮”还贵。所以就佳佳目前的精神状态，如果真就此安定了心神，这点儿钱，也真是小意思！

“是吧，那看来就值了。既然这么好，那就多戴戴吧。”

佳佳抿嘴一笑，放松了下来，看着我，又忍不住强调：“不止这么好啊，戴上它除了能安定我的心神，还能带给我力量，因为黑水晶还代表神秘、静寂，对于属于它的人，就可以通过它看到那边的世界。你不知道，以前我突然听到我爸爸‘佳佳，佳佳’地叫我，总是心慌得厉害，觉得爸爸在责备我为什么不过去陪他。那真是难受极了，常常睡不着觉，有时甚至觉得自己好像疯了。可现在不同了，自从戴上了它，好像突然通了电似的，自己一下子清明了，觉得以前好傻，自己的爸爸叫有什么害怕的？天下没有记恨孩子的父母，我爸爸更不会，他最爱我。其实也真的是这样啊，我爸爸一点儿没责怪我，他只是想我，他在那边很孤独，他告诉我的。”

我的笑容又慢慢消失了，感到了一点点不妥。

“其实我爸就是不告诉我，我也知道，”佳佳继续轻声说道，“人都是孤独的，虽然满世界都是人，但都是不相干的人、互相利用的人、相互欺骗的人。我爸其实也知道的，所以他也不信那些人，他心里唯一想的、相信的，就是我这个亲生女儿，可惜我以前……”佳佳又伸手抹了一下不知不觉滑在脸上的眼泪，再次微笑起来，“不过现在没关系了，现在我可以陪他，天天陪他。我给他讲我每天做什么，吃什么，还有卖东西时遇到的好笑顾客。爸爸每次都会笑得前仰后合的，他可开心啦！”

佳佳终于又由衷地笑了。

但我那种不安的感觉却越发强烈起来，不过最终我还是吞下了涌到嘴边的解劝之语，只是泛泛劝道：“佳佳，你爸爸当然不会记恨你，作为父母，希望的就是孩子能幸福快乐地生活。以后就为你爸爸，你爸爸的心愿，比如照顾好你奶奶、配合我们警方惩办那个最后骗他的家伙等，你也要健健康康，好好活着是吧？”

我最后这么问，却没有听到有声的回答，虽然片刻之后佳佳点了点头。

“还有啊，如果你现在很后悔当初漠视了你爸爸对你的关心和需要，那从今天起，就记着善待那些认都不认识你，却还对你无条件关心的人，免得将来再后悔是不是？”

我最后指了指窗下那些每天巡逻的保安，然后心情沉重地离开了佳佳家。

我陷入了困惑，不知道该不该支持佳佳现在的精神解脱方式。

这类方式，既让很多人由此走出了一时的心灵困境，但也让不少人在短暂的解脱之后，似乎又坠到了更糟糕的境地。

那么，对于佳佳呢？是有益还是有害呢？

我说不出来，但一些负面的例子却不知不觉浮现到脑海里。想着那些例子，我又想起了那位侯会计——佳佳新变化的参与者。又想起她回避佳佳病弱时的行为，想起了那卖几千块钱，其实也许只值几十块，甚至不过十几块的手链……

这个情况倒是让我很快得出了明晰的结论：这个女人肯定不是佳佳的朋友，而且百分之九十有骗钱的嫌疑！

当然，她们本来也不是朋友，似乎当初她也是为买衣服便宜点儿而热衷找佳佳的，所以还是为了钱，为了省钱，因为佳佳能帮她还价……哎，不对！不对！

正走着的我突然站住了，因为这一霎的我在前后回忆中，猛然意识到了一个奇怪的、似合理又似不合理的情况来……

14

应约而来的李队在听完我与佳佳交谈的内容后，对于我的困惑也没有给出明确的是非答案。

“休息不好也会让人烦躁，甚至渐渐抑郁吧？”李队以一副拿不准的口气说，“你想天天睡不好，肯定过得不开心，人一不开心肯定就觉得活着没劲，一没劲也许就觉得死了也没啥。”

我点点头，因为这也正是我这心理学外行的推理过程。

“至于你说现在嘎嘎这样好不好？从暂时的角度看，应该是好的，至少有好的一面，毕竟心绪宁静了是不是？”李队继续皱着眉头琢磨着说。

“那从长远呢？”我追问。

“有可能好，也有可能坏。”

我忍不住苦笑一下。

“哎，郭支队你别急，我这也是有原因的。先说不好的例子，那个著名作家三毛，据说最后就很迷恋这种灵媒、扶乩之类的活动。”

“是呀，我好像也听说过，所以……”

“但这和嘎嘎的情况还不一样，如果仅仅是通过一个东西来获得心灵宁静的话，应该还是好的。就像并不信佛的人见庙有时也会烧炷香。人生无常，谁都不会一直强，渴望有个能保佑自己的灵物寄托一下我觉得很正常。而且嘎嘎不是一直自责最后没有搬回家陪父亲的事吗？这所谓的交流，未尝不渐渐得到安慰，觉得自己终于尽到一些心了，没准能成为嘎嘎渐渐走出内心纠结的途径呢。”

“这么说你认为佳佳目前的状态还比较好？”

“不是好，只是觉得不是当务之急。”

“那你说当务之急是什么？”

“向下会怎么发展。”

“哦，什么意思？”

“就是她的情绪会往哪里走？是会渐渐解脱，还是会越来越自闭，排斥现实世界。要是后者，那可就麻烦啦！”

我登时拍了下桌子，心有戚戚。

“对，这就是我找你来的原因！我也是这么想，向下会怎么发展呢？想来想去我觉得会跟带她迷上这些的人有关。”我把佳佳手链价钱的事说了，最后告诉李队，“那个手链我看了，我敢说会还价的到批发市场可能十块钱就买了，日常在摊子上也许二三十块，就是进了那霓虹闪烁的店，我看也不可能超过两百块。”

李队咧嘴一笑，说：“所以就这件事来看，指望那些人会往好处引导佳佳就很悬。”

“是。而且抛掉动机，就说水平，也是忽悠容易、治病难吧？当然，说起来现在我觉得这倒不重要了，没人指望他们能治病，我真正突然有些担心的是——”

说到这儿，我又停住了。

“什么，你发现什么啦？”

我张了张嘴，还是没有说出来。因为我心中所谓的“不合理”实在太微弱了，微弱到即使连面对办案经验丰富，也有“神经过敏”般“多疑”习惯的李队，都没想好怎样表达才能被理解。

所以停了好半天，我才稍有莫名其妙地问：“你说女人间近于功利的交情总是有原因的吧？”

“当然！”

“所以这个侯会计找佳佳买衣服、一起美容，可当佳佳病了，却又完全不肯扶助一点点，但之后又和佳佳去算命好像又很好似的，虽然能证明此人不怎么样，但也不算奇怪对吧？因为如果有骗钱的心思那就太正常不过了，对不对？”

“对，所以让你觉得不对的是——”

“是之前！”我终于说了出来，吐了一口气，“你知道佳佳曾一天上两个班，而且两个地方分属在不同的市场的事吗？”

李队点点头：“是，听嘎嘎说过。”

“这两个地方你应该知道分别在哪儿对吧？”

“对。”

“这两个地方的差别你知道的，上午上班的店在老城区，周围全是卖衣服的，服装风格应该属于比较潮，也相对更适合年纪小些的女孩儿。下午的那条街上服装屋的衣服都比较‘宰人’，另外，那条街不像老城区的服装街，一条连一条，它算比较孤零零的对吧？”

“对。”

“现在就有三个情况让我觉得奇怪，第一，佳佳曾亲口告诉我，她没有让这位侯会计知道她上午上班的地方，所以这位侯会计始终都是到佳佳下午上班的地方找她；第二，佳佳还亲口说，她不会在下午上班的服装街上买衣服，因为贵不说，还老气，是适合三四十岁女人的衣服；第三，那时这位侯会计经常去找佳佳，一星期恨不得去三四回，去掉她的上班时间，我觉得这简直占去了她绝大部分的业余时间啦。”

李队微微皱起了眉头问：“你想说什么郭支队？”

我摇摇头道：“我想说，现代人一般最怕显老，无论男女，对于到了三十的女人、四十的男人，更是对此敏感得不得了对不对？”

“差不多吧。”

“这份敏感一般体现在逛街买衣服会尽量往年轻处注意是不是？尤其是未嫁的、年龄却也不小的女人，恐怕更会注意对不对？更何况那位侯会计也明确表示希望显年轻，那可是录音里她亲口说过的。”

这下李队理解了我的意思。“你想说你觉得这位侯会计那么勤的到这个地方找嘎嘎有些不正常是吗？因为那些衣服显老气，不该是那位侯会计迷恋中意的类型，所以不该这样热心来这里是吗？”

我点点头。

片刻缄默之后，李队终于迟疑地开口了：“哦，这当然有奇怪的地方……”

“但其实也并不那么奇怪是吗？”我替李队接了过去，“所以你直说吧，我找你来就是想听听你的看法的。”

李队点点头，道：“好吧，我觉得这情况既可以说奇怪，但也可以说不奇怪。因为一是衣服老气还是年轻没有绝对标准，张三觉得老气的，李四可能觉得年轻是吧？人的眼光毕竟有差别，虽然人人都想显得年轻，穿得好看，但很多人偏偏就打扮得不年轻不好看，因为没那眼光！”

我勉强点了点头。

“这是一。二呢，很多女孩儿、女人间突发的友谊不都是开始热乎得要命，而且她们之间也不仅限于看衣服，还一起什么美美容、吃吃小吃之类的是不是？也许去得勤，是为约着干别的事吧？”

“当然，有可能。”

“是呀，有这可能，当然，也有郭支队你怀疑的可能。我不怀疑你怀疑的合理性，不过问题是——”

“什么？”

李队顿了一下说：“问题是仅这些似乎怎么都可能，所以我就想既然你刚才提到了‘最关键’这个词，那我觉得就得从‘最关键’这一点想。”

“那你的意思是——”

“即使可疑，又怎么查，查什么呢？”

我顿时恍然无语。

没有立案，又没有明确的疑点，别说不能差派手下，就是我自己，也随时有当紧的工作分不出身的。

李队立刻安慰地冲我摇摇头道：“其实反过来想也不用太担心，就算这个侯会计心术不正——当然从她骗钱这点看，也确是心术不正——但从其他方面，比如至少到目前为止嘎嘎既没被投毒，也没受过她的威胁来看，似乎也不用太担心。再说佳佳也和她越来越远了是不是？另外既然担心了，就此让嘎嘎和侯会计断绝往来也不成什么问题。总之理论上讲，至少从今往后，这位侯会计就是想害也应该害不到嘎嘎什么啦。所以我倒觉得眼下更大的危害其实来自嘎嘎自己。”

李队最后的断言分走了我的注意力。

“你的意思是？”

“还是刚才那句话，嘎嘎眼下的状态真是可好可坏。好起来不说了，坏下去可能就救不了啦！”

“你是说？”

“张国荣你知道吧？”

“当然！”

“他生前曾自杀未遂过你知道吗？”

“是吗？”

李队又摇摇头，露出一丝感慨，说：“以前不注意，但这些年听多了，加上办案看到越来越多的自杀例子，我也有了点儿心得。要是把情况没那么糟，却想不开自杀的人都笼统称为有‘抑郁症’的话，那一时想不开寻短见的，虽然险，其实问题不大，因为就像急性病，坎儿一过去就过去了。但如果是想死不是因为突然觉得自己冤枉、委屈，而是觉得世上没有一件事值得他们活，死了才幸福的人，问题就大了，连名医也救不了。就说那个张国荣，他都自杀未遂过，能没看过心理医生？能看的不是一流的医生？可结果呢？”

我听得一阵惊心，也一阵黯然。

“你是说佳佳？”

李队点点头：“是，发病后我也跟她聊过，别的不知道，听起来单知道她家，除了她奶奶，她有点儿感情有点儿责任感，其他的，连跟她妈，似乎也没多少感情。至于其他那些亲戚，彼此之间不止冷漠，简直都有点儿仇恨。总之，找不出一个能过来照顾她，或者说她希望能来陪伴自己一下的亲人。可没有心里依赖或者信赖的亲人，单有一份责任，说实话，人强的时候可能还是动力，人弱的时候，这责任恐怕就只能让人更绝望和抑郁。”

我想起了佳佳上一次谈到奶奶时的忧愁……

“所以……”

“所以什么？”我连忙追问突然缄口不言的李队。

李队一笑，没有直接回答，转而问了另外一个问题：“郭支队，之前你也是一直嘎嘎、嘎嘎地叫的，但后来为什么又叫成佳佳了？”

“哦，这个啊，”我连忙尽可能简练地把原委告诉了李队，最后问，“怎么，这有什么关系吗？”

“有点儿吧，希望能有点儿，”李队说，又轻叹一口气，“其实我早就听你改口了，但你知道我为什么一直没改口吗？”

我愣住了，因为一直以为是李队没听出这称呼的差别，而这也没什么打紧，所以从没想过原委。

“为什么？”

“就是你改口之后，一次我见嘎嘎，最后顺口问她是不是又改名字了？说实话，我是不爱叫什么嘎嘎、嘎嘎的，听着跟叫鸭子差不多。结果你知道嘎嘎怎么回答吗？”

“怎么回答？”

“嘎嘎说佳佳是她的小名，只有她奶奶、她爸爸才这么叫。”

“是吗？”

“是呀，不仅如此，而且说完之后连忙又给我说，她其实不喜欢人家叫她佳佳的，太土。她喜欢人家叫她嘎嘎，好听、拉风，所以后来认识她的人都叫她嘎嘎，连她妈都叫她嘎嘎，她喜欢人家这么叫她。说完，还盯着我，仿佛很怕我也改口似的。”讲到这儿，李队突然笑了，“这当然不是实话，我敢说她现在真正喜欢的，其实是‘佳佳’这个名字，而且不是一般喜欢，是当宝啦，宝得只有她心目中亲人一样的人才可以这么叫她。”

我听得一阵愕然，也突然一阵感动。

“说起来这孩子跟你挺投缘的，我都能感觉到，她把你当半个爸爸看的。这就是缘分，人，什么都得讲个缘分，其实我心里也挺怜悯这孩子的，真冤哪！可她虽然信我，却跟我不亲。这，就是缘分。所以，我觉得既然你也挺关心嘎嘎这孩子，就再多跟她谈谈，也许效果最好，你在这孩子心里有分量是不是？”

这当然没有问题！

满腔感慨的我立刻决定抽时间和佳佳再聊聊，但这一次，还没等我付诸实施，后来变得自闭不愿见人的佳佳却先给我打来了电话，希望见我一面。

而当大感意外，也大感高兴的我见到佳佳时，却听到了一个完全出乎我意料、非常古怪的请求……

15

佳佳请求：如果有一天她突然被人害死了，求我无论如何答应她，一定不要去管这个案子，并且连看都不要看一眼，权当没有这件事。

被人害死了，还求我不要管？权当没有这件事？

为什么这么请求？而且是提前请求？

因为知道自己将要被人害死吗？

那如果已经知道，能这样向我要求，又为什么不现在就向我求助呢？

因为心甘情愿被害死？那直接自杀好了，何必非要等人害？真害了法律可不管受害者是不是心甘情愿，动手的人照抓不误！这点儿常识佳佳也不可能不知道。

再说又为什么不愿我管呢？难道我管对此有什么特别的害处？但那又怎么可能？对于一桩死亡案，怎么处理是标准化的，无论是我管还是别人来管。

我真是百思不得其解。

直至许久——

望着对面说完就开始低头数摸自己那串被称为“幸运灵石”手链的佳佳，望着她那副透着这样就能被神保佑，一定会愿望成真的模样，我终于想出一个比较解释得过去的可能性：佳佳对这些已经信得超过了寄托与信仰的界限，坠入了某种灵异状态，所以精神开始出现幻觉，比如感到自己被迫害？如果精神出现了分裂，那想到什么，怎么想都不稀罕了。

所以最后我没有回答那个古怪的请求，转而这么问：“佳佳，你有好久没看心理医生了是吗？”

“哦。”佳佳稍有意外地应了声，看看我，点头承认。

“但现在你不能停知道吗？我跟人了解了，你现在还需要看心理医生，我记得你说不喜欢上一个医生，那我们再选一个更好的医生好吗？”

“好！”佳佳立刻满口答应，但傻子都能听出其中的敷衍。

佳佳又盯住我，那闪烁的眼神显然说明，她还在等我对刚才请求的应允承诺。

又沉思了片刻，我决定挑明问：“还在等我回答是吗？但佳佳你这个请求很奇怪啊。”

佳佳垂下眼皮，又开始不断数摸起那个她坚信能带给她力量与幸运的，一看就是玻璃的“水晶”手链，然后好半天才含糊着反问：“我想这么大的城市，一定每天都发生很多案子，你也不可能都去管吧？”

“当然，没人有这份精力。相当多的我都不会管，想不管，也真可以不管。不过，如果想管，任何一个案子我也都可以去过问、去参与。”

佳佳抬起眼，显出意会的神情，接着露出了焦虑。但这一次，佳佳却没有再说什么，而是一边飞速地扫着我，一边继续迅速数摸着她的护身手链，嘴里还无声地念诵着什么。

那副样子，近于所谓的“大仙作法”。

但望着佳佳脸上那种仿佛相信用这种方式就能让她得偿所愿的坚定表情，我瞬间推翻了刚才的猜测。

因为虽然这行为确实有些“魔怔”了，可由这一系列反应又说明佳佳的理解力、判断力和应对，都很符合正常逻辑。那所以，应该也没精神分裂啊！

在数分钟“作法”之后，佳佳终于停止了念诵，消失了刚才的焦虑，甚至还松口气似的冲我笑了笑。

而仿佛掉入五里雾中的我，终于不能忍受地直言询问：“佳佳，你能告诉我为什么这么请求吗？”

“哦，这个，哦……”佳佳支吾地结巴两声，转了下眼珠，“因为……因为我害怕你受不了。”

“受不了，受不了什么？”

“受不了我死的样子啊！”佳佳说，继续转着眼珠，“当然我知道你见过很多死尸，不过我不一样对不对？因为我跟你女儿差不多大，所以也许你见到我的尸体就会格外受不了，是不是？再说我们也很熟了，你还那么关心我，我怕你见了以后，心里不舒服，以后会做噩梦，梦到我死在那里的样子，嘻嘻。”

仿佛找到了一个最完美的借口，编到这里佳佳甚至有些鬼马地笑了起来说：“我是这么担心的，我觉得你会心疼我的，会格外看不得我死在那儿的样子，所以不想你看到，就这么简单啊！”

“你真这么看吗？”忍着失望，我最后努力问道，“你真这么看就告诉我实话。”

“这就是实话啊！”佳佳继续眼都不眨地肯定着她的谎言，“我真这么看，我觉得你会心疼我的，就像我……”说到这儿，佳佳又眨眨眼睛，露出了久违的、单纯得宛如孩子般的调皮眼神。“对了，你知道我为什么一直没有称呼过你比如郭叔叔之类的吗？”

“为什么？”

“因为呀，”佳佳显出了一丝腼腆，“最初我特别讨厌你，不是你不好啊，主要是那一天在严叔叔和你面前糗大了，太大了！我也有自尊的啊，虽然早就没人说我是好孩子了。当然我也不是什么好孩子，不过……反正，如果不是实在不甘心，打死我都不想再见到你们了。但后来不一样啦，一切都跟黑盖子似的，别人认我不甘心认哪，我爸的冤死还是最重要的，我必须让我爸能闭眼对不对？反正为了这个我什么都豁出去了，也没什么脸面了，所以最后还是找了你。但找归找，我可不愿叫你叔叔什么的，因为你比一般人更让我觉得不舒服，觉得远。最好……公事公办点儿，宁愿叫你警官之类的。不过等我真见到你，才发现你根本没像严叔叔那样看我，你没觉得我就是那么没心没肺，这么没完没了的就是为了钱。你知道，只有你知道我是真的爱我爸的。而且你也很好啊，比我以前见过的所有人都好，你冲我发火都透着为我着想。所以、所以我又觉得如果叫你叔叔也不好，那听起来你和别人都一样了。可我也不会再叫任何人爸爸了。我不知道该怎么称呼你，结果我就连叫都没叫过你，很不礼貌是吧？就像以前对我爸，我心里真的是爱我爸的，可不知怎么，我只知道跟着妈骂他、恨他、躲着他，好像特别讨厌他似的！

真傻！不过现在我清楚了，我知道我最爱我爸，我也知道这世上活着的人里，我最喜欢你。所以，我一定要为你做件事。”

说到这儿，佳佳突然像变戏法似的拿出一个传统包装的小礼品盒，然后打开推到我面前。

“看！”

盒子里，是一串由一颗颗黑色木珠串成的佛珠手链。

“这就是我给你求来的！”

佳佳微带得意地说。又拿出来爱惜地摸了摸说：“当然，这还不能当你的护身符，因为没算你的生辰八字，而且你也没见过大师。我本来是想找你的，不过后来一想，算啦，那个最合适的应该留给你女儿买，这样血缘相亲，可能最灵。但祝福不怕多是不是，所以我就按我的希望给你选了一个。我想，生死那么无常，你还是警察，危险一定更多，那最避邪、最能逢凶化吉的东西一定是对你最吉利。本来我想选小叶紫檀的，想着这种木头又贵气又低调，是公认的硬木，历经百年不变，算是能经得住沧桑变化的啦，结果……”佳佳自惭地吐了下舌头，“还是水平不行啊，大师听完我的意思，就说还是选乌木的吧，因为世上最避邪镇宅的就是乌木了，千年不腐。我一想也是，虽然乌木不如紫檀贵气，但这是护身法器，贵不贵倒是次要，是不是？所以我就替你请了这个佛珠手链，怎么样，不错吧？对了，这已经开过光了啊，绝对已经成了护身宝物，来，戴上！”

说着，佳佳二话不说就将手中的乌木佛珠手链戴到我的手腕上，看了看，拍拍手大为满意。

“很好很好，虽然我不是你的亲生女儿，但我心里是百分百盼你以后不管遇到什么危险都能逢凶化吉、遇难呈祥、大吉大利的！我心那么诚，所以也一定会灵的。绝对不会像我爸爸……你会大吉大利、长命百岁、永远吉利！嘻嘻。”

看着那个黑黑的木质珠串，好久，我才感慨万千地说：“佳佳，现在我知道我在你心里形象的变化了。那你知道吗，你在我心目中形象也是大变呢。开始我也只把你当成一个被宠溺坏的孩子，甚至觉得你很可能已经被宠纵得既无能又无情啦。但当我真的开始接触你，才知道自己错得多么离谱。你不仅有良心、有责任感，还向上、能吃苦、聪明能干，天赋的聪明能干。曾经荒废的时光一点儿也不影响你迅速站起来、显示你的才干，真是处处给我惊喜。所以现在知道你能像看半个爸爸那样看我，我真是不知道多高兴。我多希望自己能凭空多出个你这么聪明能干的漂亮女儿，这样将来就可以再多一个亲人回来看我，给我做顿饭、陪我聊聊天。不，还可以给我买很贵很贵的名牌包，并且告诉我它们到底哪里好。然后我就可以拿着它们到处显摆，说，看，这很高级吧？很贵的，一般人可买不起，但我女儿能，因为她很能干，这就是她买给我的。”说到这儿，我把那串乌木珠串从手腕上退了下来，举在手上，“所以，为了我自己的将来，我也必须要她好好活着！所以如果佳佳刚才你说的是真的，现在，就看着这个你自己虔诚求来的‘圣物’告诉我：刚才为什么那么请求我，你到底被什么念头迷住了心窍？”

我最后满怀希望地追问，但可惜，在嘴唇哆嗦了几下之后，佳佳还是深深地埋下了头，无声但又清晰地传达出她保守这个秘密的决心。

所以最终还是我失望地把手放了下来，说：“既然你坚持不肯说，我也无法勉强你，不过你刚才说的是真的吗，真的把我看做半个爸爸？”

这一次，佳佳立刻给了确定的回答，她很郑重地看着我点了几下头。

我也郑重地点了点头，又将那串乌木佛珠手链戴回佳佳的手腕上。

“那好，既然这样，我要告诉你，我这个人，虽然很想健康长寿，但绝不想像个千年老精怪似的一个人孤独活着。我希望将来身边充满欢声笑语，每天都过得高高兴兴、热热闹闹的。我的女儿们比我更健康、快乐、长寿，她们可以一直陪伴我，陪到我闭眼的那一刻。因此佳佳，如果你刚才说的都是真的，那我希望将来你能和你爱梅妹妹一起，好好照顾我、陪伴我。所以，现在盒子我留下，这个佛珠手链你先替我保存，我们以手链为证：佳佳你答应我，好好活着，一定好好活着！”

这一次，我坚决而满怀希望的要求终于有了期待的回应。

又一次深深埋下头之后，佳佳终于捂着脸，含糊而悲伤地保证：“我努力，我一定努力！”

……

佳佳确实努力了，接下来的她不仅又按我的要求换了个价格更贵的心理医生，而且还按我的要求和那位侯会计断交，与那个小保安认识成为朋友了。

那一刻的我又满怀希望，因为我私心觉得，一颗倾慕的心，绝对会最忠实最自觉地承担起监护任务。

事实也真是如此，据小保安按时给我回馈的电话是：佳佳对他很好，很慷慨大方，经常送他一些东西，而且两个人也很谈得来，谈了很多彼此的事。

而佳佳，则反馈给我更大的惊喜，她说认小保安为弟弟了，说小保安很听话，他们一起聊得很开心，现在他们是无话不说的好朋友。

还说除了那乌木佛珠手链，现在她还找到个更鼓励自己的秘密武器，每当她沮丧时，只要看一看，就会觉得好很多……不过呢，这个武器是什么她却没告诉我，因为电话里佳佳很顽皮地要我猜，理由是我是“神探”。

可惜，我这个“神探”名不副实，我没有猜出谜底，就仿佛佳佳突然向我提出的那个请求一样——直到佳佳突然彻底消失于这个世界，都还是我的不解之谜。

而这两个当时在我心里以为无须尽快猜出——事实上，倘若事情真如我期待的那样发展，也确实无关紧要的谜底，在佳佳的动脉被刀片割破，终于血尽而亡时，却发生了惊人的逆转。

一个谜底，变成了解开佳佳之死谜团的重要一环；另一个，则有些诡异，它的存在，似乎只是为将佳佳之前为糊弄我追问而现编的理由，变成现实，变得犹如谶语……

16

佳佳的死讯是在我参与的一个部属大案临近结束时得知的。两个同事突然找到了我，向我了解佳佳的情况。

这当下就给了我不祥之兆，因为要是没发生什么大事，他们是不可能千里迢迢跑来找我询问的。

果然，答案是佳佳死了！

更多的情况自然无从得知，办了半辈子案的我自然也没有再多问，只是在手边工作结束后，就即刻匆匆赶了回去，要求参与侦办这个案子。

但局长却婉言拒绝了，理由是还有个更重要的案子需要我。

理由很充分，不过从局长的眼神里我看到的答案却是：我不能参与侦办这个案子。

这让我一时很诧异，我和佳佳没有亲属关系。而且即使因为认识相熟而被一视同仁地暂时列入嫌疑人名单，那嫌疑也早该排除了。

因为案发之前我不仅有近一个月不在本地，并且这一个月可谓每天二十四小时都有最可信、最靠得住的人证。

当然，诧异归诧异，我也没有再追问，因为我深知局长不会无缘无故拒绝我，不肯明说一定是不适合说。因此我只能带着不解和无法了解案情的煎熬离开，默默地想着那些办案成员的名字，暗暗希望这一次他们的水准能从现有的“合格”提升到“良好”。

然后，直到听说那边要写结案报告，我知道自己终于煎熬到可以追问的时候啦。

“案子要结了吗？”我找到负责侦办的小沈问。

“是。”

“什么性质？”

“自杀。”

哦？

听着这个既出乎我意料又仿佛在意料之中的回答，我干脆地命令：“把资料拿过来，我看一下。”

小沈连忙一边把资料递给我，一边又忙不迭地解释着：“监控录像显示死者任佳是独自回家，之前之后的时间段都没有人去死者所在的楼层。而且法医也鉴定死者手腕上的刀口符合典型的自杀特征。另外，死者是割腕自杀，流了很多血，如果有其他凶手，那现场很难不留下痕迹。可现场并没有发现可疑的痕迹物证。这些资料上都有，总之，从技术方面可以完全确定是自杀案。”

“是这样啊，那结论就很靠得住啦。”我一边翻一边又问，“不过说到这儿，我倒想起另一件事，上次你们找我调查我就跟你们说了，我和死者认识，甚至对她爸爸的案子也有一些了解。这个女孩儿孤苦伶仃，现在突然又发生了这样的事，所以是挺想好好调查一下这个案子的，可为什么……”

“哦，是这样，”小沈连忙又解释，“我们到现场后，发现死者的电脑还开着，等我们调出来之后发现里面最后播放的是郭支队你之前在电视台录的那些案件纪录片。而且不止一集，我们查了一下，有十六集。”

原来是这样！

“后来根据电脑播放片子的时间记录，和法医后来确定的死亡时间，大概可以确定死者是在自杀之前看的，而且应该看了好长时间。所以开始……哦，当然我们查出原因了，据报案的保安……”小沈说出小保安的名字。“他后来在介绍和死者交往时讲到了这个情况。他也告诉我们关于福利院骗了死者父亲钱的事，因为死者不止一次地跟他讲过这事儿，每次都非常愤怒。而提到她爸爸时，情绪就很低沉，常常说出也想死，去陪陪爸爸的话。但死者似乎也知道这种情绪不对，所以每到这时，就要看那些片子，然后鼓励自己说至少要等到有好消息才可以去见爸爸，这样见了爸爸才能有资格说。据那个保安说，死者坚信这个愿望一定能实现，因为她认为你是最棒的‘神探’，既然你答应调查，就一定会有结果。”

我忍不住苦笑起来。

“因此看这些片子是死者的业余爱好，甚至最后就是唯一坚持活下去的精神支柱。据那个保安说，好像每次死者情绪低沉的时候都会看，他都跟着看了好几次了。所以我想这就解释了死者最后看那些片子的原因。无疑在自杀的那一晚，死者陷入了最深度的抑郁状态，因此她又像往常一样看片子想给自己一点儿活下去的信心。不过，我想那一晚她大概实在是太抑郁了。”

是，一定是实在太抑郁了！

我在心里下意识地重复了一遍小沈最后那句分析，望着眼前的一张现场照片。

这张照片照的是案发现场桌子上的一张白纸，纸上面写着——奶奶，好姐姐，好女儿，挣钱，买名牌包，哄爸爸开心，听水仙姐姐的故事等等外人一定很难明白的支离破碎的词。

那一刻，我才终于明白佳佳新找到的自我鼓励的秘密武器是什么了！

只是我没有想到佳佳意识里的现在与未来，充斥的是这么多的责任，唯一算是“享受”的，居然只是一个很久以前闲聊中无意谈到的，那个当时让我感到不吉利而刻意不肯讲的、同样充满阴谋与死亡的往事！

接着，我看到了另外一张现场照片。

那是佳佳的最后一刻，她躺在窄窄的单人沙发上，左手耷拉在流满鲜血的地上。而就在那一片发黑的血泊上，左手的手边，还有串黑手链——那串她送给我，又被我推回去要求她拿着自我鼓励好好活下去的乌木佛珠手链。

我猝然扭过头，觉得自己无法看下去了！

“哦，郭支队，这张纸上的内容，还有这些字，我们还没有完全弄清楚。”

平静了一下，我转回脸，迎着小沈仿佛解释，但更是好奇的眼神，没有直接回答，拍了拍厚厚的资料问：“是吗，那我想这个案子里让人疑惑的地方一定不少，否则以这样扎实的现场技术鉴定，你们还用了这么久的时间，一定是做其他方面的调查了。”

“是，因为死者的家属们一致坚持认为死者从小就是个阳光开朗，甚至没心没肺的人，所以不可能自杀，一定是被人害的，或者是意外。

总之，不会是自杀。所以我觉得还是应该把各方面都再调查扎实些，这样最后家属就会比较容易接受。”

“好，很好！”

“另外，郭支队你又介绍了死者和福利院的纠葛。李队也给我们讲了这事儿，而我们调查发现，死者在自杀那晚给那个单院长打了个电话。”

“哦，那有什么发现吗？”

“有，也没有。”小沈审慎地回答。

“怎么讲？”

“从发现死者自杀的直接动因，或者诱因上似乎找到了点儿疑点。不过单院长绝对不会是凶手，因为当晚他也不在本地。”

“我明白，”我又拍了拍那沓技术资料部分，表示自己没有忘，“如果技术鉴定确定死者系自杀的话，那其他人是不是与死者有仇、是不是就在本地、有没有人证，都无关紧要。我想了解的是，你了解的这直接动因，或者诱因是什么？”

“哦……嗯，呃……”

“怎么？”

“乍听起来有些荒诞，”小沈终于回答，“是因为死者和这位院长的感情纠葛，准确地说，是死者向这位院长要求恢复原来的关系，但遭到了拒绝。”

这真是出乎我意料的答案！

“荒诞是吧？”小沈又重复了一遍自己刚才的评价，“所以刚开始我也不能相信，觉得那位单院长一定是撒谎，但这位院长后来拿出了证据。”

“是吗，什么证据？”

"短信，是死者在事发前一个月发给他的短信，短信明确表示希望能恢复交往。"

"哦，那对方提供了几条这类短信？"

"四条。"

"口气亲密吗？"

"哦，不，我觉得不，"小沈回忆着说，"没有一般恋人间那种亲密暧昧的语气，不过传递的内容还是很明确的。据当事人解释，虽然他很也喜欢死者，但因为年龄相差太大，有三十多岁，所以他更愿意像父亲一样照顾死者，而不是这样的情感，因此婉言拒绝了。"

"呵，听起来很高尚嘛，那你们在死者手机上找到过相应的短信吗？"

小沈摇摇头："没有，但据我们调查，死者始终用的都是这个手机号，没有听说丢过手机。另外，不知是不是抑郁症缘故，死者和外界好像交往极少，所以即使不能排除这个可能，考虑到死者在案发前频繁给当事人打电话包括自杀那晚的电话、手机又是在死者居室找到的、前后时间段又没接触别人等情况，基本判断不会是代打代发的，所以我觉得这个信息还是比较真实的。死者手机之所以没有这些短信留存，很可能随手删了，毕竟这是案发前一个月的事。"

"哦，你说得也是，那这一个月他们之间有交往吗？我是说短信电话之外的交往？"

小沈再次摇摇头："没有，当事人说他那时正好很忙，要联系给福利院孩子治病的事，连续出差奔波，所以没有见过死者。而且当事人也说不仅这一个月没见过死者，事实上，他有一年左右都没见过死者了。对这一点我们也做了调查走访，确实是这样。"

"哦？"

“了解完这些我也很奇怪，这些信息乍听起来很矛盾，但又都是事实。所以最后我又找到了死者生前看过的心理医生，想看看有什么收获没。”

“是吗，很好，那有什么结果？”

“死者生前曾看过两个心理医生，后来的那个只看过一次，所以医生提供不了有价值的信息。好在第一个医生看的时间较长，所以算是给我们提供了合理的解释。”

“那医生怎么说？”

小沈迟疑了一下道：“她说了很多专业名词，我复述不了。大概意思还是能知道的，要不郭支队你看看，我们请她写了书面的解释，因为当时一听就觉得记不下来。”说着，小沈翻出笔录递给我。

打开一看，我才意识到小沈为什么不愿复述，因为虽然都是汉字，不存在不识字的问题，但诸如“小我”“本体”“开悟”“向度”等等这些你好像明白意思，但连在一起还是会让人发怔的名词极多。而这还不是最让人茫然的，最让人茫然的是文字的表述顺序，比如开头就有这么一段：

……

由于无法感知到这份连结，所以我们会产生与自己分裂、也与这整个世界分裂的幻觉。然后你会有意识或无意识地视自己为一个孤立的碎片。接着，恐惧油然而生，内在和外在的各种冲突也因而成为常态。

阻止我们体验这个连结的最大障碍就是与心智的认同，因而造成强迫性的思考。无法停止思考是个可怕的折磨，但我们无法意识到这点，因为几乎所有人都在为此受苦，所以大家都以为这是理所当然的。没完没了的心智噪声阻止你找到那份与本体无法分离的内在定静，也创造了由心智制造的虚假自我，投射出恐惧和苦难的阴影。

与心智认同会创造一个由观念、标签、形象、言语、批判和定义所组成的幽暗屏幕，阻碍你所有真正的人际关系。它挡在你和你自己之间、在你和你的朋友之间、在你和大自然之间，也挡在你和神之间。这个思维的屏幕创造了分裂的幻相——你和其他所有的存在是分离的。你因此忘却了一个重要的事实：在肉体的表面和各自独立的形象之下，你和其他所有的存在其实是一体的。

如果使用得当，心智是个超级好用的工具；但若使用不当，它会有强大的破坏力。更正确的说法是：其实不是你使用头脑的方法错误，基本上你根本没有使用它，是它在使用你。这就是一种病态。你认为你就是你的心智，这是一种错觉。这个工具已经掌控了你。

这就好像是你被占有了，你却毫无所知，还把占有你的实体当成你自己。”

……

我之所以能背下这么大段拗口的内容，是因为这开头部分一下就把我看蒙了。但搞明白案卷每一句话是我的基本工作要求，因此一蒙之下的惯性使我下意识地发狠来回念叨了好多遍，念得可以说会背了，结果发现还是搞不懂。

不过幸运的是到了那个时候，我已经意识到其实不需要非弄明白这几段话了。因为就如小沈所言，虽然复述起来困难，但末尾的答案却异常明确简单，即使没心理学基础的人，一听也可以轻松理解，甚至还能参与热烈讨论，说出点儿道道。

这医生结论的大概意思就是：因为佳佳从小远离父亲，佳佳妈还有强迫孩子跟她站在同一战线抨击丈夫的不好行为，导致了佳佳成长期特别缺少父爱。而这种成长期父爱的严重缺失又导致佳佳内心特别渴望父爱，甚至特别爱父亲的性格。单院长虽然年龄很大，但对于佳佳来说，这足以做父亲的年龄却恰恰满足了她内心的渴望。因此后来请求复合是非常自然的事。

至于佳佳日常展现出来的对单院长的憎恨，那并不奇怪，反而恰恰揭示出她长期抑郁的心理因素：就是这种爱而不能！因为这导致了所谓的“撕裂”，而“撕裂”可谓恰恰是心理疾病的根源。而这根源之源，可以参考文中诸多引经据典，其中也包括刚才我背的那几段。

就是我刚背的，现在也没弄明白的那几段。当时自然就更晕了。

说句题外话，后来我拿这段话跟人当笑话说，结果又被人狠狠地笑话回来，被告知：这段话其实不是那个心理医生的创造，而是一个被称为“当代最伟大的心灵导师” 埃克哈特·托利的一本正流行的书《当下的力量》中的开头一段。而且，据说我背的版本还是一个专门致力于研究这方面的台湾人翻译的，属于高手翻译呢。

我这才知道自己是“井底之蛙”，也理解自己为什么始终不懂了。

但当时还没求教，还不知道这出处，只知道自己看完后，倒突然觉得好像理解了佳佳不肯在这个医生这儿看下去的原因了。

“作为死者的心理医生，”一旁的小沈在约略觉得我看完时又低声解释，“我想她对死者的心理了解一定超过一般人，甚至可能是朋友的人。毕竟，我们一般人看人都是看表面。”

“是吧，理论上是这样。”我含糊地回答，然后放下那些心理医生的分析结论资料，又问小沈，“对了，关于那个单院长，你们请这个医生分析了一下吗？你听李队说了吗，那人可能牵扯其他案子，多了解一些这个人的个性，尤其是隐藏的个性，对我们会有帮助。”

“啊，哦，”一直对答如流的小沈第一次结巴了一下，“没有，我想不能吧，因为这个医生根本不认识那位单院长，见也没见过的。”

“那从佳佳的描述里呢？作为心理医生我想应该也能有相当的判断吧？”

“哦，啊，”小沈再次结巴了一下，“我想死者……应该从没跟她谈过那个单院长，因为我们问的时候那个医生都没听说过这个单院长，是看了我们提供的资料后才给的分析。对不起，郭支队，我想你是想批评我用这个分析资料，这个心理医生……”

“没有，”我淡淡地否定了小沈，“如果知识和经验足够，人是能‘窥一斑而知全豹’的，所以我是不会因为不完全的信息就轻言对错真假。”

“哦，是。”

“好了，既然她什么都不知道那我们就先不谈那件事了，现在谈谈我来的一个主要目的，一个一直压在我心底的疑问。”

我把佳佳的那个奇怪请求讲了一遍，然后问：“这让我一直百思不得其解，现在发生了这样的事，我就更想弄明白，你说为什么佳佳会向我提这样的请求？”

听得目瞪口呆的小沈在听完我的追问后越发目瞪口呆，半晌迟疑地摇着头说：“我也说不出来，是不是从心理上死者希望庇护……”

“谁？”

“那个，单院长？毕竟，她有些因他而死，也许从死者的心理上……”

“停，别说心理！”我第一次打断小沈，掉下了脸，“我们都是心理学外行，所以就这点儿信息你就想通过心理分析得出结论，那结果只能是‘瞎子摸象’。”

“啊，是，对不起。”

“好啦，我知道这个案子到目前说结案也能结案了，但我想你再等一下，再做一项调查。”

“什么调查？”

“我看你只对佳佳案发前一周的通话信息做了调查，我觉得这远远不够。你把案发前五个月的电话清单全部调出来，然后调查清楚对方的身份，标注好，拿给我。”

“哦，好。”

“别担心很麻烦，死者患抑郁症好久了，我猜她的人际交往和通话记录会很简单。还有件事，福利院有个姓侯的会计，调查最近她和死者有没有交往，这个要详细调查清楚，然后也把调查结果给我。都要尽快，听到了吗？”

“是是。”小沈赶紧以表面更加诚恳的口气答应了。

不过事实证明，当时内心以为我有些多事的小沈，很快就改变了态度。几天后，他就以真正惊喜的口吻打电话告诉我：“郭支队，我想我可能要替你解开谜团啦！真的，你不知道我发现了什么！”

17

前来解谜的小沈给我的第一份文件是张保单，紧接着呈上来的则是通话记录，然后小沈变戏法似的翻到一页，然后指着一个手机号说："郭支队你看！"

我的目光落了上去，但迅速被另外一个号码吸引了，因为后面标注的是 Hkj。

"这是侯会计的缩写吗？"

"啊？哦，对。"

我立刻推开了小沈的手，开始从头到尾粗略地看了一遍。

果然，最多的就是这个侯会计，可以说隔一两天就通一次话，而且通话时间多半不短。长的有半个多小时，短的一般也有十来分钟，而且通话一直延续到佳佳死的那一天。

我连忙又看了看打入打出情况，基本上都是这个侯会计打来的，而到佳佳送我佛珠手链之后，就全是那位侯会计打来的了。

我慢慢地放下通话清单。

“最后一段时间关于这位侯会计的情况调查了吗？”

“调查了。”小沈回答，刚才要揭谜底的兴奋消失了，然后带着要安抚我错觉的歉意低声回答，“不过没有发现可疑情况。事实上，因为当天她和死者有电话往来，我们之前就找她了解过，当时她解释和死者联络是跟死者诉苦，说她再次相亲失败的事，当时她情绪也很低落，所以没听出死者有什么异常。”

“是吗？”

“是，我们调查了，她当天也没去死者家，这是事实，有监控录像为证。”

“是吗，那这一两个月呢？”

“应该没有，一是我们对小区的保安，尤其是死者朋友的那个保安进行了确认，他们一致否认见过这位侯会计。当然，调查之外我们又对监控录像做轮班排查，现在排了二十来天，根据监控录像，至少死者死前二十多天这位侯会计都没去过死者的住处。这一点也和那位侯会计很早的口供相符，她说她和死者主要是电话聊，从来没有登过门，据她说她都不知道死者住哪儿，死者没邀请过她，她也没问过。”

“是吗？”

“是，这位侯会计解释说，她和死者开始还不错，但后来可能由于死者抑郁症的缘故，非常不喜欢被人打扰，她自然就不方便去。而她之所以经常和死者打打电话，一是自己诉诉苦，还是为她相亲不成的事；二来也是想着经常聊聊天，可能对朋友好，因为任佳有抑郁症嘛。”

“呵，”我忍不住讥讽地笑了，“听起来和她们院长一样，也是高尚人士啊！”

小沈也跟着咧了下嘴，说道：“一听就是冠冕堂皇的话，用不着当真，不过，这位侯会计应该跟死者的死无关，因为她至少在死者死前二十天从未接近过死者。另外……”

“技术鉴定的报告也说明了这是自杀案。”我替小沈续上他的提醒，苦笑一下，把资料又推回给小沈，“好啦，我记起最关键的啦，现在说说你的发现吧。”

给了我同情理解的一眼之后，小沈将通话记录又推回我面前，指着一个电话号码说：“这个人……”

“是谁？”

“卖保险的。”

“哦？”

“他就是卖给死者这份保险的人。”

“哦——”

我举起小沈递给我的保单，这是份人身意外险，保单显示投保人是任佳，受益人则是一个陌生的、女性的名字。

“这个人是谁？”

“死者任佳的奶奶。”

“哦。”

我又仔细看了看保额，如果理赔，赔付额是四十万，一个不多也不少的数字。

“看来就是从这里有所发现了？”

“对，”小沈声音中又透出了刚才的兴奋，“而且简单得要命，当时我们按你的要求，核实对方身份。当我们核实到这个电话，那边听说我们是警察，又听我们问他和死者任佳的关系后，居然立刻追问任佳是不是被害了？”

“是吗，听起来可够有意思的。”

“是呀，我于是当场就约了这个人，结果一交谈就更有意思啦！”

“说说看。”

“是。我们见了面这个小伙子就又问我任佳是被害了，还是意外？我就问他这有什么分别吗？那个小伙子立刻说如果是被害了，也许他可以提供凶手的名字。我连忙问是谁？结果郭支队你猜他说谁？”

“是那位单院长吧？”

“太对了！”小沈激动得一拍桌子，“郭支队你一猜就准，就是他。”

“呵，然后呢？”

“然后这个保险公司的小伙子告诉我，在投保前任佳咨询他时，曾解释自己之所以想投保的原因。任佳说是因为她感到生命危险，因为那个要害她的人已经不止一次威胁她说要把她推到楼下，或者拿刀砍死她。她知道这一天肯定会来的，因为这个要害她的人，是一位骗光了她爸爸钱的坏蛋，杀她就是为了不留后患。这人太坏了，什么都可能干得出来。因此她必须留意，会尽量保护自己。但为周全计，她必须再做些准备，否则她奶奶就没人管了。她奶奶八十多了，还有严重的心脏病，需要钱的。这个小伙子当时听完很同情死者，想了很多主意但也感到无能为力，所以就答应死者，如果有一天死者遭遇意外，就向警方如实反映这些情况。另外，也一定帮她奶奶拿到理赔。为此他还特别和死者商量了投保额，以确保最后理赔的顺利。总之，这一段很有指向性。但因为我们之前的调查，可以证明死者任佳是在撒谎。”

“你是指她指控单院长威胁她的内容？”

“对。因为在死者询问理赔时，和那位单院长还没恢复联系，电话清单上也没异常的陌生电话，那位单院长怎么威胁她？不可能威胁的。”

“也许单院长可以通过其他方式啊。”

“其他方式？”小沈本来自信的眼神儿开始从诧异到犹豫了，“郭支队你是说，你是说通过网络或者那位侯会计？哎呀，这我没有想到，但死者的电脑上没有发现恐吓威胁的内容。那就是那位侯会计了，她几乎隔一两天就和死者打电话的。哎呀，我再看看通话清单。”

不过我却一下按住了清单，摇了摇头道：“别看了，你刚才说得对，不可能威胁的。不说别的，单看人，那位单院长是何许人士？福利院的，职业慈善家，高智商人士，在是个手机都能录音的时代怎么可能说出这种授人以柄的话？至于佳佳，与我和李队都这么熟，真被威胁了，能不说吗？难道现在你还相信那个心理医生的分析？”

小沈松了口气。

“对对，”他说，脸突然又红了，“那个医生真是扯淡，什么爱而不能？现在看这一切怪异举动的背后什么感情都没有，就是计划！真实目的是想利用自己的死，栽赃给那位单院长，最终一举两得，既让奶奶获取了保险金，又报了仇。所以这样看，事情没那么玄乎古怪，死者任佳就是恨透了那位骗光了她爸爸钱的家伙，就想报仇！而她想采取的计划，我个人推测是想骗那位单院长到她家来，因为一旦单院长进了她的住处，就很可能跳进黄河也洗不清了，你说呢，郭支队？”

“有可能。”

“不过那个单院长心肠虽坏但命很好，”小沈叹了口气，“无意复合，又出差在外，算是躲过了这一劫。”

我苦笑着咧咧嘴。

“唉，”小沈又叹了口气，“这件事没法论。不过由此我倒明白了死者那样请求郭支队你的原因。”

我仰起脸问：“你的意思是？”

“怕被戳穿！”小沈一字一顿地回答，“怕被你戳穿她的计谋，因为死者非常崇拜你，她后来活下去的精神支柱就是等着你替她爸爸申冤，是不是？但她并不止是崇拜你，而且只相信你。她觉得一般警察没什么本事，很好骗。这不是我猜测的，因为发现这件事后我又特意找了那个保安，保安承认死者曾这么说过。但崇拜信任都是她作为受害人时的感受，一旦当她自己想犯案时，就反过来了。最怵的反而是郭支队你，她害怕你来破案，看破了她的花招儿，然后戳穿她，因为她觉得你工作上很有原则性。这也是那个保安说的，他说死者任佳曾讲过这样的小故事。”

有原则的小故事？恍惚间我又想起自己拍着佳佳偷来的账本训斥她的场景……“原则性，说得好，我得有原则性，工作上必须有原则性，”我拍了拍桌上的资料，“既然技术鉴定确定是自杀，不能再无谓地拖了，结案吧！”

“是！”小沈朗声回答。

“呵，这么兴奋，早就急着赶快结案了吧？”

“没没……”精神抖擞的小沈顿时连声否认，脸又红了，慌忙解释，“真的没，这后来的调查对结案很重要的。因为郭支队你不知道，对于我们之前自杀的结论死者家属一直不接受，非说死者从小活泼乐观，不可能自杀之类的。说实话弄得我们很头疼，不知道怎么说服他们，要不还找了那个心理医生写了篇心理分析，就是给家属的。可给了也白搭，那帮人还是咬死了不松口。当然，现在看那分析是纯属扯淡！当时都觉得这帮家属怎么这么说不通情理？技术鉴定是实打实的，耐心看看怎么都得承认我们的结论啊。我真是担心，现在网络这么发达，处理不好再给警队抹黑。好在郭支队你又让这么一查，结果……”

“才发现不接受可能是另有玄机。”

小沈一咧嘴：“是呀，这种保险，谋杀和意外都可以理赔，但自杀不会，放谁都想闹吧？不过这回，我想他们该偃旗息鼓、老老实实接受结论啦。”

这次小沈判断准确，佳佳那些以她异母哥哥为首的亲戚代表，在听到新调查结果后态度立刻一百八十度大转弯儿，不仅立刻接受了我们的结论，还请求警队对此保密。

我们本来就不会宣扬的，自然无所谓地答应了。但接下来发生的事证明，他们请求的动机远非我们以为的那么简单！

事后回头看，这些人原本就并非仅拿保险公司理赔这一处钱的打算，而是还有一处——单院长。

说起来这也仿佛情有可原。

这突然陷入困顿的一家人谁也不会忘了是这家福利院拿去了他们最后的钱，这回佳佳一死，可谓新仇旧恨一起上来。那位单院长按惯性为自己设计的身份：既证明他的魅力，又证明绝对和死者的死无关的完美到极点的口供，此刻在这些人这里也发生了逆转。

好你个老不要脸的，现在居然还敢说你们有感情？好！既然你脸皮这么厚敢这么说是吧，就按你说的，一个有家有室的老男人，还披着那么体面的外衣，居然和那么年轻的女孩子有染？怎么，不想混了吗？不知道这已经不再是有点儿权势就可以一手遮天、民众无处发声的旧时代吗？

这是网络时代！

还有，既然你能那么说，我们也可以这么说啊，我们就说你单院长明知死者自杀求救而置之不理！

这可是更严重的指控！虽然是毫无证据的指控，但是，网友绝不会指责普通人的猜测。以网络上性、离奇、死亡，弱者为王的舆论特点，这消息一旦上网宣布，保证让你死无葬身之地！所以，就冲我们手中掌握的力量，本来只打算要回当初你昧下的钱，现在，哼！翻倍吧！

与此同时，为了让单院长感受到一点压力，他们把上面的这些威胁进行了小范围的实施。结果他们这个系统，上到主管领导，下到福利院周边的人，都听说了这些事，也就差上网扩散了。这对那位单院长，无论如何都是不小的打击，无论他之前情商多高，人缘多好。

一时这边凯歌高奏！

第一回合：佳佳亲戚方取得了阶段性胜利。

可惜这样的凯歌跟几年前业主团结起来斗开发商一样，越看着人多势大来势汹汹，越别想有期待的结果。

眼看不是俩小钱儿可以打发走的事儿，久经沙场的单院长也横了心。一边安抚拖住对方，一边立刻偷偷发起反击，先偷录下来的对方威胁要钱的话，作为报警证据；同时开始搜集佳佳的“不良记录”，这对交友广阔的单院长来说一点儿不难，更何况佳佳曾经也确实像个“小太妹”似的生活过。最后单院长也修改说法，把自己和佳佳的关系说成“柏拉图”式的精神之恋。

等这都准备完了，我们的单院长也就翻了脸！

他先把这些证据在那些怀着讹诈美梦的亲戚代表面前一摊，然后又说事发当晚，他正在为福利院的残疾孩子们讨论治疗的事。

这些人当场如被雷击似的傻了眼！

因为这些人已然明白了那句话的潜台词：既然舆论是“弱者为王”，那谁能弱得过残疾孩子？所以不管这些人上网怎么编，只要单院长把残疾孩子的照片一展示，再把佳佳以前是什么人，说佳佳是想不劳而获，一心插足他家的“小三”的话一说，网友就能反过来把他们骂死！

接下来这些人被告知：赶快滚，否则立刻报警抓他们！敲诈，可不是小罪哦。

意外的变故让那些没有其他精神准备的“亲友团”稀里糊涂地“滚”了。

第二回合：单院长有理、有利、有节地击退了进攻！

不过，尽管有理、有利、有节，但第二回合中的单院长取得的依然是阶段性胜利。因为就仿佛佳佳亲戚没有意识到单院长并非是个容易讹诈的人那样，单院长也小看了金钱的驱动力，及这些压抑已久的人的愤怒程度。

“妈的，老子们本来衣食无忧，现在忍饥挨饿。你花着老子家的钱，现在还牵扯条人命，一毛不拔不说，还让老子们滚？！”

这几句话可不是我说的，而是佳佳亲戚后来口供中的几句。

所以这几句话我猜应该比较准确地反映了当时那些人的心声。估计就是因为这种压不住的愤怒，让他们回家一番计议之后，想出了一个新“计策”。

这新计策，说穿了也是广大人民群众的老招数：带上家中最孱弱的，也就是佳佳奶奶去福利院讨说法。与此同时，为了实现目的，这些人态度也适度软化了些，变成“就冲这没人管的八旬老人，当年捐给福利院的钱总要退回来一些吧”？

这边态度后退了不少，那边单院长的态度也和善了许多，很客气地回答：对于他们的要求福利院可以理解，但这毕竟是公家的事，钱也是进入福利院，而不是某个人的腰包。所以也不是哪个人想答应就能答应的，需要组织研究才能决定。请你们少安毋躁，等我们开会研究后一定尽快告知。

第三回合：似乎一时不分伯仲，进入谈判阶段！

但稍有脑子的人都知道，佳佳亲戚这边其实是彻底落败了，因为单院长这边不怕耗，佳佳亲戚们可耗不起。这些人家又不在这里，人吃马喂都要钱，可他们偏偏最缺的就是钱。所以，面对这满口答应就是没结果的“研究”，这些一度抱着指望的人们很快就熬不住了。结果新的现实导致新的失望，新的失望又导致新的愤怒，于是一场正面冲突爆发了！

那些亲戚扶着佳佳奶奶气冲冲地闯进福利院讨说法。这边当然是大吵大嚷，那边则不紧不慢地解释；接下来这边越说越恼开始动手动脚，那边立刻叫来了保安进行阻止反击；再接着，场面混乱，混乱中，佳佳奶奶不知怎么跑到厮打的最前沿，指着对面福利院的人，神情激愤地嚷嚷几句之后，突然发出了“啊……”的几声，就倒在了地上。

这就是事后我们在福利院提供的、证明他们无辜的监控录像中看到的场景，因为这位老太太就此就随着孙女、儿子永远地去了。

佳佳家为此失去了第三条生命！

这结果让后来调查的警察都有些恻然。

反而我倒觉得这在某种意义上也许算是好事，因为这个晚年先痛失最出息的儿子，又痛失唯一心疼她、想着她的孙女的老太太，再也不用面对接下来的事实啦。

接下来的事实是：我接警的同行，先按惯例给每个人做询问笔录，记下每个人对对方贪婪无情的指责和自己无辜的分辩。然后虽然明白了事情的起源，但也断不出谁是谁非地去查看监控录像——这个最客观的记录器。

但录像证明了福利院工作人员的无辜，因为没人碰触佳佳奶奶。

“别怪我们不敬老，”一个福利院工作人员鄙夷地说，“这么老了还这么贪心，谁也帮不了啊！反正我们可没人碰她，说实话，见她过来我都躲着，这么老的老太太，谁敢碰呀！”

“是呀，我们没人碰她，”他的另一个同事也帮腔说，“连保安都交代到了，谁都可以动，就是不能碰这个老太太，我们都是在福利院干的，当然知道分寸。说起来发生这样的悲剧，全是这一家人的事，人再贪财也要有个限度吧？把这么老的老太太拉来，想钱想疯了吗？这老太太也是，估计也是要钱不要命的主儿。”

“估计也是为儿孙吧，”另外一个接过去说，仿佛更公正些，“唉。中国老人都是这样，我听说这帮人平时根本就不理她，她倒还这么为这样的不孝儿孙卖命！真是想不开，要这么多钱给谁花呢？给这帮除了会讹人什么也不会的子孙吗？”

“可不是，该改改观念啦！”

“是呀是呀！”

话题渐渐转向到家庭教育方面。这可是个很有谈头的大话题，自然讨论得更热闹了，而且句句都是公认的正确的话，正确得让我的同行也不由得受到了感染。因为最后我的同行也忍不住呵斥佳佳的这帮亲戚：明知老人有严重的心脏病，又到了这个岁数，怎么还敢拖到这种拉锯战里？

而这些子孙们也无愧对方的轻蔑之语，在诉苦大骂福利院之后，开始内讧。内讧中先嘟囔埋怨佳佳奶奶不中用；又冲口埋怨佳佳愚蠢，比如为什么不弄个性爱视频留下来，这可是新时代最流行的杀手锏，无数女人在用，最成功的都成了名，最不济的也敲诈个谁。怎么这都想不起来，蠢哪！

也许指责小辈没道德压力，话题便渐渐集中于此，连佳佳妈妈最后话题也集中在佳佳的没良心上。内容诸如自己为佳佳吃尽了苦，可孩子却没一点儿良心，不说别的，最后保单的受益人居然不是她，就说明了一切！当然，她倒不是为了钱，可这个态度让她寒心！

有了共同指责抱怨的对象之后，接下来两群本势不两立的人居然一致了。而我们只有听的份儿了。

最后我的同行们，根据实际情况做了处理：各回各家！

于是这一干人等分别怀着兴高采烈和没精打采各自离开了。

至于那位单院长，由于仁爱之心太丰富了，准备走出地方，走向全国，甚至要走向世界，决心为“亚非拉”所有不幸儿童谋幸福，最近一直在外地向更慈善的慈善大佬们学习更先进的经验。所以，我的同行们连见都没得见，也无须见，因为问都问不到他头上。

至此，佳佳之死一度引发的轩然大波算是彻底平息，因为她那些亲戚们在明白了不可能要到钱之后，就如他们之前对佳佳爸爸之死的追问偃旗息鼓一样，也迅速识相地认了。

再接下来，我再没和这些人见过，估计他们早就忘了佳佳了。说来他们虽名为兄妹，但不仅没共同的母亲和共同生活的感情，还有着父母给他们拧成的深深旧怨。而不相干的人不疼不痒的怜悯，在奇事层出不穷的今天，就仿佛流星，也只是一闪而过罢了。

所以到了今天，我猜恐怕也只有我还常常记起佳佳。

但我并非有意，也并非更有怜悯之心，而是因为仿佛真有神灵，为我违背佳佳的遗愿，而将佳佳最后随口的诅咒降在了我的身上。

坚持管了案子的我，现在真的时而就会梦到佳佳，而且就如佳佳当时随口形容的，梦里的情景是佳佳最后那躺在沙发上的死姿，那垂下的手、手边的佛珠手链和深到黑色的大片血泊……而再接着，这个躺着的人还会突然……

尾声

突然停住了的郭小峰，突然将听得怔怔的女儿一把拉过来紧紧搂在怀里。

“爱梅，”他说，带着恐惧，“你答应爸爸，一定要好好活着，永远好好活着！”

“啊，哦——当然，”一怔之下的爱梅立刻保证，“我当然会好好活着，爸，你放心吧。”说着，她又安慰般地回搂了一下，“爸，我向你保证我会好好活着的。再说我天生就是大咧脾气，而且我们家也没那些乱七八糟的事，我想抑郁都没资格抑郁，嘻嘻，是不是爸？所以你放心吧。”

郭小峰终于慢慢松开了女儿，但眼睛里却依然充满了难以描述的忧惧。

“爸，你放心吧，”爱梅连忙又再次保证，“我知道你为佳佳姐的自杀难过，我也知道你刚才为什么那么害怕，你一定是想到了我。

就像佳佳姐曾经说的那样，你担心我是吧，但我不会……”

“你不会的。”郭小峰轻声打断女儿，忧虑的目光变得冷峻了，“那佳佳为什么会呢？”

“哦。”

“因为你天性开朗，很阳光对不对？”郭小峰替一时噎住的女儿说，“那佳佳呢？”

“她……”爱梅迟疑地回答，“她毕竟经历了大波折，所以后来就渐渐……”

“越来越抑郁是不是？抑郁得随便一个人都能看出她的抑郁，也抑郁得让我们都觉得她似乎始终就是个抑郁的人。即使不这么想的，也会因她的家庭变故而认为是合情合理的。好吧，我们姑且不谈这一点。先看人，尽管我们不了解之前的佳佳，至少我最初认识的佳佳，她是怎样的人？难道不是同样也很阳光、开朗、积极向上，对未来充满梦想与希望吗？”

“哦……”

郭小峰挥了下手打断女儿继续说：“不要解释了，爱梅。现在好好听着，这个案子我一直不能放下，不仅是后来佳佳与我有近于父女般的感情，关键是结案结论是我既接受又不接受的。因为这里面相关人的很多行为在我看来都太奇怪了。比如那位单院长，他为什么要保留佳佳的那几条请求复合的短信，包括回发的？因为假定如单院长所言，他是委婉而坚决地拒绝，那他留这些短信干什么？难道不怕他的现任情人看见吗？因为忘了？也不太可能，现在垃圾短信满天飞，没用的短信一天能收几十条，所以每个人都会随手或者不定期地删删无关紧要的短信。虽然事实证明他保留得很对，这些短信至少可以证明佳佳对他是心怀爱意的，他们的关系也是友善的，对不对？”

“对，”爱梅点点头，但又迟疑地摇摇头，“可是，这不更奇怪了吗？你们都知道佳佳和他有杀父夺财之仇，怎么可能会爱他？他这么说不是更引你们起疑？”

“不，爱梅，”一直沉默静听的云宝突然摇着头说，“你忘了，佳佳从前到后都没告诉任何人她和你爸爸、和李队的联系。你爸爸还特意讲到曾询问佳佳打工店老板娘是否告诉别人警察找过佳佳的事，老板娘保证说没有。既然不知道，那从单院长的角度，他可能会想的是：反正佳佳爸爸的死是意外，那调查佳佳之死，别说一般也调查不到她爸爸的死，就算调查到，也很难联想到他身上。这样的短信不正是天助我也，更能百分百脱干系吗？哦，不，不对……”

云宝突然又停住了，微张着嘴，皱起了眉头。

“你是不是也意识到蹊跷了？”郭小峰轻声问，“不错，他那么想不奇怪，但我也奇怪这一点，难道这位单院长早就知道这几条短信将来能派上用场？也就是说似乎他知道佳佳一定会自杀？这不太未卜先知吗？”

爱梅吃惊地睁大了眼睛。

“会不会是因为那个侯会计？”云宝终于迟疑地说，“她一直和佳佳联络，对佳佳的情绪比较了解？”

“不错。”郭小峰承认，“作为一个医生，尽管不是一个专业，但比我们常人更了解抑郁症并不奇怪。不过即使这么解释，依然有解释不通的，比如侯会计为什么会告诉他？是因为是同谋还是无意间？假定是无意间，单院长就不可能有足够信息做准确判断。当然，他可以刻意询问。但如果不是同谋，问多了他怎么确定那侯会计过后不会无意中告诉警察呢？而事实是，侯会计的笔录是丝毫没有提及她的这位老板的。”

“那个会计在福利院混饭，”爱梅说，“肯定处处听老板的。”

“不错，”郭小峰点又点头说，“因此他们有同谋的可能。但如果他们是同谋，那她之前频频联络佳佳恐怕就别有动机了，是什么动机？害死佳佳吗？可问题是她凭什么害死佳佳，就嘴巴说吗？说着说着就把人说抑郁，甚至说自杀？这也太神奇了吧？要知道佳佳可不是一气自杀的。”

爱梅越发困惑地呆住了。

“对呀！”云宝也困惑地喃喃说，“这时的佳佳已经在实行她的复仇计划，保险也买了，请求复合的短信也发出去了，看起来那位单院长应该也没有拒绝，因为他们之间有电话联络的。当然现在我相信那位单院长这么做是别有目的，但佳佳未必知道啊。为什么她会在自以为一切都照计划顺利实施着的情况下，在最后一刻突然放弃？为什么不等等呢？等到可以讹一下那个单院长的时候再死不行吗？这不是她处心积虑的目的吗？筹措了那么久，就那么扛不住，那一会儿非死不可吗？”

“是。”爱梅轻声说，“是有点儿奇怪，不过我听说抑郁症到了深度时，人就不能控制自己的行为。如果佳佳姐自杀的行为不假的话，那佳佳姐一定是到了忍耐的极限，极度的沮丧让她丧失了复仇的欲望，只想快快解脱。”

“佳佳是自杀确定无疑。”郭小峰说，“所以我相信爱梅这个说法。不过因为这么多似怪不怪的情况，我就不能把这局部可信的解释当成全部的、真正的答案。我希望尽可能使答案清晰明了，所以我决定再查！除了再检查遗物，我又找到那个小保安了解情况。开始都没什么收获，不过我没有气馁，我告诉小保安，一旦想到什么异常之处，哪怕一点点，甚至仿佛是异想天开，也一定要随时告诉我，尤其是药物方面的。

“因为我没忘那位单院长曾经的职业，也没忘曾经几起性质不明的死亡案都和酒精与药物作用有关，我还赌这一环！至于我，则开始着手从其他方面查，从后向前一环一环地回忆，然后根据那些支离破碎的细节一点一点地追查，我相信如果老天已经给我们显示出这么多线索，那就是要我们去发现，去找到真相的。果然，这一次就是所谓功夫不负有心人吧，我渐渐有了很多发现，而且是出乎我意料的惊人发现。而且不知算不算老天奖赏我的不懈，就在这时，一个近于直接证据的东西也突然浮出水面！”

讲到这儿，郭小峰突然顿住了，深深地看了眼女儿专注的面孔，才又讲道：“那个小保安突然打电话给我，说他有一点不知是不是重要的发现。我们见面后，小保安递给我一个空药瓶，商标显示这个药的通用名叫异维A酸，能治疗痤疮和角化异常性疾病。他对我说，这瓶药是佳佳送给他的。因为一次他和佳佳聊天时谈到自己的妹妹，妹妹脸上现在长了很多青春痘，觉得很难看忍不住用手挤，结果落下很多疤印，很苦恼。他讲完后，佳佳就把这药送给了他，还说特别能理解他妹妹的痛苦，因为她脸上曾经也老长青春痘，痛苦死了。说这个药挺有效，而且因为知道他的收入很低，还一下送了他两瓶。然后事情就过去了，但就在前几天，他妹妹从老家来这里找他，聊天时说到那药效果还不错，想再买两瓶。于是他们就去了医院，结果医生一边开一边告诫他们说那药一定不能自己随意买随意吃，因为副作用很大，然后说了一长串的副作用，其中就有导致患者出现幻听、抑郁。他当时有些好奇，就问说明书没有写啊。结果医生回答说这说明书有问题，国外的说明书是有的，但国内说明书却没有。

好在现在国家已经在修改说明书了，不过代价是惨痛的，因为已经出现了因吃这个药导致抑郁最后自杀的病例。”

“噢！”爱梅一下子捂住了嘴，“佳佳！”

“对，佳佳！”郭小峰冷冷地接了过去，“小保安当时也一下子想到了佳佳，佳佳后来不断提到她爸爸跟她讲话的情境，不就是幻听、抑郁症状吗？他也一下想到了我的嘱托，所以立刻来找了我。听完这个消息，说实话我真是感到苍天有眼，一下找到根儿了。于是立刻又循着这条线索向前查，发现佳佳果然是服用了不少这种药。现在我就可以说，不是因为客观不幸导致了佳佳的抑郁，而是药物的副作用，才导致佳佳沉溺于经历中痛苦的部分不能自拔，并越溺越深。”

“天哪，”云宝忍不住急切地问，“那这些药是佳佳自己买的吗？”

“你问到点上了。”郭小峰冷峻地说，“这也是我当时的疑虑，还记得吗，佳佳曾录下与侯会计聊天的两段录音。其中有这么一句，那位侯会计夸佳佳皮肤变好了，而佳佳回答，‘都是托芸姐你的福’。”

“哦，那个侯会计！”爱梅惊叫一声。

“不错，”郭小峰冷冷地说，“第一个陪佳佳去医院开这个药的，就是那位侯会计。在我的追问下，那个医生承认认识这个侯会计。而开药的时间，则正是佳佳偷过账本后不久！”

“呵！”

听着两声不约而同地倒抽冷气的声音，郭小峰却突然长叹一声：“唉，但之后，这些药都是佳佳自己去买的，而且大概是图省事，后来就在医院的简易门诊开了个处方就拿药了。事实上，侯会计也不用再陪着去了，她只要保证勤见见佳佳，然后说一些，皮肤好啊，或者又长痘啦、不漂亮啊之类的话，佳佳就会自动去医院买药了。”

“对，所以这个家伙儿真是太歹毒了！”爱梅忍不住愤怒地喊了起来，“后来呢，爸，后来呢？”

“后来？”郭小峰带着讥讽与自嘲说，“后来我自然是去找那位侯会计了。结果面对我的询问，仅仅一抹惊慌之后，她便迅速转换出一脸吃惊与诧异来回敬我，似乎不明白我问这些做什么。当然，在我说医生已经证明了之后，她爽快承认了一起买药的事，只是承认完反问我：这有什么关系吗？是，有什么关系呢？她介绍的不过是一种正规的药而已，而且还是对症的药！无论是她还是医生，都没有错。

“当然，我也不是没有一点儿心理准备的，所以很不客气地告诉她，有没有关系是我们警察的事，现在我们警方办案需要她配合，事涉人命，请她讲明怎么知道这个药的，如果说不清楚我就拘她回去慢慢想。我的恫吓起了点儿作用，那位侯会计收敛了一点儿。不过依旧胸有成竹，显然，她早有了心理准备。所以侯会计在表示一定配合后，告诉我药是单院长告诉她的。至于单院长为什么告诉她，她表示可能是因为单院长想讨好佳佳，毕竟佳佳一直都在为自己的青春痘苦恼。我很高兴这位下属虽然是恶到不介意帮人谋杀，却还有不肯替主子背黑锅的‘好禀性’。这给了我找单院长调查的理由。”

爱梅与云宝登时期待地睁大了眼睛。

但自嘲的笑意挂到了郭小峰的嘴角，他继续说：“见到那位单院长你会发现仆人厉害，主人更厉害。听完我的询问，他连一闪而过的惊慌都没有，只有一丝手下不肯背黑锅把他供出来的气恼掠过。但随即就团团笑着解释起来，动机的回答和手下说的差不多，那模样似老风流又非老风流，模棱两可得恰到好处！至于药的副作用，则干脆地回答：不了解，也不可能了解！然后又仿佛内行给外行普及常识般地告诉我：世上的药有几万几十万种，谁敢说都了解？最权威的医学专家也不敢这么自吹，敢这么自吹的一定是骗子。而且药的副作用也不能孤立地谈，因为有些副作用是交互产生的。另外，所谓‘是药三分毒’，药几乎都有副作用，要是一看有副作用就不吃，那没什么药能吃了。这里的关键是要看药是不是正规？是不是对症？最关键的是要遵医嘱！”

讲到这儿，郭小峰苦笑起来说：“听着这正确无比的医学常识教育，我主动放弃了这个问题，转而问这个药是听谁说的？对于这明显有些不善的问题，单院长则露出了一脸茫然，半晌回答，好像是几年前一个饭局上听某个同行讲过，说效果不错，在国外是成熟产品。我再问具体是谁？他说记不清了，因为当时你一言我一语的，又不是光谈这一个话题，本来觥筹交错间就不太容易记得清，何况又是几年前的事了。总之，单院长完美地将我的询问彻底刹住了车。不过，这位处处料到的单院长不知道，他完美的停止恰恰给了我真正想要的东西。还记得吗？爱梅，我和佳佳探讨她爸爸的案情时曾以为浪费的半天，但后来发现其实起了关键作用。”

“是，你刚讲的，”爱梅说，“那天佳佳姐大哭，把假睫毛都哭掉了。”

“对，就是那次谈话，我清楚地记得，佳佳亲口说到药，还形容了这么一个人，当时她用的是‘那头猪’。不过通过前后话，那些‘以前给小孩儿看病’‘装好人骗钱’‘小孩儿就是他骗钱的工具’这些形容，我可以断定指的就是这位单院长！”

“对！”爱梅气愤而渴望地帮着肯定，“肯定是他！就是那头猪！佳佳姐一直用这个词形容的伪善人！”

郭小峰点点头道：“是的，还记得吗？当时佳佳还非常明确地说到，这头猪告诉她治青春痘的西药没什么合适的，因为副作用太大，不建议她吃任何一种。”

“对对对，当时你还为此告诉佳佳姐，说这样说的人反而不会是骗子。”

“对！因此当这位单院长告诉我他很早就知道这个药后……”

“就说明他其实根本就知道，”爱梅有些激动地接了过去，“知道副作用是什么，知道有多大！所以那个单院长就是利用佳佳姐的愿望让那个死蚂蟥般的手下先诱使佳佳姐吃药，然后再让那个死蚂蟥一边观察一边煽乎引导！”

“甚至不止这么简单，”郭小峰冷冰冰地接了过去，“还可以帮助判断佳佳是否药已吃完，保证继续服用，或者建议扔掉药瓶子等等很关键的细节。因为我没有在遗物中发现这种药，所以佳佳抑郁的真实原因拖了这么久才发现，而且其中还有很大的运气因素。当然，我也不能排除我们的人不仔细。其实也不能说不仔细，对于一个现场非常明确的自杀案，谁也不可能查到这一步，就好像我们不可能对一个正常的感冒药起疑那样。真的像那个单院长所说，世界上的药太多了，作为我们，自然只能是化验我们认为可能相关的部分，其他的交由家属处理罢了。”

“所以大家都发现不了，”爱梅更加颤抖地问，“结果明明是那头猪谋杀，但佳佳姐的死还是被当成抑郁症自杀案件？”

“非常正确！”郭小峰肯定地说，声音更加冰冷，“所以佳佳会自杀，爱梅你也可能自杀，任何人都可能。”

仿佛被猝不及防的冷风吹到，爱梅不由自主地颤抖了一下，她一下子抱住了爸爸，像刚才爸爸突然有些恐惧地抱住她那样。

“爸，我觉得太可怕了，这些人……简直跟魔鬼一样！”

片刻，爱梅突然又愤怒地蹦了起来道："不行，这太可怕了！难道就这样算了吗？这是谋杀！你应该告诉他们！"

静静地抬头瞟一眼愤怒的女儿，郭小峰动也没动地反问："告诉谁？说什么？"

"告诉你的同事啊，就说这些啊，"爱梅不假思索地回答，又愤怒地一挥手，"然后把这些家伙抓起来！"

"理由呢？就因为单院长提到了个正规的药吗？就因为那位侯会计跟佳佳介绍了个对症的药吗？笑话！要是为这个就抓人，那佳佳该不该抓？别忘了她还送药给那个小保安呢！"

爱梅被噎了一下，显出了深思的模样，她慢慢又坐了下来，歪着头边想边说："可是，可是这里面还是有不一样的。仔细想，就觉得不太对，对不对？那个，那个死蚂蟥，我说那个侯会计就很奇怪啊，真的！"

仿佛突然找到了可靠些的论据，爱梅又来了精神。

"真的呀，不仅是爸你前头讲的那些可疑，光后面她天天与佳佳姐姐聊天却不帮她，也不去她家就很怪。我们女孩子要是好朋友，哪怕只是聊得来的朋友，都爱在一起，问各自家在哪儿，去家里玩之类的。就像我以前带云宝来我们家那样是不是？何况佳佳姐还是一个人住，更自由，要是好友从来不去，甚至问也不问就太怪了。除非一方拒绝，可佳佳姐姐邀请过她啊。对，这一点她还对警察撒谎，所以她肯定有问题。而且不仅如此，我想起来啦！"

爱梅越说越激动！

"还有佳佳姐减肥，吃减肥药，我敢说也肯定跟那个死会计有关。那个胖蚂蟥不就是干这个的，监视着佳佳姐的精神状态，随时诱使佳佳姐持续吃药，好保证她最后一定精神崩溃？！这个死蚂蟥，真是很奸诈，越想越奸诈，一定是她诱使的。当然，可能还是那头猪出的主意，他懂医嘛。所以他才能想出这种歹毒的主意，让佳佳姐又吃这药又吃那药，吃那么乱，就是中间发现不对头也很难找到真相对不对？医生不就没发现吗？也难怪啊，就跟电视上演的，一个人突然得了肾衰竭，不是因为吃呀、喝呀，而是涂了该死的山寨厂家生产的什么美白祛斑的化妆品。因为这个化妆品里汞超标几百倍！这也是看了一大圈，人都肾衰了，最后还是在大医院一点点排查才发现的！所以这发现太难了，平常谁想得到？再说，可能这也有佳佳姐的责任，一般吃这类药我们也不爱跟家人说，一是自己确实想不到；二是就算想到，也可能有意隐瞒，因为我们女孩子有时很怕失去那些能让我们变美的东西，哪怕明知道这东西有点儿害处。就好像减肥药，我们也知道有害，可我们不在乎，能美就行。所以为了避免大人阻拦，就下意识地回避不说，只管自己偷偷吃。”

爱梅再次停住了，望着无声注视着自己的爸爸，片刻，低下头嘟囔：“不行，这当然不行，他们太奸诈了。”

牵了牵嘴角，郭小峰又开口了：“爱梅你最后能意识到这些，尤其是能意识到最后一点很好，爸爸很高兴。但爸爸还想再问你个问题，假定我们推测得不错，那你说，单院长为什么要杀掉佳佳？”

“因为佳佳姐偷了他们的账本啊！”爱梅冲口回答，但话刚一落音，又立刻皱起了眉头，显然意识到这其中的些许不对，愣了片刻，又喃喃地嘟囔道，“说起来有点儿怪啊，这事儿也不是很大，你不是说那并不是关键的账本吗？要是关键，那头猪应该急着找回来才对，可他们始终没显出要找回账本啊。”

“所以我想就因为佳佳是佳佳，”后来一直沉默的云宝又轻声说道，“是她爸爸的女儿。”

“可那个单院长不知道佳佳姐是谁呀？前边我爸说，这一点是佳佳姐亲口说的。”

云宝摇摇头道：“是佳佳说的，可未必是事实。很聪明的人，也难免自以为是。就像那位单院长，他不也是因为相信以前干的事还是‘神不知鬼不觉’，所以才保留佳佳的短信，希望继续维系这副欺世盗名的假面孔吗？我猜如果他知道佳佳和警察的联系，佳佳对他的刻骨仇恨，那他一定会另给自己设计一套说辞的。”

爱梅慢慢点点头。

云宝继续轻声分析道：“你看，如果那么奸诈的单院长都可能自以为错，佳佳就更可能了是不是？暴露不仅仅是漏口风，其他方面也一样啊，你看你爸刚才也反复讲了，佳佳长得像她爸爸是不是？当然，就算长得像，年龄不同，男女打扮更不同，一般不容易看出来，尤其是佳佳开始又浓妆，更不容易有联想。可当账本丢了之后就不同了，只要发现，我想那位单院长一定会警觉，细看的话……还有，皮夹子，我想起来了，佳佳把她爸爸的照片放到随身的皮夹子里，一度天天带着。那以佳佳这么大大咧咧，我想发现其实很容易。那一旦看到照片，还不什么都知道了？所以我觉得让这位单院长动了杀机的，不是账本，而是因为佳佳是佳佳，是一个他骗完钱又害死了的人的女儿。说白一点儿，就像戏里讲的，坏人为了绝后患，一定要斩草除根！”

爱梅纤细的身体，不由得又颤了一下。

“爱梅你刚才形容得太对了，这个人真像魔鬼。你看他之前害人，都很快；而这一次设计的方案，变得多么有耐心和全面，居然花了一年时间实施计划。听起来比那些所谓的‘连环杀手’还要难以捉摸……”云宝说着也不自觉地微颤一下。

“不仅如此，”郭小峰突然轻声接了过去，“他这一次选择‘慢’，不是犹豫，不是慢吞吞，而是有保证的。因为患抑郁症的人，不要说斗志，连活下去的愿望都会渐渐消失，那陷入这样的状态，就算不死，满脑子也都是怨恨、自责、痛苦等负面情绪，哪还有精神做别的？所以那位单院长，到现在还那么自信，不是没理由的。”

爱梅忍不住叫了起来，带着无法忍受的愤怒：“哦，天哪！这人真是魔鬼！爸，我都不能想象佳佳姐是怎么承受的。每天活在一天天加重的负面情绪里，带着要活下去的决心和不断增加的痛苦绝望斗争、挣扎……唉，那人真是太坏了，真是就像魔鬼！不，吸血鬼，对，就像传说中的吸血鬼！一点点吸干了对方的生命！看佳佳最后选择的死法，不就是血尽而……”

声音突然消歇了，因为讲话的人仿佛又突然被寒流猛激一下，以致丧失了说下去的勇气，只是下意识地猛然再次搂住了爸爸，仿佛希望得到一份安心。

房间陡然静了下来，这一次，每个人都彻底沉默了，沉重的沉默仿佛令空气都凝滞起来。但如果去静静感知，却又能发现这凝滞空气的后面，正有着各种说不清、道不明的思绪在奔流不息，奔流到每个人为这个结局而去忍不住设想的新的种种结局……

图书在版编目（CIP）数据

抑郁了，想去死一死 / 范青著. -- 北京：新星出版社，2013.5

ISBN 978-7-5133-1140-3

Ⅰ. ①抑… Ⅱ. ①范… Ⅲ. ①长篇小说－中国－当代 Ⅳ. ① I247.5

中国版本图书馆 CIP 数据核字（2013）第 050230 号

抑郁了，想去死一死

范青 著

责任编辑：羡晓倩
责任印制：韦 舰
装帧设计：九 一

出版发行：新星出版社
出 版 人：谢 刚
社 址：北京市西城区车公庄大街丙3号楼 100044
网 址：www.newstarpress.com
电 话：010-88310888
传 真：010-65270449
法律顾问：北京市大成律师事务所

读者服务：010-88310800 service@newstarpress.com
邮购地址：北京市西城区车公庄大街丙 3 号楼 100044

印 刷：北京合众协力印刷有限公司
开 本：910mm × 1230mm 1/32
印 张：9.25
字 数：156千字
版 次：2013年5月第一版 2013年5月第一次印刷
书 号：ISBN 978-7-5133-1140-3
定 价：28.00元